Un Pari sur l'Amour

Les Audacieuses – Livre 5

Par Emma V. Leech

Traduit de l'anglais par Lucie Reymbaut

Publié par Emma V. Leech.

Copyright (c) Emma V. Leech 2019

Illustration: Victoria Cooper

ISBN NO.: 978-2-492133-71-8

Table des Matières

Membres du Club de Lecture des Demoiselles Surprenantes

Prunella Adolphus, duchesse de Lorny — première Demoiselle Surprenante, elle est secrètement miss Terry, l'auteure de *La Sombre Histoire d'un Duc Maudit*.

Mrs Alice Hunt (née Dowding) — plus aussi timide qu'avant. Récemment mariée au frère de Matilda, le célèbre Nathaniel Hunt, propriétaire du *Hunter's*, l'établissement de jeux élitiste.

Lucia de Feria — une beauté venue d'ailleurs. Heureuse épouse de Silas Anson, le vicomte de Cavendish ; leur mariage a fait jaser l'aristocratie !

Kitty Connolly — silencieuse et attentive… jusqu'à ce qu'elle ouvre la bouche. Elle s'est récemment enfuie pour se marier avec son amour d'enfance, Mr Luke Baxter.

Harriet Stanhope — sérieuse, studieuse, intelligente. Protocolaire. Elle porte des lunettes.

Bonnie Campbell — trop franche, elle se retrouve toujours dans le pétrin.

Ruth Stone — héritière et fille d'un riche marchand.

Minerva Butler — la cousine de Prue. Pas aussi vaine ni aussi frivole qu'on pourrait le croire à première vue. Rêve d'amour.

Jemima Fernside — mignonne et sans le sou.

Lady Héléna Adolphus — pleine de vie, directive, surprenante.

Matilda Hunt — charmante blonde dont la réputation a été souillée par un scandale dont elle a injustement fait les frais

Prologue

Le matin du 31 août 1814. Demeure de Holbrooke. Sussex.

Les paupières d'Harriet papillonnèrent lorsque la lumière du
petit matin lui foudroya le cerveau. Dieu du ciel, il lui martelait le
crâne. Elle leva la main, pressa des doigts hésitants contre ses
tempes douloureuses. Elle se dit qu'elle devait être souffrante
quand elle réalisa que son estomac aussi la faisait souffrir : ce

tourbillon acide dans les entrailles ne présageait probablement rien de bon. Avec un petit soupir, elle protégea ses yeux du soleil dans l'intention de dormir un peu plus longtemps. Le lit était délicieusement chaud, et elle s'y recroquevilla, se délectant de son étreinte douillette. Même son odeur était plaisante : une odeur d'eau de Cologne, de savon, et de quelque chose de musqué et… masculin.

Attendez.

Quoi ?

Harriet se figea en percevant un murmure de satisfaction venant de derrière elle — juste derrière elle.

La surprise la réveilla tout à fait, et elle baissa la tête, découvrant avec horreur qu'elle était presque nue — elle ne portait que sa chemise longue — et que le bras musclé d'un homme lui entourait la taille, juste sous la poitrine. Elle le regardait lorsqu'il resserra son étreinte, la rapprochant de lui, et avec une panique croissante, son cerveau affolé enregistra la chaleur d'un torse musclé pressé contre son dos, sans parler de… sans parler de…

Harriet poussa un cri en sentant l'organe masculin chaud et dur se presser fermement contre ses fesses. Paniquée, elle se retourna avec agitation entre les bras qui la retenaient captive, et se retrouva face à une paire d'yeux aigue-marine d'une beauté saisissante.

Une paire d'yeux aigue-marine très familière.

Oh, Seigneur.

Harriet le regarda, bouche bée, trop stupéfaite pour prononcer un mot. Jasper Saint-Clair lui lança son célèbre sourire en coin — célèbre, car il avait la réputation de faire perdre leur bon sens et leur vertu aux femmes de l'aristocratie.

— *Non*, souffla-t-elle.

Elle était trop horrifiée pour trouver quoi que ce soit d'autre à dire pour l'instant, même si elle était persuadée qu'une avalanche de mots jailliraient dès l'instant où elle aurait récupéré ses esprits… et ses sous-vêtements, qui étaient apparemment éparpillés dans tout le pavillon d'été.

Juste ciel ! Ils étaient seuls tous les deux, dans le pavillon d'été, et au vu de la situation, ils avaient passé toute la nuit-là. Qu'avaient-ils fait ? Qu'avait-*elle* fait ? Harriet fouilla son cerveau douloureux, mais cette maudite chose refusa de coopérer. Tout ce dont elle se souvenait, c'était la sensation de se trouver dans les bras de Jasper, le contact de ses lèvres contre les siennes…

Oh non.

Oh, non, non, non, non…

— Bonjour, dit-il.

Son sourire s'effaça légèrement lorsqu'il constata le désarroi d'Harriet.

— Q-Qu'est-ce que — ? commença-t-elle, lorsqu'ils sursautèrent tous les deux : la porte du pavillon venait de s'ouvrir, avec le bruit reconnaissable du bois vieilli raclant le sol en pierre.

Des conversations et des rires se firent entendre. Il était trop tard pour qu'ils puissent bouger, se cacher ou rassembler leurs affaires, et soudainement, ils eurent des spectateurs.

Jasper fut le premier à réagir : il attrapa vivement son manteau qui traînait par terre, à côté de leur lit de fortune qui semblait fait d'un assemblage de couvertures diverses, couvrit Harriet de son mieux et la tint contre lui en accueillant les regards ébahis du groupe, qui les dévisageait avec des émotions allant de la joie et l'amusement, à la fascination consternée.

Le rouge qui tintait les joues d'Harriet était si vif qu'elle craignit de faire une combustion spontanée ; une perspective bien plus réjouissante que de faire face à lady Saint-Clair, Matilda et Mr Burton, Jérôme, le petit frère de Jasper et deux de ses camarades d'école, dont les noms lui échappaient. Mais elle se souvenait en revanche que l'un d'eux était le plus grand colporteur de ragots qu'elle ait jamais vu.

Seigneur. C'en était fini d'elle.

— Ah, fit Jasper.

Son ton était moins enjoué que d'habitude. Il s'éclaircit la gorge, et lorsqu'il parla à nouveau, les mots étaient fermes et très, très clairs.

— Il semblerait que vous soyez les premiers à nous féliciter. Harriet a accepté de m'épouser.

La tête d'Harriet fusa dans sa direction. Elle le regarda, bouche bée devant ce mensonge éhonté. Jasper se contenta de lui sourire, avant de déposer un baiser sur son nez.

— *Je vous ai eue*, murmura-t-il.

Chapitre 1

Cher papa,

Je suis si impatiente d'assister au bal de ce soir. Tout le gratin sera là. Avez-vous entendu la nouvelle ? Notre bonne amie Kitty a épousé Luke Baxter — l'héritier du comté de Trevick. Le vieux comte vient de mourir, et l'actuel tenant du titre est également mourant, et ne finira pas l'année. J'ai bien peur d'avouer ne pas ressentir beaucoup de compassion pour l'homme. Il n'était pas aimable et n'avait pas l'âme d'un bon chrétien. Je suis si heureuse pour Kitty, et de songer qu'elle va devenir comtesse ! Leur histoire est si romantique. Cela donne l'espoir que de telles choses n'arrivent pas que dans les contes de fées, et oui, papa, avant que vous ne le demandiez, bien sûr, je garde l'œil ouvert sur un éventuel bon parti prêt à me séduire.

— Extrait d'une lettre de miss Ruth Stone à son père, Mr George Stone.

La nuit précédente. Au bal d'été de la famille Saint-Clair. 30 août 1814, Demeure de Holbrooke, Sussex.

Harriet regarda Jasper accompagner Kitty dans la salle de bal somptueusement décorée. Ils formaient un couple étonnant, l'élégance dorée de Saint-Clair associée à la beauté sombre et envoûtante de Kitty. Harriet soupira intérieurement. Cela devait être agréable d'être belle. Non pas qu'elle s'inquiétât de choses aussi frivoles. La beauté n'était rien d'autre qu'un joli emballage : déchirez-le et tout le monde verrait ce qu'il y a dessous. Parfois, l'emballage était à la hauteur du cadeau qui se trouvait à l'intérieur, mais le plus souvent, c'était décevant.

Pas en ce qui concernait Kitty, elle devait l'admettre. La jeune femme était devenue une amie chère, et était aussi belle à l'intérieur qu'à l'extérieur. Vivace, d'un naturel aimable et drôle, c'était le genre de fille toujours en train de rire, toujours à voir le bon côté des choses, parfois épuisante. Harriet sourit en voyant que le mari de Kitty, Luke, la regardait avec une douce lueur d'adoration dans les yeux. Elle l'emporterait dans une danse endiablée, c'était certain, et il en aimerait chaque seconde.

Bien qu'elle essayât de résister à cette pulsion, Harriet regarda de nouveau Jasper et sentit son cœur se tordre dans sa poitrine. Pourquoi fallait-il qu'il soit aussi beau ? Elle s'était dit mainte et mainte fois que c'en était fini de cette idiotie et qu'elle n'en avait plus rien à faire de lui, mais elle savait que c'était un mensonge. Malheureusement, Kitty aussi l'avait compris, et la façon dont elle parlait à Jasper — sans parler de son expression déterminée — provoqua un frisson de malaise qui parcourut l'échine d'Harriet.

Allons, Kitty n'était pas en train de parler d'elle, elle ne trahirait pas son secret ? Sauf qu'elle n'avait révélé aucun secret. Elle n'avait rien admis, rien nié. Kitty avait simplement deviné que l'animosité qu'éprouvait Harriet envers Jasper ne venait pas d'une simple aversion.

— *J'ai l'impression qu'il vous a fait du mal,* avait dit Kitty, ce à quoi Harriet n'avait pas su répondre.

Elle avait été tentée de tout lui dire, de s'épancher et de lui raconter que Jasper Cadogan avait volé son cœur, avant de le réduire en miettes et de le jeter par terre. Elle s'était abstenue de le faire, bien sûr. Harriet ne partageait jamais ses émotions avec qui que ce soit. Elle ne l'avait jamais fait, jusqu'au jour où elle s'était efforcée d'être brave, et de faire confiance à Jasper. Elle ne le ferait plus jamais. Lorsque vous en laissiez l'occasion aux gens, ils vous faisaient du mal. Il valait mieux ne faire confiance qu'à la science et à la raison, ne croire que ce qui était quantifiable, les choses qui pouvaient être mesurées et pesées, dont les qualités pouvaient être disséquées et discutées, étalées devant vous sans rien qui reste dissimulé. Ces choses étaient concrètes, solides, prouvées… contrairement à l'amour, qu'Harriet voyait comme une créature mythique en laquelle elle n'arrivait pas à croire. Plus maintenant, en tout cas. Pas pour elle.

Et pourtant, même après toutes ces années, son regard était attiré vers lui, et une douleur sourde remplissait sa poitrine tandis qu'un sentiment de nostalgie, de solitude et de tristesse la fragilisait, provoquait un vide en elle et la mettait sacrément en colère. C'était à cause de lui, tout cela, se rappela-t-elle, avant de se souvenir de ce que Kitty avait dit.

Je pense qu'il vous a fait beaucoup de mal, mais je crois qu'il n'a pas la moindre idée de ce qu'il a fait pour causer cela. Vous lui devez une explication, Harriet. Ce n'est pas juste de punir quelqu'un éternellement sans même lui laisser la chance de réparer ses erreurs.

Il était vrai qu'elle avait vu la douleur et la confusion dans les yeux de Jasper suffisamment souvent lorsqu'elle l'avait insulté ou s'était montrée sèche avec lui, mais en même temps, il excellait dans l'art de prendre une expression de chien battu. Elle l'avait vu utiliser ce talent pour obtenir ce qu'il voulait. Ce n'était pas parce que cette expression adoucissait son cœur et la faisait trembler de l'intérieur que cela voulait dire qu'elle était sincère. Il pouvait mener n'importe quelle femme par le bout du nez, et il ne s'en privait pas. Tout le monde connaissait sa réputation, et savait qu'il avait couché avec les femmes les plus séduisantes de la haute société. Il ne ratait jamais une occasion de se moquer d'elle parce qu'elle était un bas-bleu, et la faisait se sentir pleinement comme la créature étrange qu'ils savaient tous les deux qu'elle était. Donc que pouvait-il bien vouloir de l'ennuyeuse et studieuse Harriet Stanhope ?

Sa dernière amante avait été Mrs Tate. Elle était ici ce soir, et avait lancé des regards d'envie à Jasper à travers la salle. Vêtue d'une robe de satin rouge, ses boucles brillantes couleur acajou arrangées dans un style nonchalant qui avait sans nul doute pris des heures à réussir, elle était belle à couper le souffle. Mrs Tate était magnifique, sophistiquée, elle avait de l'esprit et rayonnait de confiance en elle. Elle irradiait de cette certitude, celle de connaître sa propre valeur, une ou deux choses sur le monde, et comment faire saliver un homme sans avoir à lever le petit doigt. En comparaison, Harriet se sentait exactement comme elle était : quelqu'un qui fait tapisserie, un bas-bleu à lunettes ne sachant jamais ce qu'il faut dire, et qui préfère s'asseoir dans un coin avec un bon livre, plutôt que de participer à un bal. Pourquoi un homme comme Jasper voudrait-il Harriet, lorsqu'il pouvait obtenir les faveurs de Mrs Tate ? Le calcul était simple, et pourtant c'en était une qu'Harriet avait oublié pendant un bref instant, de nombreuses années auparavant, aveuglée par l'espoir d'obtenir tout ce dont elle avait rêvé.

Comme elle avait été idiote.

Mais c'était du passé. Elle *avait* été idiote, et cela ne se reproduirait pas. À partir de maintenant, elle utiliserait sa tête, et non son cœur, pour la guider… mais peut-être Kitty avait-elle raison. Peut-être que l'amertume s'était transformée en cruauté. Jasper n'était pas responsable de ce qu'il était, pas plus qu'elle. Elle savait et comprenait que les animaux naissaient avec l'instinct d'agir d'une certaine façon. Il semblait que certains hommes avaient moins évolué que d'autres, leurs pulsions demeurant trop proches de la surface, leurs désirs et leurs envies outrepassant la moralité ou la décence. Il ne pouvait pas savoir que ses actions la blesseraient si profondément. C'était impossible, sinon, son désarroi devant le traitement qu'elle lui infligeait n'aurait pas été si complet.

Il était temps de se débarrasser de cette douleur et de cette colère. Il était temps de pardonner et d'avancer, pour son propre bien autant que pour le sien. Une nouvelle vie l'attendait, dans laquelle Jasper n'aurait pas sa place. Elle n'avait même pas encore parlé de cela à son frère, Henry — elle avait attendu le bon moment — mais elle le ferait.

Bientôt.

Jasper lança un regard de gratitude à Kitty.

— Mrs Baxter, lui dit-il en souriant. Votre mari est un homme très chanceux, et je vous suis très reconnaissant.

Même si elle n'avait aucun moyen de savoir si ses mots avaient donné une raison à Harriet de changer d'avis, Kitty avait pris sa défense, et Harry avait promis d'y réfléchir. Ce n'était peut-être pas beaucoup, mais c'était quelque chose, Jasper se raccrocherait à cela. Si seulement Harry voulait bien abattre la muraille qu'elle avait dressée entre eux, peut-être aurait-il une chance. Mince et fragile, mais c'était mieux que rien.

Peut-être pourriez-vous danser avec elle ce soir. C'est une soirée si magique, ajouta-t-elle dans un murmure théâtral. *Tout* peut arriver !

Jasper s'esclaffa. Il n'osait pas en espérer tant.

— Elle pourrait ne pas me jeter son verre dans le visage, *si* j'ai de la chance.

— Oh ! s'exclama Kitty, les yeux débordant d'espièglerie. J'ai failli oublier le défi !

— Le quoi ? demanda Jasper, intrigué.

— Le défi, répéta Kitty en poussant un petit cri d'excitation.

Le morceau touchait à sa fin. Elle saisit le bras de Jasper et lui fit signe de se pencher pour lui parler en privé.

— Celui des Demoiselles Surprenantes, dit-elle en trépignant d'agitation.

Jasper lui lança un regard vide.

— Pardonnez-moi, mais je suis perdu. Les Demoiselles quoi ?

— Oh, notre groupe de lecture. Nous sommes les Demoiselles Surprenantes, déclara Kitty à la hâte en ignorant son expression confuse. Nous devons toutes piocher un défi dans le chapeau. Le mien consistait à vêtir votre ours d'habits de soirée.

— Eh bien, cela explique des choses, déclara Jasper en éclatant de rire. Mais je croyais qu'Harriet était responsable de cela.

— Elle m'a aidée, admit Kitty. En vérité, elle s'est montrée formidable. Je n'aurais pas pu y parvenir sans elle.

Jasper sourit, content de cette preuve de l'humour d'Harriet. Il avait souvent été témoin de ce trait de caractère lorsqu'ils étaient enfants, mais ce côté joueur avait semblé disparaître, et il avait la désagréable impression que c'était peut-être de sa faute.

— Harriet a pioché son défi ce soir.

— Oh ?

Jasper se figea, le cœur battant. Est-ce que c'était maintenant ? L'opportunité qu'il avait attendue ?

— Qu'est-ce ?

Les yeux de Kitty pétillèrent.

— De faire un pari qu'elle ne souhaite pas perdre.

Elle saisit son bras et le serra.

— Elle me tuera quand elle saura que je vous l'ai dit, dit-elle d'un ton urgent. Pour l'amour du ciel, tirez-en le meilleur parti. Ne gâchez pas tout.

Il baissa les yeux vers elle, vit son propre espoir se refléter dans les yeux de Kitty. Elle souhaitait que son amie soit aussi heureuse qu'elle l'était, il pouvait voir cela, et bon sang, lui aussi le voulait. Il voulait qu'Harriet le regarde de la même façon que Kitty regardait Luke. Il désirait tellement cela.

— Non, vous avez ma parole, dit-il en priant pour que cela soit vrai.

Il lui sourit en espérant qu'elle comprenne à quel point il lui était reconnaissant.

— Je ferai tout mon possible pour réussir, ou je mourrai en essayant.

Matilda sourit lorsque Prue la salua d'un signe de la main.

— Vous voilà enfin ! s'exclama Prue. Je vous ai cherchée.

— Oui, et vous me devez la prochaine danse, miss Hunt, déclara son fringant mari, le duc de Lorny, en souriant à la jeune femme. J'espère que vous n'avez pas oublié.

— Comme si c'était possible, répondit Matilda en étreignant Prue.

Elle salua ensuite la cousine de Prue, miss Minerva Butler, ainsi que la sœur de Lorny, lady Héléna.

— C'est un plaisir de vous voir, miss Hunt, déclara miss Butler avec un sourire chaleureux.

— Oui, cela fait une éternité, acquiesça lady Héléna. Il faut que vous veniez nous rendre visite.

Avant que Matilda n'ait eu le temps de répondre, un éclat de rire retentit, et tous se tournèrent pour voir Bonnie traîner un Jérôme Cadogan hilare sur la piste de danse. Il y eut des claquements de langue désapprobateurs et des murmures de la part de l'ancienne génération, et Matilda fronça les sourcils, mal à l'aise.

— Oh, Seigneur, murmura Prue.

— Je sais, répondit Matilda. Je lui ai parlé, et je sais que Saint-Clair a parlé à Jérôme, mais —

— Mais ils s'amusent, termina lady Héléna avec un soupir triste.

— Ce genre d'amusement pourrait mener à la destruction de la réputation d'une jeune femme, rétorqua Lorny d'un air sombre.

— Oh, Robert, très cher, ne pourriez-vous pas lui parler ? demanda Prue en lui saisissant la main.

Lorny regarda sa femme avec horreur.

— Plutôt mourir. Cela ne me regarde pas. De plus, il semblerait que ce soit votre miss Campbell, l'instigatrice de ces jeux. C'est à vous de lui parler.

Prue se renfrogna.

— Oh, très bien, mais vous devriez au moins parler à Saint-Clair. Vous êtes amis.

— Miss Hunt vient de vous dire que Saint-Clair lui en a déjà touché un mot. Que pensez-vous que je puisse faire ?

— Je ne sais pas, soupira Prue. Je sais juste que la pauvre fille s'est entichée de son frère, et je détesterais la voir souffrir.

— Elle pense que c'est sa dernière chance de s'amuser, dit Matilda qui avait le cœur serré pour son amie.

Elle se retourna, et vit Minerva, Prue, et lady Héléna la regarder.

— Gordon Anderson, dirent-elles à l'unisson.

Matilda fit la grimace en hochant la tête.

— La pauvre.

Elles restèrent silencieuses pendant un moment, en réfléchissant au destin de Bonnie et à l'affreux Écossais dont elle leur avait souvent parlé. Il paraissait plus terrible à chaque nouvelle description.

— J'ai besoin de plus de cocktail de fruits, annonça lady Héléna en brisant le silence et en lançant à son frère un regard suppliant.

— Je vous en prie, Robert.

Elle tendit son verre vide au duc, qui soupira.

— Vous les finissez à une vitesse incroyable ce soir, Héléna, dit-il avec un regard soupçonneux.

— Parce qu'il est délicieux, répondit Héléna avec un grand sourire. Bien meilleur que le breuvage fade qui est habituellement servi. J'ai l'habitude de passer toute la soirée à regretter de ne pas avoir de champagne, mais pas ce soir.

Elle lui lança un sourire assez flottant.

Matilda vit la suspicion s'accroître sur le visage du duc. Il leva le verre vide, le renifla, marmonna un juron, et bascula le verre pour faire tomber les dernières gouttes sur sa langue.

— Bon sang ! s'écria-t-il, outré. Pas étonnant que vous l'appréciiez, c'est le cocktail de fruits le plus fort que j'aie jamais goûté.

— Robert ? demanda sa femme en lui lançant un regard anxieux. Qu'y a-t-il dedans ?

— Que n'y a-t-il pas ? répondit-il en secouant la tête. Mais à la manière dont toutes les jeunes filles l'ont bu, la soirée promet d'être divertissante.

Harriet sirotait son cocktail de fruits en se demandant vaguement pourquoi il était bien meilleur que d'habitude, tout en regardant les tourbillons de couleur que formaient les danseurs sur la piste.

— Cela vous dirait-il de danser, Harry ?

Elle se raidit instantanément, la voix familière provoquant une vague d'émotion qui la traversa comme un groupe de poules s'égaillant devant un renard. Comment diable l'avait-il trouvée ? Elle avait cru que ce coin sombre était la cachette idéale. Harriet se retourna à contrecœur pour regarder Jasper.

Quelque chose ressemblant à de la panique s'éveilla en elle lorsqu'elle remarqua la lueur d'espoir dans ses yeux. *Ce n'est pas réel*, se rappela-t-elle, *il regarde toutes les femmes ainsi. Vous n'avez rien de spécial.*

— Non, merci, lord Saint-Clair, répondit-elle.

Elle se souvint de sa promesse de se comporter de manière moins affreuse avec lui, et s'efforça de garder un ton léger et agréable.

— M-mais je vous remercie pour cette proposition.

Et voilà, parfaitement courtoise.

— Oh, allons, Harry, dit-il d'un ton charmeur. Vous n'avez pas dansé de toute la soirée. Je vous en prie… ne voudriez-vous pas danser avec moi ?

Vous voyez ? murmura la petite voix dans sa tête. C'était le problème avec Jasper Cadogan. Il ne pouvait pas comprendre que toutes les femmes ne pouvaient pas tomber dans ses bras en un claquement de doigts.

— Je n'aime pas danser, lord Saint-Clair. Je crois vous l'avoir déjà rappelé auparavant, dit-elle, avant de réaliser que sa voix était de plus en plus acide.

Elle prit une inspiration et afficha un sourire crispé sur son visage avant d'ajouter :

— Mais je vous remercie une nouvelle fois pour cette aimable proposition.

— Ce n'est pas vrai, dit-il d'une voix bien trop basse, bien trop intime. Du moins, avant, vous adoriez danser. Vous aviez l'habitude de me supplier de danser avec vous.

Elle ressentit une grande frustration en sentant le rouge lui monter aux joues. C'était comme si cette bouffée de chaleur avait démarré au niveau de ses orteils avant de remonter en une vague rapide jusqu'à ce que toutes les parties visibles d'elle deviennent rose vif, d'une teinte semblable à celle de sa robe.

— Nous étions des enfants.

Elle avait fait de son mieux pour garder un ton calme et mesuré : elle ne voulait pas perdre son sang-froid avec lui. Pas ce soir. Elle se remit à observer les danseurs en ajoutant :

— Les choses changent.

— Je sais, répondit-il.

Malgré elle, elle leva la tête dans sa direction, surprise par la tristesse dans sa voix.

— Vous avez changé, Harry.

Et à qui la faute ? Elle avait envie de s'énerver contre lui, mais elle ne le fit pas, elle ne pouvait pas. Elle ne le laisserait jamais s'apercevoir de l'ampleur de la blessure qu'il avait causée en elle. Elle avait déjà été suffisamment prise pour une idiote, et ne comptait pas revivre cela.

— C'est miss Stanhope, *monsieur*, répondit-elle.

Elle leva son verre pour prendre une gorgée et se rendit compte qu'il était vide. Sans ajouter un mot, elle prit congé pour aller en chercher un autre.

— Non.

Elle regarda par-dessus son épaule et découvrit avec agacement que Jasper la suivait.

— Quoi ? demanda-t-elle en se frayant un chemin dans la foule.

Jasper se rapprocha d'elle et attrapa son bras pour l'arrêter. Il se pencha pour lui parler à l'oreille.

— Ce n'est pas « monsieur », et ce n'est pas « miss Stanhope ». Pour l'amour du ciel, Harry, nous nous sommes connus lorsque nous étions bébés.

Harriet libéra son bras et ouvrit la bouche pour le remettre à sa place, avant de se souvenir de sa bonne résolution. Bon sang, c'était bien plus dur qu'elle ne l'avait cru.

— Veuillez m'excuser, monsieur. Je suis terriblement assoiffée.

Elle fit une révérence et se dépêcha de s'éclipser à nouveau. Elle ne fut pas surprise, en arrivant dans la pièce où l'on servait les rafraîchissements, de découvrir qu'il était encore en train de la suivre. Voyez-vous, c'était *pour cela* qu'elle devait se montrer grossière avec lui, rien d'autre ne semblait percer son crâne épais. Il y avait la foule habituelle devant la table, mais Harriet parvint à se frayer un chemin jusqu'à l'énorme bol de cocktail de fruits. Les gens pressés les uns contre les autres et l'air humide de la soirée lui avaient donné une soif épouvantable, et — en dépit du fait que cela aille totalement à l'encontre d'un comportement acceptable pour une lady — elle but un verre entier de cocktail avec un soupir de soulagement, avant de remplir à nouveau son verre.

Elle but ce dernier un peu plus lentement, mais resta au même endroit. L'attention de Jasper avait été accaparée par Matilda, et il était piégé sur le seuil de la porte. Mais ce répit n'était que temporaire, car Harriet ne pouvait pas quitter la pièce sans passer devant lui. Elle ne savait pas ce que lui racontait Matilda, mais il n'avait pas l'air ravi.

Tant mieux, pensa-t-elle. Peut-être son frère manigançait-il l'un de ses tours habituels, et Jasper serait obligé de s'occuper de lui.

Ciel, il faisait chaud ce soir. Harriet soupira. Elle regrettait de ne pas avoir apporté d'éventail. À la place, elle vida son verre et le remplit à nouveau. Peut-être qu'en se faufilant le long des murs, elle parviendrait à se glisser derrière Jasper sans qu'il ne la remarque.

Sa progression fut lente et quelque peu incertaine, et Harriet s'adossa contre le mur quelques instants pour reprendre sa respiration. Elle se sentait un peu étourdie. C'était sans doute à cause de la chaleur. De l'air frais, voilà ce qu'il lui fallait…

Malheureusement, elle atteignit l'encadrement de la porte au moment où Matilda quittait Jasper. Il se tourna aussitôt vers elle, comme s'il avait eu parfaitement conscience de sa tentative d'évasion depuis le début.

— Oh, partez, Jasper, soupira-t-elle. J'ai trop chaud, et je n'ai pas l'énergie de me battre avec vous.

— Bien, dit-il avec une expression plus féroce qu'avant. Il était temps. Suivez-moi…

Jasper saisit son bras et l'entraîna à sa suite. Harriet tenait son verre en l'air en essayant de ne pas le renverser. Elle sentit une vague d'irritation crépiter sous sa peau.

— Jasper ! protesta-t-elle, trop énervée pour ne pas utiliser son prénom. Laissez-moi tranquille, espèce de misérable obstiné.

— Jamais de la vie, rétorqua-t-il. Pas ce soir. Ce soir, nous allons parler.

— Quoi ?

Oh non.

Cela lui paraissait être une très mauvaise idée.

— Lâchez-moi, espèce d'avorton marqué par le diable ! Pourceau dévorant !

Cela attira son attention.

Il se figea, se retourna pour la regarder, amusé.

— Comment m'avez-vous appelé ?

— Pourceau dévorant, répondit-elle avec dignité. Entre autres.

— Oui, c'est bien ce qu'il me semblait.

Ses lèvres tressaillirent.

—Hmmm… *Richard III*, si je me souviens bien. De combien d'autres insultes shakespeariennes vous souvenez-vous ?

Harriet soupira. Elle était impressionnée par sa réponse correcte, et regrettait de ne pas avoir gardé sa maudite bouche fermée. C'était un jeu auquel ils jouaient ensemble lorsqu'ils étaient enfants, Jasper, Jérôme, Henry et elle ; ils s'accablaient des pires injures qu'ils pouvaient trouver. Harriet les avait tous étonnés avec ses jurons inventifs, jusqu'à ce qu'ils découvrent ce qu'elle savait déjà : Shakespeare était une merveilleuse source d'inspiration.

— Chacune d'entre elles, dit-elle sombrement.

Jasper gloussa et poursuivit sa route en conservant une poigne ferme et inflexible sur sa main.

— Laissez-moi partir, dit-elle durement à mi-voix. Les gens *regardent*.

— Ils ne seraient pas en train de regarder si vous n'étiez pas en train de faire une scène, répondit-il d'un ton parfaitement enjoué.

Harriet baissa les bras et le suivi jusque dehors. Peut-être pourrait-elle lui échapper une fois à l'extérieur.

Elle fut très ennuyée de constater qu'il ne s'arrêtait pas sur la terrasse. Il poursuivit en la traînant dans les jardins.

— Jasper Cadogan, si vous ne me lâchez pas, je vais —

— Qu'allez-vous faire ? demanda-t-il en s'arrêtant enfin dans un recoin sombre. Me détester pour toujours ? Ne plus jamais me parler ?

Il émit un petit rire.

— … Je ne sais pas ce que vous pouvez faire de plus pour me punir, Harry.

Il y avait quelque chose de fragile et de blessé dans sa voix, et Harriet sentit les remords la poignarder. Peut-être Kitty avait-elle eu raison. Peut-être que tout ceci avait duré assez longtemps.

Il y eut un silence chargé de tension. Harriet ne savait quoi répondre. Elle avait trop peur de lui céder d'un pouce, d'encourager une quelconque amitié entre eux. Il était sa faiblesse, son talon d'Achille, et le seul moyen qu'elle avait trouvé pour le garder à distance, c'était de rester en colère contre lui, de construire une forteresse de glace impénétrable autour d'elle qu'il ne pourrait pas franchir. Si elle abandonnait cela, elle serait en danger, vulnérable, et elle ne pouvait pas autoriser cela. Pourtant, elle serait partie bien assez tôt et n'aurait plus à le voir. Elle pourrait le sortir de sa tête et de son cœur, car ils ne fréquenteraient alors plus les mêmes cercles. Elle serait en sécurité.

Harriet soupira. Elle allait s'excuser, lui assurer qu'elle ne le détestait pas, puis elle monterait dans sa chambre pour écrire une lettre. Plus tôt elle serait partie d'ici, mieux cela vaudrait. Elle devrait simplement suivre le plan qu'elle avait élaboré avec soin un peu plus tôt que prévu.

Mais avant qu'elle ne parle, Jasper la devança.

— Qu'allez-vous parier, Harry ?

Une étrange sensation, semblable à une cascade d'eau glacée dégoulinant le long de son dos, ramena brusquement l'attention d'Harriet sur Jasper. Ses yeux aigue-marine la fixaient avec attention, et quelque chose dans son expression fit battre son cœur plus vite.

— Q-Quoi ?

— Vous avez un défi à relever. Faire un pari que vous ne souhaitez pas perdre.

Kitty Connolly, je vais tordre votre joli cou !

— Et alors ? demanda Harriet.

Elle avait à nouveau la tête qui tournait, son cœur battait trop vite. Elle était envahie du désir de faire quelque chose de téméraire, de s'enfuir dans l'obscurité et de ne jamais réapparaître.

Elle poussa une exclamation de surprise, profondément choquée, lorsque Jasper l'attrapa par la taille et la pressa contre lui. Tout à coup, elle avait de nouveau seize ans et regardait le garçon qu'elle avait aimé toute sa vie.

Non.

Non, elle ne serait pas une nouvelle fois cette fille-là. Cette fille stupide, tellement stupide.

— Je vous mets au défi, Harriet, dit-il d'une voix si grave et si envoûtante qu'elle en eut la chair de poule.

Elle ne pouvait plus respirer.

— Je vous mets au défi d'arrêter de vous cacher, de moi, de la vie, reprit-il. Je vous mets au défi de retourner dans cette salle de bal, de danser, de rire et de vous amuser. Je vous mets au défi de danser avec moi, à cœur ouvert et sans faux-semblants entre nous. Je vous mets au défi de danser avec moi, de me regarder dans les yeux, et de me dire que vous n'éprouvez rien pour moi.

Harriet leva les yeux vers lui. Son cœur n'aurait probablement pas dû battre à cette vitesse ridicule. Il ne pouvait pas survivre à un tel traitement et risquait d'éclater à tout moment… mais il ne le fit pas. Il continua simplement de tambouriner, battant follement contre sa cage thoracique comme un oiseau paniqué essayant d'échapper à un piège, car *c'était* un piège.

— Et qu'est-ce que je gagne, si je réussis ? demanda-t-elle en ayant bien trop conscience de sa voix étouffée par l'émotion.

— Je vous laisserai tranquille, répondit-il en affermissant sa prise autour de sa taille. Je ne vous dérangerai plus jamais. Je ne vous chercherai plus, je n'essaierai plus de vous parler. Vous serez débarrassée de moi pour de bon.

— Est-ce v-vrai ? demanda-t-elle en se raccrochant à ses paroles.

C'était ce qu'elle voulait, ce qu'elle avait planifié : un moyen de lui échapper, de le laisser derrière lui, et voilà qu'il le lui offrait. Tout ce qu'elle avait à faire, c'était de prétendre s'amuser pendant quelques heures. C'était sûrement dans ses cordes, n'est-ce pas ?

— Oui, répondit-il d'une voix dure. Mais je n'ai pas dit ce qui arriverait si vous perdez, Harry.

Il y avait dans sa voix une nuance menaçante qui aurait dû lui intimer la prudence, mais la perspective d'être libérée de cette relation qui la rendait folle et la rattachait à son passé était bien trop alléchante.

— Dites-moi.

— Si vous échouez —

— Oui ?

Elle le dévisageait en essayant de lire l'expression de son visage. Était-ce de la détermination qu'elle voyait là, ou… était-ce du *désespoir* ?

— Vous vous donnerez à moi.

Harriet cligna des yeux sans comprendre.

— Je… ? commença-t-elle en fronçant les sourcils.

Jasper rit, mais ce n'était pas son rire habituel. Il était plus sombre et faisait ressortir une fois de plus ce côté désespéré.

— Vous allez montrer à tout le monde la vraie Harriet, celle avec laquelle j'ai grandi, celle qui est audacieuse, courageuse et drôle, puis, à minuit, vous danserez avec moi. Vous danserez avec moi et vous me regarderez dans les yeux et vous me direz ce que vous ressentez pour moi. Si vous me dîtes qu'il n'y a rien, si vous pouvez mettre la main sur le cœur et jurer qu'il n'y a rien entre nous, que vous ne tenez pas à moi… vous ne me verrez plus jamais. Mais si vous ne pouvez pas… si vous ne pouvez pas, je vous emmènerai dans le pavillon d'été et je vous ferai l'amour. Vous serez mienne, Harry, comme vous auriez toujours dû l'être.

Harriet le contempla. Elle voulait lui dire qu'il était fou, elle voulait le gifler, lui donner un coup de pied dans les tibias, taper du pied et s'emporter, mais elle ne pouvait pas. L'image de Jasper l'emmenant dans le pavillon d'été pour lui faire l'amour était trop bouleversante, elle n'arrivait plus à respirer et encore moins à bouger.

— Vous ai-je blessée, Harry ?

Il mit son visage entre ses mains et la regarda en déclarant d'une voix tendre :

— Je vous jure que cela n'a jamais été mon intention.

C'était probablement la seule chose qui pouvait la faire sortir de la transe dans laquelle elle était plongée. Elle le poussa pour s'éloigner de lui, s'échapper de ses bras.

— Bien sûr que non, rétorqua-t-elle.

Elle tenta de se calmer et de retrouver cette colère qui la protégeait. Si elle parvenait à rester furieuse contre lui, elle serait en sécurité. Tout ce qu'elle avait à faire, c'était lui prouver qu'il avait tort, et elle serait alors enfin débarrassée de lui pour de bon.

— Et je ne me cache de rien ni personne.

— Prouvez-le, dit-il avec une lueur qui ne présageait rien de bon dans ses yeux.

— Très bien !

Elle pouvait accomplir son défi, et se débarrasser de cet individu misérable une bonne fois pour toutes. Ensuite, elle pourrait vivre sa vie en paix, libérée de cet homme.

— Acceptez-vous ?

— Pourquoi pas ? rétorqua-t-elle.

Elle finit ce qui restait de son verre, et jeta ce dernier sur lui. Jasper le rattrapa, aussi agile que jamais, maudit soit-il.

— Ce sera facile, et vous avez intérêt à tenir votre promesse, ajouta-t-elle.

— Oh, je la tiendrai, dit-il, tandis qu'un sourire exaspérant retroussait ses lèvres.

Que ce misérable arrogant aille au diable, elle lui ferait payer cela.

— Je voudrais que vous fussiez assez propre pour vous cracher au visage.

Il fronça les sourcils en réfléchissant.

— *Le Roi Lear* ?

— Ha ! s'écria-t-elle, triomphante. *Timon d'Athènes*.

Jasper leva les yeux au ciel.

— Le temps presse, très chère, la prévint-il.

— Argh ! s'exclama Harriet, avant de repartir d'un pas lourd en direction de la salle de bal.

Chapitre 2

Chère miss Stanhope,

Je vous remercie pour le livre de Watts, que j'ai beaucoup apprécié. « Logique, Ou Le Légitime Usage De La Raison Dans La Recherche De La Vérité » a soulevé des questions intéressantes dont j'aurai grand plaisir à discuter avec vous lors de notre prochaine rencontre. En attendant, je joins « Conversations Sur La Chimie » de Mrs Janes Marcet, que je connais bien. Il s'agit d'une introduction au sujet pour lequel vous avez montré beaucoup d'intérêt, et j'espère que ce livre constituera un bon point de départ.

— Extrait d'une lettre de Mr Inigo de Beauvoir à miss Harriet Stanhope.

Toujours la nuit du bal d'été de Saint-Clair. 30 août 1814, Demeure de Holbrooke, Sussex.

Jasper attendait dans l'obscurité du jardin en se demandant ce qu'il venait de faire. Il avait probablement perdu la tête. Harriet était si têtue qu'elle était capable de lui prouver qu'il avait tort même si elle devait en mourir. Elle irait là-bas, se montrerait pleine d'esprit, vivante et drôle, toutes les choses qu'il savait qu'elle pouvait être, parce qu'elle *était* toutes ces choses, elle l'avait simplement oublié. Le pressentiment qu'il était la cause de ce changement en elle lui donnait la nausée.

Comment ? Comment avait-il pu faire cela ?

Pour la millième fois, il se remémora l'année durant laquelle il avait réellement remarqué Harriet pour la première fois. Il avait dix-huit ans, Harry en avait seize. Toute sa vie, Harry l'avait adoré et il en avait eu conscience. Elle avait supporté d'être traînée dans la boue, de jouer les héroïnes en détresse pour lui et leurs frères respectifs, d'être tour à tour sauvée ou kidnappée. Seigneur, une année, ils avaient même failli la noyer ! Elle ne s'était jamais plainte, et elle l'avait toujours regardé avec une telle admiration derrière ses lunettes… jusqu'à ce qu'elle atteigne ses seize ans, alors, ce fut au tour de Jasper de la regarder.

Le sentiment l'avait pris par surprise, à tel point qu'il avait trouvé difficile de simplement lui adresser la parole. Il avait passé l'été entier à rassembler le courage nécessaire pour l'embrasser, mais lorsque cela arriva finalement, le moment avait été parfait — plus que parfait — et tout avait changé. Cela l'avait transformé. Grâce à son habituel talent pour choisir les moments inopportuns, l'événement s'était produit le matin de son départ pour l'étranger. Le désespoir de la quitter sans lui laisser le moindre indice de ce qu'il ressentait pour elle lui avait donné assez de courage pour se jeter à l'eau. Puis ils avaient été séparés pendant plus d'une année, et tout avait changé pendant son absence. Il se souvenait encore de l'impatience qu'il avait ressentie à l'idée de la voir à nouveau, et de l'étonnement qui l'avait frappé devant l'hostilité de la jeune femme.

Pourtant, une fois encore, le désespoir lui avait donné suffisamment de motivation pour agir sans réfléchir, et il ne faisait aucun doute que l'issue de cette situation serait tout aussi dramatique. Elle le regarderait droit dans les yeux, lui dirait qu'il lui était complètement indifférent et il serait alors obligé d'honorer sa part du marché et de la laisser tranquille. Son cœur se serra. Il leva la tête vers le ciel sans nuages.

— Je vous en prie, je vous en *supplie*. Laissez-moi la reconquérir.

Harriet fulminait en retournant à la salle de bal. Comment osait-il ? Comment osait-il la défier de la sorte ? Et quel défi ridicule ! Eh bien, elle lui montrerait…

Soudainement, elle se retrouvait à nouveau en train de regarder les danseurs tourbillonnant sur la piste et son estomac se noua. Personne n'invitait jamais Harry à danser. Elle n'était qu'une fille transparente à lunettes, qui se cachait dans les coins sombres et préférait mourir plutôt que de se faire remarquer.

Comment diable allait-elle prouver le contraire ?

Une vague glacée la traversa, suivie par une intense bouffée de chaleur alors qu'elle réalisait ce qu'elle venait d'accepter. Oh, juste ciel.

En titubant légèrement, elle se déplaça vers le mur pour s'y adosser. Tout semblait tourner devant ses yeux, et pas seulement les danseurs.

Harriet, espèce d'imbécile !

Elle allait perdre ce pari, et ensuite… et ensuite… Jasper l'emmènerait au pavillon d'été et…

Les sensations de chaud et froid s'intensifièrent alors qu'une étrange douleur remuait dans son bas-ventre. Oh, non. Elle ne voulait *pas* que cela arrive, se dit-elle. Pourtant, lorsqu'elle s'imagina dans les bras de Jasper   qu'elle imagina ses mains et ses lèvres sur son corps — quelque chose en elle brûla d'impatience. Le souffle court, elle sentit la panique monter dans sa poitrine. S'il la touchait de cette façon, elle serait perdue. Elle aurait à nouveau seize ans, serait folle amoureuse de lui et lui donnerait le pouvoir de la détruire complètement.

Hors de question.

— Jérôme !

Harriet cria presque son nom en traversant rapidement la salle pour le rejoindre. Bonnie, comme à l'accoutumée, se tenait à ses côtés.

Harriet se demanda si Jérôme était le seul à ne pas réaliser que Bonnie était amoureuse de lui. Pauvre Bonnie… encore une victime malheureuse de l'amour. Oh, pas tout à fait, puisque Bonnie ne semblait pas avoir saisi la réalité. Jérôme ne l'aimerait jamais, et il était improbable qu'il l'épouse. Harry connaissait Jérôme aussi bien qu'elle connaissait son propre frère, et Bonnie n'était tout simplement pas son genre. Elle était trop audacieuse, trop vivace, un aimant à problèmes. Le vilain diable tirerait seulement le meilleur de sa compagnie, s'amuserait avec elle tant que c'était possible, puis l'abandonnerait et Bonnie serait dévastée. Oh, Jérôme ne profiterait pas de la situation. Il ne se comporterait pas comme un mufle, il ne remarquerait tout simplement pas les dégâts qu'il avait causés. Comme la plupart des hommes.

— Harry ! s'exclama Jérôme avec un grand sourire.

C'était un écho du sourire de Jasper, mais son nez cassé lui donnait un air un peu plus canaille que son frère, dont les traits atteignaient la perfection de ceux d'un dieu grec.

— Vous amusez-vous ?

— Êtes-vous ivre ? répondit Harry en fronçant légèrement les sourcils.

— Moi ? répondit-il d'un air offensé. Comme si j'allais faire cela, lors d'une fête organisée par ma famille. Je n'ai rien bu d'autre que le cocktail de fruits, exactement comme je l'avais promis à mère.

Bonnie ricana à ses côtés, et ils échangèrent un regard avant d'éclater de rire. Harriet secoua la tête.

— Bon, peu importe. Vous devez danser avec moi, demanda-t-elle brusquement.

Jérôme se redressa, son expression devint immédiatement sérieuse.

— Vous voulez danser ? répéta-t-il.

Il la regardait comme si elle venait de lui annoncer vouloir exécuter la danse des sept voiles, et non un quadrille ou n'importe quelle autre danse que les invités s'apprêtaient justement à exécuter.

— Oui.

— Avec moi ?

Il avait l'air si ébahi qu'Harriet sentit son énervement grimper.

— Oui, répéta-t-elle en s'efforçant de rester calme.

Jérôme répéta la demande en entier, comme s'il avait besoin d'en être certain.

— Vous voulez danser… *avec moi* ?

— Oui, je vous en prie, Jérôme, si cela ne vous tue pas, répondit Harriet en se demandant si elle allait devoir le supplier.

Était-ce donc une requête si terrible ?

— Mais vous ne dansez jamais, Harry.

— Eh bien, ce soir, si.

Fatiguée de cet échange sans queue ni tête, elle saisit la main de Jérôme et le traîna sur la piste.

Une fois en position, Harriet aperçut Jasper la regardant et elle se souvint qu'elle était supposée passer un bon moment. Elle s'efforça d'afficher une expression ressemblant à de la joie sur son visage et sourit à Jérôme.

— Est-ce que tout va bien, Harry ? demanda Jérôme d'un air inquiet. Avez-vous… avez-vous bu du cocktail de fruits ?

— Je vais parfaitement bien, je vous remercie, répondit Harriet en souriant si largement que son visage lui faisait mal. Dites-moi, Jerry, pourriez-vous convaincre quelques-uns de vos amis de danser avec moi aussi ?

Jérôme cligna des yeux, muet de stupéfaction, ce qui était tout aussi bien puisque la danse l'éloigna d'Harriet, et un intervalle de plusieurs secondes s'écoula avant qu'ils ne fussent à nouveau réunis. Harriet l'imaginait bien capable de hurler une réponse à travers la salle. La subtilité n'était pas son fort.

— J'imagine que oui, répondit-il en plissant les yeux. Pourquoi ? Que se passe-t-il ?

— Rien, répondit Harriet en tâchant de conserver son sourire.

Elle pouvait sentir que Jasper l'observait, elle avait l'impression d'avoir l'empreinte brûlante de son regard dans le cou.

— J'ai simplement décidé qu'il était temps d'arrêter de rester assise dans un coin, voilà tout.

— À la bonne heure !

Jérôme frappa ses mains l'une contre l'autre, un air satisfait sur le visage.

— Il était temps ! poursuivit-il. Je pourrais sans doute vous trouver des partenaires de danse. Cholly, pour commencer ; il me doit une faveur.

Harriet soupira. Il aurait été agréable de penser qu'il n'avait pas à faire chanter ses amis pour qu'ils dansent avec elle, mais cela n'était pas surprenant. Harriet savait qu'elle n'était pas très appréciée. Elle ne l'avait jamais été, en dehors de Jasper et Jérôme, et c'était uniquement parce qu'ils avaient grandi ensemble. Avec les gens qu'elle ne connaissait pas, Harriet n'avait pas la moindre idée de ce qu'il fallait dire, donc elle ne disait rien. Naturellement, aux yeux des autres, elle paraissait étrange et timide, si ce n'était carrément inamicale, et lorsqu'elle finissait par parler, elle disait toujours quelque chose qui la qualifiait instantanément de bas-bleu aux yeux des autres. En plus, elle n'était pas vraiment belle. Elle n'était pas laide non plus, simplement… banale.

Ses cheveux avaient une teinte châtaine terriblement commune, ni foncée ni claire, tout comme ses yeux. Elle était de taille moyenne et sa silhouette était acceptable, mais elle n'était ni mince ni voluptueuse. Harriet était le genre de fille sur lequel on ne se retournait pas, et cela n'était pas grave, se disait-elle. Lorsque quelqu'un la remarquait, elle avait soit droit à « *oh, la fille avec des lunettes* », soit à un mélange de moquerie et de perplexité parce qu'elle avait dit quelque chose que personne d'autre ne comprenait.

Mais elle n'avait pas à apprécier cette soirée, simplement à convaincre Jasper que c'était le cas, et la raison pour laquelle ses cavaliers dansaient avec elle n'avait pas d'importance, tant qu'ils le faisaient. Elle afficha donc une expression ravie sur son visage, sourit à Jérôme qui lui lança un sourire prudent en retour, alors qu'ils effectuaient une nouvelle volte.

Jasper regarda Jérôme dire quelque chose à Harriet qui rit à gorge déployée. Jérôme parut un peu surpris, tout comme leurs voisins de piste, mais le rire d'Harriet était apparemment contagieux : tout le monde lui sourit, elle éclata à nouveau de rire et Jérôme gloussa en secouant la tête.

Bon sang, espèce de sombre idiot, s'invectiva Jasper. Il avait tout fait de travers. Il allait la perdre.

La soirée poursuivait son cours, et les partenaires de danse d'Harriet s'enchaînaient ; la danse terminée, ils repartaient en riant et en secouant la tête. Quelques-uns ne partaient pas du tout. Ils restaient à ses côtés pour lui parler, et lui apporter un verre de cocktail entre les danses. Lorsqu'ils finissaient enfin par s'éloigner, ils paraissaient émerveillés d'avoir passé un si bon moment et Jasper grinçait des dents encore plus fort en constatant ceci. Ils ne faisaient que voir ce qu'il avait toujours su. Harriet était une jeune femme remarquable lorsqu'elle était enjouée et détendue. Jadis, il avait été le seul à le voir, mais il *l'avait vu*, il s'en était aperçu avant tout le monde, et cela comptait. Il fallait que cela compte. Quelques-uns de ses partenaires semblaient partir à regret, et il s'avéra que plusieurs d'entre eux s'étaient assurés d'obtenir une nouvelle danse avec elle.

Jasper sentit sa mâchoire se serrer davantage. Elle avait intérêt à lui avoir gardé la valse de minuit.

Présentement, il ne savait pas s'il était impatient que minuit arrive, ou s'il le redoutait. En dépit de toute la jalousie qui le consumait à la voir s'amuser autant avec tous les bons partis de la salle sauf lui, il était terrifié qu'elle se contente de le regarder dans les yeux pour lui annoncer qu'il ne signifiait rien pour elle. Peut-être dirait-elle qu'elle le détestait, ou qu'elle ne l'aimait simplement pas. Quelque part, il préférait la haine… au moins, c'était un sentiment passionné. N'être simplement pas apprécié semblait quelque peu pathétique. Il ne pouvait tout de même pas croire qu'elle plongerait dans ses yeux pour lui annoncer qu'elle l'aimait, qu'elle l'avait toujours aimé et qu'elle l'aimerait toujours. Mais il comptait pour elle, n'est-ce pas, au moins un petit peu ? Il avait l'impression d'avoir le cœur écrasé dans la poitrine.

Cela avait été le cas. Pendant des années et des années. Il l'avait su, avait pris cela pour acquis, imbécile qu'il était, mais peut-être était-elle capable de ressentir cela à nouveau ? Peut-être lui laisserait-elle une chance ?

Peu importe ce qu'il se passerait, il s'agripperait au moindre signe d'intérêt de sa part, et l'entraînerait dans ce satané pavillon d'été. Oh, il ne voulait pas la forcer à faire quoi que ce soit, il n'était pas une fripouille, mais il avait besoin d'être seul avec elle, il avait besoin d'avoir une chance de la conquérir à nouveau et il n'avait pas d'autres idées puisqu'elle refusait de lui parler. Il savait que la plupart des femmes le désiraient, que toutes les femmes ici présentes le trouvaient exceptionnellement beau ; il n'y avait qu'Harriet qui semblait immunisée à ses charmes. Le problème, c'est qu'il se moquait de l'opinion des autres, il ne s'en était jamais préoccupé. Harry évaluait ses semblables par leur intelligence. Elle n'était pas intéressée par les beaux visages ou les physiques avantageux, et c'était là que le bât blessait. Elle le croyait idiot, et il ne pouvait pas prétendre le contraire.

Il aurait aimé être assez intelligent pour l'impressionner, et ce n'était pas faute d'avoir essayé. Il avait fait de son mieux à l'école, passant ses nuits à étudier, jusqu'à ce qu'il réalise que c'était sans espoir, et qu'il était moins humiliant de prétendre n'en avoir rien à faire que de continuer à échouer.

Forcément, elle avait méprisé sa nonchalance, son désintérêt manifeste envers l'éducation, envers quoi que ce soit d'intellectuel, mais il avait beaucoup trop honte pour expliquer la vérité.

Si elle l'avait su, elle aurait eu pitié de lui et cela l'aurait mortifié.

Enfin, minuit sonna et Jasper traversa la piste en direction de la jeune femme. *Je vous en prie*, supplia-t-il tout en progressant vers elle, *je vous en prie, donnez-moi une chance.*

Harriet l'attendait. Toute trace d'amusement l'avait quittée lorsqu'il la rejoignit enfin. Elle le regarda avec de grands yeux ; il eut l'impression qu'elle tremblait. Il espérait ne pas se tromper, car si ce n'était pas elle, c'était lui. Comme s'il n'allait pas être suffisamment humilié lorsqu'elle lui dirait de la laisser seule. Il n'était pas complètement idiot, il savait que c'était la seule raison pour laquelle elle avait accepté ce défi, pour ne plus jamais avoir affaire à lui.

Jasper déglutit et la prit dans ses bras. Il l'attira contre lui, bien plus qu'il ne l'aurait dû, mais il était incapable de s'en empêcher. Si cela devait être la dernière fois qu'il la tenait dans ses bras, bon sang, il allait en profiter au maximum.

Chapitre 3

Chère Matilda,

Comme c'est aimable à vous de vous préoccuper de mon sort. Je vous assure que les raisons de ma disparition ne sont ni sordides ni digne d'un roman gothique. Loin de là, j'en ai peur, et au point où en sont les choses, j'éprouverai un grand plaisir à être divertie par quelque personnage diabolique. Malheureusement, je n'ai aucune révélation palpitante pour justifier mon absence. Ma tante n'était pas au mieux de sa forme ces dernières semaines, et elle se fait du souci lorsque je suis loin d'elle. Elle s'est montrée si adorable avec moi qu'il est tout naturel que je lui tienne compagnie ; c'est la moindre des choses.

Voilà, vous savez à présent. Une explication ennuyeuse, qui apaisera votre bon cœur.

J'espère qu'à présent vous êtes rassurée.

*— **Extrait d'une lettre de miss Jemima Fernside à miss Matilda Hunt.***

Toujours la nuit du bal d'été de Saint-Clair. 30 août 1814, Demeure de Holbrooke, Sussex.

Harriet frissonna lorsque Jasper la pressa contre lui pour la valse. Bizarrement, elle s'était amusée ce soir-là, comme Jasper devait probablement le savoir. Pour une fois, elle s'était détendue, elle avait dansé, ri et passé une soirée merveilleuse. Comme c'était étrange, si l'on songeait au fait qu'elle avait toujours détesté danser. Enfin, pour être honnête, ce n'était pas l'entière vérité. Jasper ne s'était pas trompé ; elle n'avait pas *toujours* détesté danser. Elle n'avait simplement jamais appris à apprécier l'exercice avec personne d'autre que son frère ou lui. Harriet avait appris avec Jasper, Jérôme et son propre frère qui dansaient avec elle à tour de rôle sous la direction du professeur de danse, car elle était la seule fille. Elle avait adoré ces leçons, qui avaient généré beaucoup d'éclats de rire et de joie et elle avait tout particulièrement aimé danser avec Jasper, puisqu'il était celui qu'elle aimait tout particulièrement.

Même si elle s'était répétée toute la soirée qu'elle redoutait ce moment — puisqu'elle devrait mentir sans sourciller pour pouvoir, une fois pour toutes, se débarrasser de lui —, elle se rendit compte qu'elle était loin d'avoir peur. Elle sourit en se remémorant ces leçons, se rappelant combien Jasper s'était montré patient lorsqu'elle lui piétinait les pieds, la façon dont il lui souriait lorsqu'il la faisait tourner dans un passage compliqué et qu'elle y parvenait sans trébucher.

— Qu'est-ce qui vous fait sourire ?

Il avait demandé cela d'une voix tendre, et elle était trop perdue dans la douceur du souvenir pour trouver un mensonge facile.

— Je me remémorais nos leçons de danse, admit-elle.

Elle savait que c'était un aveu dangereux compte tenu des circonstances. Il fallait qu'elle lui dise qu'il ne représentait rien pour elle. Il fallait qu'elle se libère de lui une bonne fois pour toutes.

— C'était le moment de la semaine que je préférais, déclara-t-il en surprenant la jeune femme.

— Espèce de sale menteur, rétorqua-t-elle en secouant la tête, incrédule. Vous détestiez ces leçons de danse, vous disiez toujours qu'elles gâchaient vos après-midis.

Jasper baissa les yeux vers elle et elle fit l'erreur de les regarder. Seigneur, qu'il était beau. Ses yeux étaient incroyables, ni verts ni bleus, mais d'un mélange envoûtant des deux, d'une couleur aigue-marine vibrante qui lui coupait le souffle chaque fois qu'elle les voyait.

— C'est vrai, admit-il en souriant légèrement. Mais c'était avant l'été de vos seize ans. À partir de cet été-là… elles sont devenues ma raison de vivre.

Harriet sentit ses yeux picoter et elle détourna le regard. Malgré elle, elle poussa un petit rire désabusé.

— J'ai failli y croire.

Elle avait murmuré cela si doucement qu'il était improbable que Jasper l'ait entendue.

— Harry.

Il avait prononcé son nom d'un ton suppliant, douloureusement triste.

Elle se força à le regarder, bien déterminée à mettre un terme à tout cela pour de bon. S'il était réellement aussi malheureux qu'il le paraissait — elle n'y croyait pas une seule seconde —, alors il méritait d'être débarrassé d'elle, autant qu'elle avait besoin de se débarrasser de lui. C'était le moment. Elle lui dirait qu'il ne représentait rien pour elle, et ils pourraient tous les deux tourner la page.

À l'instant où leurs regards se croisèrent, les mots s'éteignirent dans sa gorge, et ce qu'elle lut dans ses yeux lui coupa le souffle.

— Harry, répéta-t-il. Ne suis-je plus rien pour vous ? N'ai-je pas un semblant d'importance à vos yeux ?

Elle se sentit subitement prise de vertiges, submergée par la chaleur et l'émotion, par la façon dont il la regardait, comme si… comme s'il voulait la soulever et l'emporter dans ce pavillon d'été pour lui faire l'amour passionnément.

Oh, Seigneur.

Aucun homme ne l'avait jamais regardée de la sorte. Et elle doutait que quiconque la regarde à nouveau de cette façon. Idiote. Si Jasper la regardait de cette façon, c'est parce qu'elle l'avait repoussé pendant si longtemps, c'était la seule raison. Il était comme un enfant à qui l'on refuse une sucrerie et qui la désire au-delà du raisonnable simplement parce qu'on lui a dit non. Pourtant, une désagréable vérité monta en elle alors qu'elle le contemplait en reconnaissant ce désir effréné.

Elle aussi, le ressentait.

Elle avait envie de lui.

Elle avait désespérément envie de lui, et elle était bien sotte de penser qu'elle pouvait simplement tourner le dos à tout cela et qu'elle serait enfin tranquille. Il continuerait à la tourmenter, même si elle était à l'autre bout du monde. Elle l'avait dans la peau, et il y resterait.

Dans ce cas… peut-être que ceci suffirait à lui faire oublier Jasper. Elle sauta sur cette idée en dépit de la petite voix lui murmurant qu'elle était invraisemblable. Harriet la fit taire, trop pressée de trouver une raison de croire en cette nouvelle possibilité grisante. Peut-être qu'en se soumettant à ce besoin physique, son idiot de cœur finirait par comprendre que tout ceci n'avait été que désir et non amour. Jasper serait très certainement satisfait, perdrait tout intérêt envers elle lorsqu'il aurait eu ce qu'il voulait, et elle pourrait enfin retrouver la raison une bonne fois pour toutes. Pourquoi ne pas en finir et mettre un terme à leur souffrance ?

En cet instant, cela lui sembla parfaitement logique. C'était un argument tout à fait cohérent. Harriet pouvait gérer les arguments logiques, c'était les émotions qui lui posaient problème. Ici, elle ne se laissait pas guider par son cœur. *Cela* aurait été stupide. Non, c'était une décision froide, calculée qui lui rendrait sa liberté.

— Harry, répondez-moi, pour l'amour de Dieu, la supplia-t-il.

Elle ne répondit pas. Cela aurait été bien trop dangereux. Non. Il valait mieux en finir tout de suite, maintenant que la décision était prise. La danse se termina et elle ne lâcha pas sa main, mais la tira et entraîna Jasper hors de la piste.

— Harry, dit-il précipitamment. Que faites-vous ? Vous aviez promis de répondre à la question.

Elle l'ignora et se fraya un chemin à travers la foule en direction des portes ouvertes, vers l'obscurité qui régnait au-delà de ces dernières.

— Où allons-nous ? demanda-t-il d'un ton étrange tandis qu'elle dévalait les marches qui menaient au jardin. Harriet, pour l'amour du ciel, ralentissez ! Où allons-nous ?

Elle ne lui répondit toujours pas, se déplaçant si rapidement qu'elle était essoufflée.

— Harry !

— Au pavillon d'été, lança-t-elle sans ralentir par-dessus son épaule d'une voix irritée.

Un silence choqué s'ensuivit.

— Au pavillon d'été ?

La main qu'elle tenait la tira si fort en arrière qu'elle trébucha sur Jasper. Il l'aida à retrouver son équilibre en posant une fois de plus les mains sur sa taille. Elle contempla sa cravate, dont la blancheur de neige luisait sous le clair de lune. Elle avait déjà décrété que le regarder dans les yeux était une très mauvaise idée, elle s'obligea donc à garder le regard rivé sur le tissu immaculé.

— Pourquoi allons-nous au pavillon d'été ?

Lui aussi semblait à bout de souffle. C'était probablement à cause de cette escapade au rythme effréné, se dit-elle.

— Vous savez pourquoi, répondit-elle, irritée par la question.

Il s'agissait de son pari, après tout, n'est-ce pas ?

Il leva son menton en l'obligeant à le regarder. Bon sang, ces fichus yeux… il aurait dû y avoir une loi contre eux. Ils lui donnaient un avantage injuste, en comparaison avec le reste des mortels.

— Harry, dit-il en la fixant avec une telle intensité qu'elle eût envie de se détourner. Voulez-vous… voulez-vous dire que… que je compte pour vous ?

Harriet ferma les yeux, la seule solution pour éviter ce regard inquisiteur tandis qu'elle secouait la tête. S'il regardait dans ses yeux, il détecterait automatiquement ce mensonge piteux.

Il lui lâcha la main et le silence s'éternisa si longuement qu'elle fut presque tentée de le regarder. Presque.

— Pourquoi, dans ce cas ? demanda-t-il tristement.

— Je…

Elle hésita, et ses joues prirent une couleur écarlate. Mais c'était impossible qu'il s'en aperçoive au clair de lune.

— Je vous désire.

Les mots étaient incertains, sortant un à un de sa bouche comme ils lui venaient.

— … Et vous vous sentirez mieux lorsque nous… lorsque nous…

Elle se mordit les lèvres, ne sachant pas comment présenter la chose, mais elle se dit qu'ils avaient probablement déjà passé le stade des convenances.

— Lorsque vous m'aurez eue, et vous cesserez alors de prétendre que je compte pour vous et me laisserez en paix.

Un petit rire retentit, mais Jasper ne semblait pas spécialement amusé.

— Est-ce comme cela que les choses fonctionnent ?

— Oui.

Elle ressentit du soulagement en se disant qu'il commençait peut-être à comprendre.

— Votre réputation sera détruite.

Cette fois, Harriet rit.

— Non, dit-elle d'un ton dégoûté. Ma valeur n'a rien à voir avec ma virginité.

— Aux yeux de la société, si.

— Oh, au diable la société. De plus, personne ne le saura jamais.

Elle ouvrit les yeux et osa le regarder en ajoutant :

— Je vais au pavillon d'été. Venez-vous, oui ou non ?

— Je ferais mieux de venir, je suppose, dit-il avec une lueur étrange dans les yeux. Si vous êtes certaine que cela me guérira de l'obsession que j'éprouve envers vous.

— Oui, répliqua-t-elle avec un mouvement de tête affirmatif. C'est une déduction scient... scientifique, dit-elle en butant sur le mot. Et je me trompe rarement lorsque je fais cela.

— Harry… avez-vous… avez-vous bu ?

Les mots de Jasper étaient prudents, et pour cause. Il savait qu'Harriet ne buvait jamais. Perdre le sens des réalités, perdre le contrôle… c'était une idée absolument épouvantable et terrifiante, et juste ciel, non. *Jamais !*

— Bien sûr que non ! s'exclama-t-elle. Quelle idée !

Elle se tourna vers lui pour lui jeter un regard noir et trébucha sur le sol inégal. Jasper la rattrapa.

— Je n'ai rien bu d'autre que le cocktail de fruits, précisa-t-elle.

— Hmmm, fit Jasper en fronçant légèrement les sourcils.

Ils atteignirent bientôt le pavillon d'été et Harriet prit appui contre la porte et la poussa avec force, car cette dernière raclait contre les dalles en pierres lorsqu'on l'ouvrait.

— Il faudrait que je fasse réparer cela, dit Jasper.

Harry s'esclaffa.

— Vous dîtes cela chaque fois que nous venons ici.

— Cela fait des années que nous ne sommes pas venus ici, Harry.

— Sottises. Nous y sommes allés lorsque vous avez organisé le rendez-vous secret entre Kitty et Luke.

— Nous n'y sommes pas entrés.

Harriet leva les mains au ciel. Elle décida de ne pas se battre.

— Très bien, cela fait des années que nous ne sommes pas venus ici.

— Cela fait huit ans. Huit années depuis ce baiser que je vous ai donné, et pas un jour ne s'est écoulé depuis sans que je n'y pense.

Elle se tourna vers lui et sourit en secouant la tête, admirative.

— Mon Dieu, vous êtes vraiment doué pour cela, n'est-ce pas ?

Il se raidit, le mouvement perceptible même dans l'obscurité de la construction. La petite pièce était plongée dans la pénombre, la lumière de la lune projetant son éclat ici et là.

— Doué pour quoi ?

Harriet le désigna d'un mouvement vague de la main.

— La séduction.

Elle sentit un nouveau vertige l'assaillir et attrapa le dossier d'une chaise pour conserver l'équilibre.

— Vous savez exactement ce qu'il faut dire pour faire tomber les vêtements d'une femme, n'est-ce pas ?

— Il me semble que vos vêtements sont toujours sur votre dos.

Harriet renifla en ne prêtant pas attention au ton ironique de la voix de Jasper.

— Nous venons à peine de franchir le seuil de la porte. J'imagine que même le libertin le plus expérimenté a besoin de quelques minutes pour que le charme opère, même quand il ressemble à un ange tombé du ciel.

Elle rougit, vit la lueur d'intérêt s'allumer dans les yeux de Jasper devant ce compliment involontaire. Pourtant elle avait déjà avoué le désirer, et il savait qu'il était très beau. La façon dont les femmes se jetaient à ses pieds aurait mis la puce à l'oreille au plus humble des hommes. À sa connaissance, Jasper n'avait jamais été humble. Elle se retourna néanmoins, car elle ne désirait pas voir l'air suffisant qu'il prendrait en commentant son aveu.

— Je ne suis pas un libertin, Harry.

Cela la prit par surprise. Pas seulement le fait qu'il n'ait pas saisi l'opportunité de la taquiner pour l'avoir comparé à un ange tombé du ciel, mais aussi qu'il réfute son statut de libertin. Tout le monde était au courant de ses relations, et les histoires à son sujet ne manquaient pas.

Elle ricana. Ce n'était pas la plus gracieuse des réactions et elle la regretta sur-le-champ, mais vraiment… pourquoi nier l'évidence.

— C'est la vérité, insista-t-il. La moitié des bruits qui courent sont des mensonges, quant au reste, c'est très exagéré.

Harriet leva les yeux au ciel et se tourna vers lui.

— Donc vous n'avez pas de liaison avec Mrs Tate ?

Il eut la courtoisie de paraître un peu gêné, mais soutint son regard.

— Je n'ai jamais dit que j'étais vierge non plus.

Sa bouche tressauta légèrement, et il ajouta :

— Mais cela fait quelque temps que tout est fini avec elle.

— Oh ? répondit Harriet en essayant de paraître nonchalante.

Pourquoi cela aurait-il de l'importance, que leur liaison soit ou non terminée ? Cela ne la regardait pas, pourtant, elle ne pouvait pas prétendre qu'elle n'était pas contente.

— C'est donc la raison pour laquelle j'ai le plaisir de recevoir votre intérêt, c'est cela ? On s'ennuie ?

— Bon sang, *non* !

Il y avait une réelle colère lorsque les mots explosèrent et elle sursauta, étonnée, mais elle fut pourtant trop lente pour réagir lorsqu'il franchit la distance qui les séparait pour la prendre dans ses bras. Sa bouche rencontra celle d'Harriet, chaude, féroce et impatiente, et en cet instant, la résistance d'Harriet — enfin, le peu qui lui restait — hissa le drapeau blanc et s'avoua vaincue.

Les souvenirs l'assaillirent, ceux d'un autre baiser, donné au même endroit. Cela avait été un baiser hésitant, doux, plein d'espoir et d'attentes, et elle ne put s'empêcher de le comparer à celui-ci. Ils n'avaient rien en commun. Elle avait été si jeune, si naïve et rêveuse et Jasper n'avait fait que jouer avec elle, s'entraînant à cet art, sans aucun doute.

Celui-ci était différent.

C'était un homme qui savait ce qu'il faisait qui lui donnait ce baiser, un homme qui réclamait ce qu'elle lui offrait si ouvertement. Il était féroce et intense, les bras de Jasper l'emprisonnaient, la serrant plus fort, si fort qu'elle pouvait à peine respirer. Elle se sentait possédée et désirée et c'était merveilleux, dramatique et incroyablement bouleversant.

Harriet se laissa fondre dans cette étreinte et enfonça ses doigts dans la chevelure de Jasper, chaude et soyeuse. Jasper l'embrassa plus passionnément, explorant sa bouche comme si la mort allait l'emporter à la fin de ce baiser, comme si elle était son oxygène et qu'il était en train de se noyer avant que leurs lèvres ne se rencontrent.

Oui, fut la seule pensée cohérente qu'elle eût, accompagnée de *ne vous arrêtez pas*. Comme il était plaisant et étrange de ne pas penser. Harriet réfléchissait en permanence, elle considérait tous les aspects d'une situation, soupesait ses décisions avec une précision mathématique, mais pour l'instant, elle était incapable de réfléchir. Il n'existait rien d'autre que la chaleur du corps de Jasper irradiant à travers ses vêtements, il n'existait que la force de ses bras qui l'entouraient, et lorsqu'il attrapa ses fesses pour la presser contre son membre rigide, elle aussi s'embrasa.

Harriet gémit en se serrant davantage contre lui alors que sa peau bouillonnait de chaleur, alors que la douleur qui avait pris place dans sa chair un peu plus tôt dans la soirée descendait pour vibrer entre ses cuisses, dans un battement ferme et insistant qui semblait répéter son nom.

Jasper, Jasper, oh, oui, je vous en prie, Jasper.

La seconde d'après, les mains de Jasper dénouaient les lacets de sa robe, et elle rit de la rapidité avec laquelle elle fut débarrassée de cette dernière et de ses jupons.

— Vous osez toujours nier être un libertin ? demanda-t-elle en gloussant et en secouant la tête, amusée.

Elle regarda son corset tomber sur le sol avec un détachement étrange, comme si ceci arrivait à une autre Harriet, une Harriet plus brave, qui avait oublié qu'elle avait peur de Jasper et qu'elle avait besoin de rester loin, très loin de lui.

— Oui, dit-il en la ramenant contre lui.

Il mordilla le lobe de son oreille, tout en glissant la main sous sa chemise longue et en caressant sa cuisse.

— Je me sentais seul, Harriet. Vous me manquiez, voilà tout. Il vous suffisait de claquer des doigts et je serais venu en courant.

Harriet sourit, étourdie, mais pas totalement idiote. Les choses que disaient les hommes pour déshabiller une femme. Ce qui était étrange, puisqu'elle avait déjà accepté de le faire.

— Vous n'avez pas besoin de vous donner tant de mal, murmura-t-elle.

Elle fut surprise d'entendre ces mots sortir de sa bouche, et elle gémit lorsque les doigts de Jasper effleurèrent son sexe. Elle frissonna en s'agrippant à lui.

— Oh, oui, murmura-t-elle.

Jasper se figea et recula légèrement pour la regarder.

— N'arrêtez pas, le supplia-t-elle, le corps vibrant d'impatience.

— Êtes-vous certaine de n'avoir rien bu ?

— Oh, Jasper, *vraiment* ? s'exclama-t-elle avec irritation.

L'empoignant par les cheveux, elle le tira vers elle pour l'embrasser à nouveau et il grogna contre sa bouche tout en caressant gentiment d'avant en arrière les boucles douces entre ses cuisses.

— Harry, oh, Seigneur, Harry, je vous désire tellement.

— Oui, dit-elle sans pouvoir dire quoi que ce soit d'autre. Oui, oui, oui.

— Nous avons besoin d'un lit, dit-il d'une voix désespérée en jetant un regard à travers la pièce.

Il la libéra de façon si soudaine qu'Harriet trébucha et dut rattraper le dossier de la chaise pour conserver l'équilibre. Dieu merci, Jasper n'avait pas semblé le remarquer tant il était concentré sur l'assemblage de couvertures qu'il disposait sur le sol. Il jeta un assortiment d'oreillers dépareillés au sommet, puis, satisfait, il retira ses bottes et les jeta avec une négligence surprenante, lorsque l'on savait quelle importance il accordait au fait qu'elles restent impeccablement brillantes.

Son manteau et sa cravate suivirent le même chemin, et Harriet le regarda avec une fascination ravie déboutonner son veston, le jeter par terre, et faire passer sa chemise par-dessus sa tête. Elle sentit sa bouche devenir sèche lorsque ses mains s'approchèrent de ses culottes, et elle osa à peine respirer lorsqu'il les descendit le long de ses jambes en compagnie de ses sous-vêtements d'un seul geste fluide, avant de les éloigner d'un coup de pied. Il respirait fort à présent, tandis qu'Harriet semblait avoir complètement oublié comment faire.

Seigneur. Il était réellement un ange tombé du ciel.

Elle le contempla sans la moindre gêne, l'étudiant comme une œuvre d'art, ce qu'il était dans tous les sens du terme ; sa beauté était incroyable. Jasper Cadogan était une œuvre de maître, un spécimen de perfection masculine, mais chaud et fait de chair et de sang au lieu d'être une froide sculpture de marbre. Le regard d'Harriet le parcourut, elle prenait note de chaque partie de lui, de ses épaules larges et ses bras musculeux, à son abdomen sculpté et son ventre ferme, mémorisant ce qu'elle voyait. Ses yeux se posèrent sur son sexe fièrement dressé, et elle ne put s'empêcher de s'y attarder un long moment avant de regarder à nouveau son visage.

À sa grande surprise, Jasper hésita. Était-il en train de rougir ?

— Voulez-vous toujours de moi, Harry ? demanda-t-il d'une voix qui manquait étrangement d'assurance.

Un sourire impuissant se dessina sur ses lèvres et elle hocha la tête. Jasper relâcha son souffle.

— Ce n'est pas la première fois que je vous vois nu, dit-elle avant de plaquer ses mains contre sa bouche, horrifiée par cet aveu ;

Mais pourquoi avait-elle dit cela ?

Jasper, enchanté, éclata de rire et la tira à nouveau dans ses bras. Harriet haleta au contact de son corps nu, de la chaleur qui émanait de lui et qui traversait le coton fin de sa chemise.

— Oh ? répliqua-t-il en la regardant avec une lueur diabolique dans les yeux. M'avez-vous espionné, mon amour ?

Il n'avait pas l'air entièrement mécontent de cette révélation, mais Harriet était toujours cramoisie de gêne. Mais qu'est-ce qui ne tournait pas rond chez elle ?

— Allons, vous ne pouvez pas en rester là. Quand était-ce ?

— Il y a des années de cela, marmonna-t-elle.

Elle voulut enfoncer son visage contre son torse, mais constata que sa peau était chaude et soyeuse. Elle n'arrivait presque plus à penser.

— Vous aviez dix-huit ans, précisa-t-elle.

Harriet s'était dit qu'il était la chose la plus belle qu'elle ait jamais vue de toute sa vie lorsqu'elle l'avait vu se baigner nu avec son frère dans le lac, lors de ce long et glorieux été où elle s'était sentie heureuse. Mais il était alors encore un jeune garçon aux frontières de l'âge adulte. Maintenant, il était bel et bien un homme, et il lui coupait le souffle, il rendait son cœur douloureux d'impatience et l'endroit secret entre ses cuisses vibrant de désir.

Incapable de s'en empêcher, elle posa un doigt sur sa poitrine et le fit descendre le long de sa toison dorée jusqu'à ce qu'elle atteigne le disque plat de son téton. Elle en fit le tour et observa, intriguée, la peau devenir plus ferme à son contact. Elle ne put réprimer l'envie de se pencher pour lécher le petit bouton. Jasper grogna, et ce son fit descendre un frisson le long de l'échine d'Harriet qui ressentit un tel sentiment de puissance qu'elle ne put s'empêcher de s'en délecter. Elle recommença, cette fois en décrivant des cercles avec sa langue avant de le sucer légèrement.

Jasper poussa un juron et soudainement, elle se sentit soulevée puis reposée délicatement sur le sol dans le nid de couvertures et de coussins qu'il avait mis en place pour eux. Il l'embrassa à nouveau en dénouement le lien qui maintenait sa chemise autour de son cou, puis il tira sur le tissu pour l'écarter et révéler sa poitrine.

— Harry, murmura-t-il avec cérémonie tout en entourant sa chair tendre de la main. Vous êtes si jolie.

Harry rit légèrement, amusée qu'il fasse tant d'effort, mais néanmoins touchée. Au moins, il se donnait du mal.

Il la dévisagea avec une expression perplexe dans le regard.

— Vous *êtes* jolie, Harry, répéta-t-il.

— Hmmm, dit-elle en souriant.

Elle ne voulait pas gâcher l'instant en énonçant l'évidence.

— Je vais vous montrer à quel point vous êtes jolie, murmura-t-il.

Il fit descendre sa bouche vers un sein, l'embrassa et le lécha jusqu'à ce qu'elle soit folle de plaisir. Il se déplaça vers l'autre sein et continua de la dévorer tout en glissant sa main à nouveau sous sa chemise, à la recherche de la source de son délice, à l'endroit qui brûlait de désir pour lui.

Harriet gémit et se cambra sous son toucher. Jasper murmura des choses douces qu'elle ne comprit pas totalement, trop perdue dans la volupté qu'il lui offrait. Il enfonça un doigt dans sa chaleur humide et son propre gémissement suivit celui d'Harriet.

— Oh, Seigneur, Harry, je le veux. Je vous veux. Je vous veux depuis si longtemps, j'ai cru que j'allais en perdre la raison. Dites-moi que cela signifie quelque chose, mon amour, *je vous en prie.*

Harry ne pouvait pas lui dire quoi que ce soit, elle était incapable de proférer quelque chose qui ressemblât à une phrase, elle était au-delà des mots et de la réflexion, le cerveau embrumé par le plaisir qui semblait prendre les commandes de son corps avec une telle aisance. Elle avait l'impression d'être un instrument que l'on avait mis de côté, qui prenait la poussière, et qu'elle avait été soudainement placée entre les mains d'un maître. Comment pouvait-il connaître son corps, comprendre son plaisir mieux qu'elle ne l'avait jamais fait ?

— Jasper, dit-elle en s'accrochant à lui.

Il releva la tête et reposa la bouche sur la sienne.

— Dites-moi que cela signifie quelque chose pour vous, Harry. Il ne s'agit pas simplement de désir, n'est-ce pas ?

— Oh, Jasper…

Elle avait envie de pleurer, elle voulait lui dire de ne pas parler, de ne pas poser de telles questions, des questions qui la rendraient bien plus vulnérable et exposée que d'avoir ses mains posées sur elle de façon si intime.

— … Arrêtez, arrêtez.

Il s'immobilisa aussitôt et elle eut envie de hurler de frustration.

— N-Non… n'arrêtez pas ! gémit-elle. Arrêtez simplement de parler. Je ne p-peux pas réfléchir. Je ne veux pas réfléchir. Pas maintenant.

Jasper la contempla.

— Seigneur, Harry, vous êtes saoul.

— Non ! s'exclama-t-elle, furieuse. Je vous l'ai dit, je n'ai bu que le cocktail de fruits.

— Oh, ma douce, grogna-t-il en posant son front contre celui de la jeune femme. C'est peut-être le cas, mais vous êtes éméchée, et je ne peux pas… Bon sang, Harry, je ne peux pas vous faire l'amour. Pas maintenant. J'ai besoin de savoir que vous voulez cela.

Harriet, outrée, lui lança un regard furibond.

— Jasper, nous sommes nus, et votre main est… est posée *là*. Je pense que nous pouvons sans risque en déduire que je suis consentante.

— Vraiment, Harry ? dit-il d'une voix basse en lui caressant le cou du bout du nez. Le voulez-vous vraiment ?

— Jasper Cadogan, si vous ne finissez pas ce que vous avez commencé, je vais vous tuer.

Un rire bas retentit, puis Jasper soupira.

— D'accord, mon amour. Ne vous inquiétez pas, je vais mettre fin à vos souffrances.

Chapitre 4

**— Extrait d'une lettre de miss Bonnie
Campbell au comte de Morven.**

**Toujours la nuit du bal d'été de Saint-Clair. 30 août 1814,
Holbrooke House, Sussex.**

Jasper en aurait pleuré. Il comptait bien assassiner son idiot de
frère, car il n'avait pas le moindre doute quant à la personne
responsable d'avoir corsé le cocktail : Jérôme. Il était là, tenant la
femme qu'il aimait dans ses bras, et voilà qu'il découvrait qu'elle
était ivre. Il avait eu des soupçons un peu plus tôt, mais, petit a, il
était impossible d'imaginer Harriet saoule ; et petit b, elle l'avait
nié avec une telle véhémence qu'il l'avait crue, ou peut-être avait-
il tellement voulu la croire qu'il avait ignoré les signes évidents.
Dans tous les cas, il ne pouvait pas prétendre qu'il ne savait pas à
présent, peu importe combien il l'aurait voulu.

Mais il ne pouvait pas la laisser après ainsi l'avoir émoustillée
à ce point. Elle était si sensible à son toucher, beaucoup moins
timide et nerveuse que ce à quoi il s'était attendu. Il se demanda si
l'alcool y était pour quelque chose, mais se dit que c'était peut-être
tout simplement Harriet. Avant que les choses ne changent, elle
était suffisamment téméraire pour lui dire ce qu'elle pensait.
C'était uniquement lors des rassemblements ou devant des
étrangers qu'elle se tenait silencieuse et paraissait mal à l'aise.

Cela lui faisait toujours de la peine de voir cela, et il avait chaque fois envie de lui prendre la main et de la rassurer.

Elle n'avait pas besoin qu'il lui tienne la main à présent, se dit-il sur un ton narquois, alors qu'elle lui saisissait les épaules pour l'amener à elle et qu'elle s'agrippait à ses cheveux pour obtenir un nouveau baiser. Il ne pouvait pas lui faire l'amour, pas maintenant, pas lorsqu'il n'était pas certain que ce fût réellement ce qu'elle voulait, mais il pouvait soulager la tension qu'elle ressentait.

Il l'embrassa lentement et profondément, la savourant, ensorcelé par le goût séduisant de l'innocence et de l'impatience tandis qu'elle soupirait contre sa bouche. Il recommença à caresser ses parties intimes. Ce n'était pas difficile de lui faire plaisir, même si son propre corps brûlait de l'envie de la rejoindre, de la rendre sienne de toutes les façons possibles, afin qu'elle ne puisse plus nier qu'elle était à lui, ni qu'ils étaient faits l'un pour l'autre. Elle s'abandonna sous ses caresses, se cambrant et criant, les doigts enfoncés dans le dos de Jasper qui la regarda, le cœur brûlant de désir et d'amour pour elle, avec l'envie désespérée de s'assurer qu'il serait le seul à posséder cela, et ce, pour toujours.

— Jasper, murmura-t-elle.

Maintenant, elle avait sommeil, son corps était mou et lourd tandis que le plaisir refluait, la laissant léthargique et satisfaite.

— Je suis ici, mon amour, dit-il en la prenant dans ses bras et en la ramenant contre son torse. Je serai toujours ici, ajouta-t-il tandis que la respiration de la jeune femme s'apaisait et qu'elle se blottissait contre lui.

— Félicitations, déclara sèchement sa mère en les regardant.

Harriet rougissait si férocement qu'il percevait la chaleur de sa peau contre la sienne — sa peau nue, car il était complètement nu, ce qui était parfaitement évident pour leurs spectateurs. Seule

Harriet le dissimulait, et il avait fait de son mieux pour la cacher avec son manteau.

Il lança un regard noir à Mr Burton, Jérôme et ses amis.

— Tournez-vous, gronda-t-il.

— Je crois que nous pouvons faire bien mieux que cela, répondit Mr Burton avec une expression profondément désapprobatrice.

Il ouvrit la porte et fit signe à tout le monde de partir. Ce qu'ils firent, Dieu merci. Tous, sauf la mère de Jasper.

— J'aimerais avoir une discussion avec vous deux à la maison, dès que…

Elle regarda les vêtements éparpillés dans le pavillon et ses lèvres tressaillirent.

— … Dès que vous serez prêts. Nous avons un mariage à préparer. Je dois dire, Harriet, annonça-t-elle en cédant à l'envie de sourire, que je n'aurais pas pu être plus heureuse. Bien joué, Jasper !

Elle applaudit avec un plaisir évident et sortit vivement de la pièce.

Jasper retint sa respiration.

Harriet était encore raide dans ses bras et était toujours dos à lui. Elle était immobile ; il doutait même qu'elle clignât des yeux. Elle semblait trop choquée pour réagir. Il écouta les gens quitter le pavillon, entendit leurs voix s'éloigner alors que sa mère les intimait de partir.

Il prit une profonde inspiration en se demandant quoi dire quand son regard s'arrêta sur la surface lisse de l'épaule d'Harriet. Incapable de résister, il se pencha et l'embrassa. Elle haleta, et pendant un instant il crut que c'était un son encourageant et qu'ils pourraient peut-être finir ce qu'ils avaient commencé, mais c'est alors qu'Harriet s'éloigna précipitamment de lui.

— Vais être malade, réussit-elle à dire.

À peine eut-elle franchi la porte qu'il entendit un bruit de vomissement.

Peut-être pas, finalement.

Avant même qu'Harriet finisse de se nettoyer et se préparer, elle avait envie de mourir. Elle ne s'était jamais sentie aussi mal de toute sa vie, mais elle en était presque reconnaissante. Cela distrayait son esprit du désastre qu'elle venait de faire de sa vie.

— *Ne paniquez pas*, s'ordonna-t-elle. *Ne. Paniquez. Pas.*

Elle paniquait.

Jasper continuait à essayer de lui parler, mais elle le fit taire d'un signe de la main accompagnée d'un regard noir. Il se tut. Elle ne pouvait pas lui parler, pas encore, pas avant d'avoir compris ce qu'il s'était passé la veille. Ses souvenirs étaient brumeux, elle n'avait que des semblants d'images ici et là et des bribes de phrases enchevêtrées. Il n'y avait qu'une chose dont elle pouvait se souvenir avec une réelle clarté, et elle aurait vraiment aimé oublier cette partie. Elle rougit, tourna le dos à Jasper tout en faisant mine de défroisser sa toilette.

Ne pensez pas à cela. Ne pensez pas à cela. Naturellement, elle ne pouvait penser à rien d'autre. Il n'y avait rien d'autre dans son esprit que le corps nu de Jasper au-dessus du sien, la bouche vissée sur son sein et la main entre ses jambes, les doigts… tout son corps fut parcouru d'une vague de chaleur au souvenir du plaisir exquis de ses doigts glissant en elle et des sons qu'elle avait émis alors qu'il lui offrait la plus incroyable expérience de toute sa vie.

— Harry, répéta-t-il.

Elle secoua la tête en luttant contre les larmes.

Oh, Harriet, espèce d'idiote.

Elle ouvrit la porte du pavillon d'été et s'enfuit en courant.

Jasper la regarda partir. Il avait, plus que tout, envie de la poursuivre, mais ce n'était pas le bon moment. Cela, il le savait. De plus, maintenant, il avait une vie, toute la vie pour la convaincre qu'ils étaient faits l'un pour l'autre. Il savait qu'il n'aurait pas dû se sentir satisfait de la situation, surtout quand c'était lui qui avait piégé Harriet, même si c'était involontaire. Pourtant il ne pouvait pas se sentir désolé ou regretter que cela soit arrivé. Elle l'épouserait — elle n'avait pas le choix — et serait sienne.

Bien sûr, en partant du principe qu'elle le pardonne un jour — pour ceci, ou pour la chose qu'il avait faite et qui avait blessé la jeune femme en premier lieu.

Il ferma la porte en soupirant et commença à repartir vers la maison. Il venait de pénétrer dans les jardins qui menaient directement à l'arrière de la bâtisse quand il aperçut le frère d'Harriet, Henry. Il marchait à grands pas vers Jasper, un air déterminé sur le visage, la mâchoire serrée.

Jasper faillit lever la main pour le saluer, comme d'habitude — puisqu'Henry était son meilleur ami — avant de réaliser qu'il venait de ruiner la réputation de sa sœur, et qu'il était possible qu'il ne soit pas totalement ravi de la situation.

— Espèce de salaud ! cria Henry qui avait parcouru la moitié de la distance.

Ceci confirma les soupçons de Jasper.

— Henry, dit Jasper en s'arrêtant et en levant les mains dans un geste de paix. Henry, laissez-moi vous expliquer, je vous en prie.

— Expliquer quoi, pourceau ! s'exclama Henry en s'approchant de Jasper de manière intimidante. Comment vous avez enivré ma sœur pour ensuite la séduire ? Mon Dieu, je vais vous rosser comme il faut, espèce de misérable chien.

Jasper soupira et n'essaya même pas de se défendre. Il devait bien à Henry la possibilité d'évacuer sa colère. Malgré tout, le coup qu'il reçut sur la mâchoire le prit quelque peu par surprise, surprise qui s'accentua lorsqu'il atterrit en titubant sur l'arrière-train, au beau milieu du parterre d'herbes aromatiques de sa mère, faisant monter une odeur fraîche de lavande écrasée autour de lui.

— Seigneur, murmura-t-il.

Il toucha sa mâchoire d'un doigt prudent, et vérifia du bout de la langue qu'il ne lui manquait pas de dents.

— Levez-vous, que je puisse recommencer, gronda Henry.

— Je l'aime, Henry, dit Jasper en levant les yeux vers son meilleur ami et en espérant qu'il puisse déceler la sincérité de cette déclaration. Je l'ai toujours aimée, et, sachez-le, elle est encore vierge et je compte l'épouser.

Henry le dévisagea quelques instants.

— Oh, dit-il en se redressant et en frottant sa nuque. Eh bien, je suppose que cela change tout, dit-il, tandis que son expression devenait légère.

Il se pencha pour offrir sa main à Jasper et l'aida à se remettre sur pied.

— Excusez-moi pour cela, dit-il en désignant la mâchoire de Jasper. Il fallait que je le fasse, l'honneur et tout cela.

— Je comprends, croyez-moi, répondit Jasper. Et puisque nous en parlons, sachez que je ne l'ai pas rendue ivre non plus. Comment avez-vous pu croire une telle chose ?

Henry haussa les épaules.

— Je ne m'attendais pas à apprendre que vous aviez été surpris tous les deux dans le pavillon d'été. Je sais qu'Harry ne boit jamais, et… eh bien, je ne savais pas quoi croire.

Jasper lança un regard incrédule à son ami.

— Vous ne vous en êtes jamais rendu compte ? demanda-t-il en secouant la tête, ébahi. Vous ne vous êtes jamais douté que j'étais amoureux d'elle ?

— Non, admit Henry en secouant la tête. Enfin, il y a bien eu cet été-là, il y a des années de cela, où vous avez semblé passer un temps infini à vous pâmer devant elle, et elle devenait écarlate chaque fois que vous lui adressiez la parole. J'ai alors cru que vous finiriez peut-être ensemble, mais depuis… non. Vous êtes tout le temps en train de la chercher et de la mettre en colère, et pour tout vous dire, j'ai cru qu'elle ne pouvait pas vous supporter.

Jasper laissa échapper un petit rire, mais il ne contenait pas vraiment de joie.

— Je crois que rien n'a changé, dit-il sombrement. Allons, je dois faire face à tout le monde. Nous avons un mariage à préparer.

Harriet hésita devant la porte du salon rose. Tante Nell, lady Saint-Clair et Jasper l'attendaient à l'intérieur. L'après-midi était bien avancé, et son mal de tête s'était réduit à une douleur sourde. Elle avait compris qu'elle avait été sous l'influence de l'alcool la veille, et cela expliquait au moins une grande partie de ce qu'il s'était passé. Quand elle découvrirait qui avait trafiqué le cocktail de fruits, elle allait l'étrangler. Elle était dans un sacré pétrin maintenant.

Elle enroula ses doigts autour de la poignée, mais se révéla incapable de trouver le courage de tourner cette maudite chose. *Contentez-vous d'entrer et finissez-en,* s'invectiva-t-elle. Elle prit une profonde inspiration et s'obligea à pénétrer dans la pièce. Tante Nell et lady Saint-Clair l'accueillirent avec de grands sourires. L'envie de faire demi-tour et de s'enfuir en courant à nouveau était presque irrésistible.

— Harriet, ma chérie, déclara lady Saint-Clair en tendant les mains. Je suis si heureuse. J'avoue avoir rêvé que ce jour arrive depuis si longtemps. Je vous ai toujours considérée comme ma fille.

Oh, non. Harriet sentit son cœur sombrer. Cela ne serait pas facile. Elle se retourna et vit Jasper la regarder avec méfiance. Il s'était lavé, changé, et était affreusement beau. L'apparence d'Harriet, en revanche, était semblable à son état émotionnel. Complètement misérable.

— Je suis vraiment navrée, lady Saint-Clair, s'obligea-t-elle à dire. M-Mais j'ai bien peur de devoir vous décevoir. Je ne peux pas épouser Jasper.

Le sourire de lady Saint-Clair s'affaissa, et tante Nell poussa un petit cri choqué.

— Ne soyez pas ridicule, Harriet, déclara sèchement sa tante. Vous *devez* l'épouser. Autrement, c'en sera fini de votre réputation.

Harriet se prépara à recevoir les critiques qui allaient suivre sa prochaine déclaration.

— Je ne veux pas épouser Jasper, et je suis certaine qu'il ne veut pas m'épouser non plus.

— Ne vous avisez pas de me prêter des mots que je n'ai pas dits, Harry, répliqua Jasper.

Sa voix était calme, mais son expression furieuse. Elle parvenait presque à le croire tant son regard était intense. Elle parvenait presque à croire que cette beauté divine près de la fenêtre désirait réellement avoir la banale Harriet Stanhope et ne se montrait pas tout simplement courtoise en agissant comme un gentleman envers son amie d'enfance.

— Je *veux* vous épouser, et vous êtes *obligée* d'accepter ce mariage, que vous le vouliez ou non. Je suis désolé que cela vous semble être une perspective si affreuse, mais vous n'avez pas le choix.

— En réalité, Jasper, si, répondit-elle en se tournant pour le regarder. Mais dans tous les cas, il s'agit de ma décision, celle de personne d'autre, donc soyez raisonnable. Vous devez bien voir que nous formerions un couple désastreux.

— Non, répondit-il d'un ton haché, furieux. Je ne vois pas cela du tout, et bon sang, que voulez-vous dire ?

— Harriet Stanhope, vous avez été surpris en… en *flagrante delicto* avec… *un homme*, s'écria sa tante de façon si mélodramatique qu'Harriet s'attendit presque à entendre résonner un coup de tonnerre pour souligner sa déclaration.

Mais aucun ne vint, bien que le visage de sa tante prît une spectaculaire teinte écarlate.

— Vous *devez* vous marier ! s'écria-t-elle.

— Je vais me marier, répondit Harriet avec colère en décidant qu'il valait mieux en finir avec cela. Je ne vais tout simplement pas me marier avec *lui* !

Un silence éclatant s'installa. Tout le monde dévisageait Harriet, et tous sursautèrent lorsque des coups retentirent à la porte.

— Partez ! mugit Jasper alors que lady Saint-Clair invitait l'individu à entrer.

Le majordome apparut, l'air inquiet et ne sachant pas s'il devait ou non refermer la porte.

— Oui, Temple, de quoi s'agit-il ? demanda lady Saint-Clair, aussi calme et composée que d'habitude.

— Il y a un gentleman ici madame, un Mr de Beauvoir. Il demande à voir miss Stanhope. Il insiste pour avoir une entrevue avec elle.

Tous les regards se braquèrent sur Harriet qui poussa un soupir de soulagement. Elle lui avait envoyé un message urgent dans la matinée, mais n'avait pas osé espérer qu'il vienne aussitôt, comme elle le lui avait demandé.

— Faites-le entrer, je vous prie, Temple, dit Harriet en ignorant les regards incrédules dirigés vers elle.

Temple regarda lady Saint-Clair qui acquiesça, puis Jasper, qui avait l'air à deux doigts d'étrangler quelqu'un. Temple partit avec hâte.

Jasper traversa la pièce et demanda, les yeux rivés sur Harriet :

— Qui est-ce ?

Harriet déglutit, quelque peu déstabilisée par la profondeur de la colère qu'elle pouvait lire dans ses yeux.

— Mr Inigo de Beauvoir, répondit-elle d'une voix mal assurée. Mon fiancé.

Jasper sursauta comme si elle venait de le frapper.

— Votre quoi ?

Harriet leva le menton en essayant de toutes ses forces de retenir ses larmes. Pendant un instant, la tentation de se jeter dans les bras de Jasper en pleurant et de lui dire qu'elle était désolée fut insoutenable, mais c'était idiot et faible. Elle ne s'était pas trompée, quelques instants plus tôt. Ils feraient un couple désastreux.

— Mon fiancé, répéta-t-elle plus doucement cette fois, car elle se rendait compte que le choc de Jasper était violent.

Pauvre Jasper, gâté et choyé toute sa vie. Il n'avait jamais eu l'habitude qu'on lui dise non.

Elle savait que se marier avec lui serait idyllique, un rêve devenu réalité — au début. Jasper se montrerait attentif et aimant, et si l'on s'appuyait sur la façon dont il l'avait faite se sentir la nuit précédente, il savait manipuler le corps d'une femme. Elle ne serait pas capable de garder intact le mur qu'elle avait construit autour de son cœur. Dieu tout-puissant, il l'avait déjà tellement ébranlé en l'espace de quelques heures qu'elle se dit qu'elle avait eu raison de garder ses distances pendant si longtemps.

Jasper Cadogan représentait tous les rêves romantiques de petite fille qu'elle avait eus, mais elle ne serait pas une nouvelle fois le dindon de la farce. Elle n'ouvrirait pas son cœur comme elle l'avait fait auparavant, pour ensuite être jetée aux oubliettes à la seconde où elle disparaitrait de sa vue. À seize ans, cela l'avait détruite, mais elle s'était montrée suffisamment résiliente pour s'en remettre, par contre si elle devenait sa femme et la mère de ses enfants…

Que ressentirait-elle alors lorsqu'il serait loin d'elle ?

Que ressentirait-elle alors en entendant les rumeurs de ses conquêtes ?

Non.

De toute façon, Jasper ne l'avait jamais comprise. Il ne s'intéressait pas à ses occupations, n'éprouvait pas le moindre désir d'apprendre quoi que ce soit, et allait même jusqu'à se moquer de ceux qui avaient cette envie, et cela, elle ne pouvait pas le tolérer. Inigo ne l'aimait pas, elle ne l'aimait pas non plus, mais ils avaient tous deux une profonde admiration et un respect certain envers l'intellect de l'autre, et c'était une bonne base pour faire un mariage heureux. Non seulement cela, mais il lui serait également fidèle et ne lui causerait jamais de chagrin avec ses liaisons. Que pouvait-elle demander de plus ?

Comme pour répondre à sa question, la porte s'ouvrit et Temple apparut une fois encore.

— Mr Inigo de Beauvoir, dit-il avant de s'incliner et de refermer la porte derrière le nouveau venu.

Harriet laissa échapper un soupir de soulagement à sa vue. Il était grand et mince, et sa silhouette évoquait vaguement celle d'un oiseau de proie. Ses cheveux étaient noirs et ils étaient trop longs pour la tendance actuelle ; ses yeux avaient une étrange couleur gris-vert et avaient l'air froids et imperturbables sous ses sourcils épais. À trente ans, il paraissait plus vieux, essentiellement parce qu'il ne prenait pas soin de lui-même, travaillant tard et dormant peu, d'où sa décision de trouver une épouse. Dans l'ensemble, il avait une apparence plutôt sinistre, mais Harriet savait qu'il ne fallait pas se fier à cela. Cela faisait maintenant quelques années qu'ils entretenaient une correspondance secrète, et ils étaient devenus amis et en quelque sorte collègues. Il l'avait toujours encouragée à s'instruire, et pensait fermement que les femmes avaient le droit d'être éduquées de la même façon que les hommes. Les femmes étaient leurs égales à ses yeux, et ne paraissaient stupides que parce qu'on leur apprenait que c'était ce que les hommes attendaient d'elles.

— Je vous remercie d'être venu, dit Harriet en s'approchant pour le saluer.

Il s'inclina de façon formelle en jetant un regard dans la salle de ses yeux gris-vert froids.

— Miss Stanhope, comment puis-je vous être utile ?

Harriet rougit en réalisant qu'il fallait qu'elle explique exactement ce qu'il s'était passé la nuit précédente. Elle se demanda comment il allait réagir. Ils ne s'aimaient pas, mais tout de même, elle avait accepté de l'épouser et...

Elle déglutit.

— Je... j'ai un terrible problème. Peut-être pourrions-nous parler tous les deux... en privé.

— Cela ne sera pas nécessaire, très chère.

Harriet sursauta en entendant la voix de Jasper juste derrière elle.

— Mr de Beauvoir, continua Jasper doucement en le jaugeant du regard. Je suis Saint-Clair. J'ai bien peur qu'Harriet et moi ayons été surpris dans une situation *très* compromettante ce matin même. La nouvelle a dû faire le tour du village à présent. Nous allons nous marier sur le champ.

Il s'interrompit en dévisageant Inigo avant d'ajouter :

— Naturellement, vous êtes libre de me proposer un duel.

— Jasper ! s'exclama sa mère en posant la main sur son cœur. Oh, non !

Inigo demeura impassible en dehors d'un très léger haussement de sourcils.

— Calmez-vous, madame, déclara-t-il sans détacher le regard de Jasper. Je ne vois pas de raison de faire couler le sang, à moins…

Il regarda Harriet.

— Vous a-t-il forcée ?

— Non ! s'exclama-t-elle alors que Jasper se raidissait d'indignation. Non… je… j'étais ivre… enfin, je ne me suis pas rendu compte que j'étais ivre. Quelqu'un a mis de l'alcool dans le cocktail de fruits, et la soirée était si chaude, j'avais si soif que j'en ai bu une grande quantité, et… et…

Elle s'interrompit en s'apercevant qu'elle bafouillait, avant d'ajouter désespérément :

— Je suis toujours vierge.

La vie d'Harriet avait été ponctuée de beaucoup de moments profondément gênants. Étant une jeune femme qui portait des lunettes, il n'était pas rare qu'elle soit vue comme une bizarrerie, mais jamais elle n'avait fait l'expérience d'un moment qui lui ait à ce point donné l'envie de se rouler en boule et de mourir.

— Je vois, dit lentement Inigo en serrant les lèvres.

Il regarda Jasper, qui avait toujours des airs meurtriers, et se tourna de nouveau vers elle.

— Eh bien, miss Stanhope, je ne vois là aucune raison de faire tant d'histoires. Il est évident que vous n'étiez pas en pleine possession de vos moyens, et je n'ai pas l'intention de vous punir pour une erreur idiote. Je maintiens mon offre, si vous souhaitez toujours m'épouser.

Jasper explosa, si férocement outré qu'Harriet sursauta.

— Quoi ? Aucune raison ? tonna-t-il. Nous étions nus tous les deux… *toute la nuit* ! L'*unique* raison pour laquelle elle est toujours vierge, et de justesse, est due au fait que je me sois arrêté après m'être aperçu de sa condition, et, bon sang, je compte bien l'épouser !

— *Jasper* ! s'exclamèrent en même temps Harriet et sa mère, horrifiées.

Tante Nell poussa un gémissement avant de s'effondrer dans un fauteuil. Tout le monde l'ignora.

— Eh bien, pouvez-vous le nier ? demanda Jasper en se tournant vers Harriet. Pouvez-vous nier m'avoir désiré, m'avoir *supplié* de continuer ?

Harriet le dévisagea, furieuse et humiliée, *encore une fois*. Comment pouvait-il dire des choses aussi choquantes à son sujet en public ? L'envie de pleurer lui serrait la poitrine et rendait sa gorge douloureuse, mais au lieu de s'y abandonner, elle se tourna vers Mr de Beauvoir. Il avait assisté à la scène avec l'intérêt détaché d'un amateur de philosophie naturelle examinant le comportement d'une espèce inconnue.

— Si vous pouvez me pardonner cette entorse honteuse à l'étiquette, je maintiendrais avec plaisir notre accord, Mr de Beauvoir, et je serais reconnaissante si nous pouvions accélérer la procédure.

— Je pense que cela serait sage, répondit-il.

Un côté de sa bouche se contracta légèrement, exposant à Harriet la première manifestation d'émotion qu'elle ait vue de sa part depuis son arrivée.

— Harry, non !

Elle poussa un cri de surprise : Jasper avait saisi son bras et lui avait fait faire volte-face. Il la regardait, de la panique dans les yeux.

— Harry, pour l'amour du ciel, c'est assez. Assez de cette mascarade ridicule. Vous ne l'aimez pas, et il ne vous aime pas, cela saute aux yeux. Pouvez-vous réellement épouser un homme qui se contrefiche de ce que nous avons fait ensemble la nuit dernière ?

— Je sais qu'il ne m'aime pas, dit Harriet.

La fatigue lui tiraillait le corps, elle avait envie de mettre fin à ce mélodrame ridicule.

Elle avait affreusement mal à la tête, elle se sentait mal, et elle voulait partir pour se laisser aller à pleurer… mais il fallait d'abord en finir avec cela.

— Notre mariage serait basé sur une admiration mutuelle et sur le respect, monsieur, déclara Mr de Beauvoir.

Harriet devait admettre que le son ton était plutôt condescendant.

— L'amour est une idée déraisonnable et archaïque, encouragée par les mœurs sociales pour permettre l'expression de la passion physique. Bien sûr, le mariage est un concept démodé, cependant, nous ne sommes pas en position de lutter contre le monde donc il nous faut nous y conformer. Outre ce point, j'éprouve une grande admiration pour l'esprit de miss Stanhope. Elle fait preuve d'un intellect remarquable, et je pense que nous pourrions faire de grandes choses ensemble. Cette…

Il agita la main de façon nonchalante.

— … *Indiscrétion* de la nuit dernière était due à l'alcool et aux attentions d'un homme séduisant, dit-il en souriant légèrement. N'importe quelle jeune femme sans expérience aurait perdu la raison dans une telle situation.

Jasper le regardait comme s'il parlait une langue étrangère ; en revanche, le désir qu'il éprouvait de casser le nez de de Beauvoir lui apparaissait de façon très éloquente.

— L'amour est une idée déraisonnable… répéta-t-il faiblement, trop choqué pour parler.

Il secoua la tête, se tourna de nouveau vers Harriet et dit d'un ton urgent :

— Harry, mon amour, je suis désolé de la façon dont tout cela s'est passé, mais je ne regrette pas que cela soit arrivé. Je voulais de vous hier soir, et je vous veux maintenant. Je *veux* vous épouser.

Harriet déglutit avec difficulté et secoua la tête.

— Je ne vous crois pas, Jasper. Vous m'avez humiliée aujourd'hui, et simplement parce que vous ne pouvez pas avoir ce que vous croyez être vôtre, mais je ne suis pas vôtre.

Plus maintenant, ajouta-t-elle silencieusement, bien qu'elle sentît à nouveau son cœur se briser.

— J'ai fait une erreur, poursuivit-elle, et j'en suis désolée, mais je ne vois aucune raison de nous punir tous les deux davantage alors que ce n'est pas nécessaire.

— Harry, non…

Le cœur d'Harriet se serra en entendant le désespoir dans sa voix. Si seulement elle pouvait y croire, croire que son envie était réelle et pas temporaire, pas seulement pour quelques semaines ou mois, mais pour toujours. Jasper continuait :

— Vous voulez de moi, je le sais. Ne le niez pas simplement parce que cela vous effraie. S'il vous plaît… donnez-moi juste une chance. Quelques semaines… *je vous en prie*.

— Arrêtez, le supplia Harriet en secouant la tête et en luttant contre les larmes.

À présent, elle pouvait entendre que sa mère pleurait aussi, et les remords, couplés à ses propres désirs lui donnaient le vertige et la rendaient faible.

— Je vous en prie, arrêtez, répéta-t-elle.

— Non, dit Jasper en secouant la tête et en s'accrochant à ses mains. Je ne peux pas, et je ne le *ferai pas* !

— Miss Stanhope.

Tout le monde se tourna vers Inigo en entendant cette voix claire et péremptoire trancher l'atmosphère de plus en plus électrique.

Harriet se tourna vers lui, reconnaissante de son esprit logique et son détachement. Elle voulait fuir toute cette agitation et s'enterrer dans les livres et la recherche, tout ce qui l'empêcherait de *ressentir* quoi que ce soit. C'était exactement la raison pour laquelle elle avait sauté sur son offre en premier lieu.

— Miss Stanhope, après réflexion, je pense que lord Saint-Clair a raison. Je ne souhaite pas vous épouser pour découvrir ensuite que vous avez des regrets. Dans les circonstances actuelles, je pense que vous avez besoin de sortir de votre système ce qu'il y a entre le comte et vous. Si — une fois que vous aurez assouvi les quelconques envies physiques que vous éprouvez pour cet homme — vous souhaitez toujours m'épouser, je serai ravi de poursuivre ce projet.

Harriet le regarda, bouche bée. Était-il… était-il réellement en train de proposer… ?

— Oh, ce n'est pas la peine d'avoir l'air si scandalisée, ajouta Mr de Beauvoir, visiblement amusé. Nous avons discuté de telles choses dans le passé et vous connaissez mon opinion sur la liberté de corps et d'esprit. Je ne requiers nullement que ma femme soit vierge. En revanche, je ne veux pas que des scènes d'émotion et des effusions de regrets interfèrent avec mon travail. Je préfère que vous vous débarrassiez de ces pulsions maintenant, plutôt que vous changez d'avis une fois que nous serons mariés. Il s'agit simplement de bon sens.

Il dirigea son regard vers Jasper, et le regarda de haut en bas avec un mépris évident.

— Je suis certaine qu'une femme aussi brillante que vous saura prendre la bonne décision.

— Espèce de salaud sans cœur, dit Jasper d'une voix glaciale.

Pour une fois, Harriet fut tentée d'être de son avis.

Un silence spectaculaire suivit cette déclaration, et Mr de Beauvoir s'esclaffa en regardant les visages choqués les uns après les autres.

— Disons une semaine ? suggéra-t-il avant de s'incliner au-dessus de la main d'Harriet. Je serais à l'auberge du village, si jamais vous avez à nouveau besoin de moi. Au revoir, miss Stanhope. Lady Saint-Clair, madame, lord Saint-Clair, je vous souhaite une bonne journée.

Chapitre 5

Alice ! Harriet est dans une situation terrible !
Nous devons faire tout ce qui est en notre
pouvoir pour atténuer ces rumeurs. Cela ne
m'étonnerait guère que vous soyez déjà au
courant, les nouvelles de ce genre voyagent à la
vitesse de la lumière, je l'ai appris à mes dépens,
mais j'ai bien peur que tout soit vrai…

**— Extrait d'une lettre de miss Matilda Hunt à
Mrs Alice Hunt.**

31 août 1814. Demeure de Holbrooke, Sussex.

— Laissez-nous.

La voix de Jasper était dure et implacable, et il eut du mal à la reconnaître lui-même, mais sa mère et la tante d'Harriet eurent le bon sens de partir rapidement sans discuter.

Son cœur et son esprit luttaient de tous les côtés, assaillis de tant d'émotions conflictuelles. Tout ce qu'il pouvait faire, c'était rester immobile et silencieux pendant qu'elles quittaient la pièce. L'envie de dévaster l'endroit morceau par morceau était si alléchante qu'il arrivait à en sentir le goût. Jamais de toute sa vie il ne s'était senti si peu maître de lui-même, si terrifié, si sacrément furieux.

Comment osait-il ? Comment cet homme osait-il parler d'Harriet de la sorte ? Un homme qui pensait être digne de devenir son mari, mais qui l'offrait à un autre homme pour qu'elle partage son lit jusqu'à ce qu'ils se lassent l'un de l'autre… Jasper avait envie de vomir. Un sentiment de panique montait également en lui.

Inigo de Beauvoir était un nom qu'il connaissait. Pas parce qu'il s'y intéressait, mais parce qu'il en avait entendu parler suffisamment souvent. C'était un membre de la *Royal Society* et de la *Geological Society* ; il donnait souvent des conférences à la *Royal Institution*, et ces dernières connaissaient un succès tel, que les gens restaient debout dans les allées pour avoir une chance de l'entendre parler. Eh bien, ce chien avait peut-être un esprit brillant, mais il avait un fichu bloc de glace à la place du cœur.

Pourtant, il avait raison. Harriet était effroyablement intelligente. Elle possédait un esprit que Jasper ne pouvait qu'admirer dans un silence révérencieux, et auquel il ne pourrait jamais se mesurer. Seigneur… il n'était même pas allé à l'université. Si ce satané Napoléon n'avait pas semé la zizanie dans toute l'Europe, il aurait fait le Grand Tour, au lieu de continuer à subir l'humiliation quotidienne d'avoir la preuve récurrente qu'il était un idiot. Finalement, son père l'avait envoyé chez des parents de sa mère en Russie, ce que Jasper avait beaucoup aimé même si Harriet lui avait terriblement manqué, contrairement à ce qu'elle croyait.

Pourquoi, au nom du ciel, le choisirait-elle face à un homme aussi brillant ? Et pourtant… voulait-elle réellement de cette vie sans amour, était-ce ce dont elle avait besoin ? Il ne savait pas s'il réussirait à la rendre heureuse et à la stimuler suffisamment, mais bon sang, il était prêt à tout pour avoir une chance d'essayer. Ce n'était pas comme s'il n'appréciait pas son intelligence, ou voulait l'empêcher de s'instruire et de passer du temps en compagnie de personnes semblables. Peut-être que Jasper n'était pas capable de débattre sur les sujets qui l'intéressaient, et il était probable qu'il n'en comprenne pas la moitié, mais il pouvait lui offrir des tas de choses, et il *pouvait* l'aimer… il l'aimait *déjà*.

Aussi intelligent que de Beauvoir soit, il n'avait pas pris tous les paramètres en compte cette fois, car dès l'instant où Harriet aurait mis le pied dans le lit de Jasper, il s'assurerait qu'elle n'ait plus jamais envie d'en partir. Peut-être n'était-il pas monstrueusement intelligent, mais il en savait pas mal sur le corps des femmes. Peut-être n'avait-il pour lui qu'un joli visage, mais ce même visage jouerait en sa faveur à présent. Il se moquait de ce qu'il devrait faire, des coups bas qu'il lui faudrait effectuer… Harriet le désirerait. Elle avait déjà admis que c'était le cas. Elle le désirerait corps et âme, voudrait qu'il se batte pour elle. Il ferait en sorte qu'elle ait besoin de cette chaleur, de cette passion et de la joie qu'il pouvait lui apporter. La nuit dernière, cela n'avait été rien, juste un avant-goût de ce qu'il pouvait exister entre eux, les prémices délicieuses de ce à quoi l'avenir pourrait ressembler une fois qu'elle serait sienne. Que le ciel lui vienne en aide, mais il comptait bien la rendre si folle de désir qu'elle en oublie son propre nom, et ne parlons même pas de ce satané Inigo de Beauvoir.

Lorsqu'il réussit à reprendre un semblant de contrôle sur lui-même, il se tourna pour la regarder. Elle se tenait à côté de la fenêtre et contemplait les jardins. Ses épaules étaient voûtées, ses bras enroulés autour d'elle-même, elle était l'image même de la tristesse.

— Vos parents sont-ils au courant ? demanda-t-il. De vos fiançailles ?

Elle secoua la tête, et répondit sèchement :

— J'ai l'âge requis. Ils n'ont jamais réellement prêté attention à ma vie. Je ne vois pas pourquoi cela aurait changé à présent.

Jasper grimaça. D'aussi loin que remontaient ses souvenirs, Harriet avait souhaité avoir l'attention de son père. Un autre homme brillant avec des rouages et des engrenages à la place du cœur. Le mal qu'elle se donnait n'avait aucune importance — et elle s'en était *vraiment* donné beaucoup — il n'était jamais impressionné, car il ne croyait pas l'esprit féminin capable de génie. Henry décevait son père d'une autre façon. Oh, il n'était pas idiot — il avait beaucoup mieux réussi que Jasper, en tout cas —

mais il n'arrivait pas à atteindre le niveau d'Harriet. Ce que son père n'avait pas daigné remarquer.

— Avez-vous l'intention d'aller jusqu'au bout ?

— Vous parlez du mariage ? demanda-t-elle d'une voix morne. Pourquoi pas ?

Jasper expira en luttant pour conserver son calme.

— Parce que vous ne l'aimez pas, et ne me sortez pas vos sornettes condescendantes sur les mœurs sociales. Vous avez besoin d'amour, Harry. Comme tout le monde. Vous le méritez.

— Peut-être est-ce de compréhension dont j'ai le plus besoin.

— Touché, Harry, reconnut-il.

Le commentaire tranchant s'était douloureusement planté dans la chair à vif de son cœur. Ces derniers temps, il avait l'impression de porter ce dernier hors de sa cage thoracique, à découvert et vulnérable.

— Est-ce la raison pour laquelle vous me méprisez, parce que vous croyez que je suis un idiot ?

En entendant cela, elle se retourna avec une expression surprise.

— Je ne vous méprise pas, et je n'ai jamais pensé que vous étiez un idiot. C'est plutôt l'inverse. Je suis simplement fatiguée d'être l'objet de vos railleries, et je ne peux pas éprouver de respect pour un homme qui dédaigne la connaissance comme vous le faites, en vous moquant de moi au sujet de tout ce qui m'importe.

— Mais c'est faux, Harry, répliqua-t-il avec colère. J'ai toujours eu beaucoup d'admiration pour vous. Vous l'avez sûrement remarqué ?

Le rire teinté d'amertume d'Harriet le fit sursauter.

— Oh, oui. Vous avez toujours pris grand soin d'admirer mon intelligence. *Eh bien eh bien, vous connaissez bien des choses, miss Stanhope*, imita-t-elle en adoptant son ton traînant et arrogant avec une précision surprenante. Combien de fois m'avez-vous humiliée en public, Jasper ? Voudriez-vous que nous fassions le compte ?

Jasper rougit. Il savait qu'il avait mérité cela. Il s'était affreusement moqué d'elle pour son intelligence, de façon régulière et méchante, et oui, en public, mais c'était uniquement parce qu'il n'en pouvait plus d'être ignoré. Mieux valait qu'elle le déteste et qu'elle s'en prenne à lui, plutôt que de cesser d'exister dans son monde.

— Je ne le pensais pas.

Il savait que sa réponse n'était pas idéale, mais il n'avait jamais réussi à se montrer éloquent lorsqu'elle était dans les parages, et ne s'attendait pas à ce que cela change sur-le-champ.

— Je faisais simplement… bon sang, Harry, vous me rendez fou lorsque vous m'ignorez !

Elle rit, et ce rire si fatigué et triste brisa le cœur de Jasper.

— Je sais, répondit-elle d'une voix presque rassurante. Pauvre Jasper. On ne lui a jamais rien refusé, n'est-ce pas ? Mon Dieu, vous avez été tellement gâtés. Votre frère et vous. La prunelle des yeux de votre maman. Il est surprenant que vous parveniez à vous habiller tout seul, oh, mais… vous avez un valet, n'est-ce pas ? ajouta-t-elle avec un sourire.

— Alors c'est cela ? Vous me prenez pour un petit chiot trop choyé avec un pois chiche à la place du cerveau ?

Elle secoua la tête. Il n'y eut aucune malice dans sa réponse, mais cela n'empêcha pas les mots de brûler Jasper.

— Je pense que vous n'avez jamais eu besoin de travailler pour obtenir ce que vous voulez. Vous possédez un cerveau tout à fait satisfaisant, mais vous ne l'utilisez pas parce que cela n'a jamais été nécessaire, et vous êtes trop fainéant pour essayer de faire des progrès.

C'était tellement loin de la vérité qu'il avait envie de hurler pour dénoncer cette injustice, sauf qu'elle ignorait cela. Tout le monde l'ignorait. Elle ne savait pas qu'il ne faisait que jouer la comédie pour ne pas que tout le monde découvre la vérité, à savoir qu'il ne possédait *pas* un cerveau satisfaisant. C'était beaucoup mieux que tout le monde pense qu'il était un débauché, un libertin qui n'avait cure des livres et de l'éducation, plutôt que l'on sache qu'il était un idiot.

Que dirait-elle, si elle savait qu'il pouvait à peine écrire, la moindre de ses tentatives se résultant par des phrases bourrées de fautes et des structures grammaticales improbables, que la lecture était une telle corvée qu'il avait l'impression que sa tête allait exploser ? Chaque fois qu'il s'y essayait, les lettres semblaient changer de place et n'avaient aucun sens, lui donnant envie de crier de frustration. Il s'en était tiré à l'école en s'arrangeant pour que les plus jeunes garçons lui lisent les textes et écrivent ses devoirs en se débrouillant pour retenir tout ce qu'il pouvait par cœur. Comment pouvait-il lui avouer *cela* ? L'intelligente, l'ingénieuse Harriet qu'il révérait depuis si longtemps, dont les capacités intellectuelles l'impressionnaient tant… comment pourrait-il lui dire qu'il n'était qu'un illettré ? Il ne faisait aucun doute qu'elle le mépriserait. Bon sang, il était le comte de Saint-Clair, et écrire le plus simple des messages lui prenait des heures, pour un résultat à peine lisible. L'humiliation était inimaginable.

Jasper ravala la boule dans sa gorge. Il ne pouvait pas avouer la vérité, mais il pouvait essayer de se faire pardonner les moqueries envers elle.

— Je suis désolé, dit-il avec une sincérité si forte que les mots résonnèrent bizarrement à ses oreilles lorsqu'il les prononça d'une voix rauque. Je suis désolé pour toutes les fois où je me suis moqué de vous et vous ai rendue furieuse. Je n'ai jamais vraiment pensé cela, Harry. Je vous admire tellement, mon amour. Je vous jure que c'est la vérité. Je vous en prie, ne rejetez pas ma demande sans même y réfléchir. Nous… nous étions proches, avant, et il fut un temps où vous m'appréciez. Vous m'avez même —

— *Non*, Jasper.

Elle fit volte-face et le dévisagea avec des yeux étincelants, beaucoup trop brillants, mais lui répondit d'une voix calme :

— Je vais épouser Mr de Beauvoir. C'est la meilleure chose à faire. Vous vous en apercevrez lorsque je serai partie. À la minute où je disparaîtrai de votre vue, vous m'oublierez.

Jasper en eut le souffle coupé. C'était donc cela, l'opinion qu'elle avait de lui ? Il était un imbécile superficiel, sans cœur et sans âme ? La douleur enfla dans sa poitrine, chaude et furieuse. Il fit un pas vers elle et répondit d'une voix basse :

— Que faites-vous de ce qu'il s'est passé la nuit dernière, Harry ? Oubliez-vous m'avoir supplié de vous faire l'amour ?

Les joues d'Harriet devinrent cramoisies, et elle tenta de s'éloigner de lui, mais Jasper l'attrapa et la prit dans ses bras. Choquée, elle poussa un cri étonné, et émit une exclamation de protestation, mais il l'embrassa avant qu'elle ne puisse formuler un refus. Elle résista pendant quelques secondes avant de fondre dans cette étreinte, de s'ouvrir à lui et de lui rendre son baiser. Jasper la serrait si fort qu'il avait probablement dû expulser l'air de ses poumons, mais elle ne se plaignit pas. Elle s'agrippa fermement à ses cheveux et la douleur déclencha une vague de désir en lui. Il avait conscience qu'ils étaient tous les deux en colère, mais qu'elle le désirait férocement, même si elle détestait ce fait.

— Niez cela, la railla-t-il, essoufflé, en la regardant.

Elle plongea son regard dans celui de Jasper, ses grands yeux sombres plus larges que jamais derrière ses lunettes. Elle louchait légèrement et aurait dû avoir l'air comique, mais le cœur de Jasper se serra d'envie. Seigneur, il était idiot. Ce n'était pas de l'arrogance de croire qu'il aurait pu obtenir presque n'importe quelle femme d'un claquement de doigts, c'était la simple vérité, mais il était tombé amoureux de la seule qu'il ne pourrait jamais espérer impressionner.

— Je ne peux pas nier l'existence d'une… attirance physique.

Elle avait dit cela d'un ton si froid et détaché qu'il eût envie de la secouer. Elle conclut :

— Inigo… Mr de Beauvoir avait raison.

— Oh, oui, mon amour, il avait raison.

Jasper éclata d'un rire sombre et malheureux qu'il n'aima pas beaucoup entendre.

— Mais je vais vous le dire, reprit-il, si vous pensez pouvoir effacer ce que vous ressentez pour moi en une semaine, vous vous trompez lourdement. Une fois que vous serez dans mon lit, vous ne voudrez plus jamais le quitter.

Harriet se raidit dans ses bras et le repoussa. Jasper la libéra.

— Je n'ai pas l'intention d'aller dans votre lit.

— Pourtant, c'est ce que l'on vous a demandé, Harry, se moqua-t-il.

Cela le rendait malade, mais il était incapable de s'arrêter. À présent, il était désespéré, il se battait pour son avenir : il ferait tout ce qui était nécessaire, et au diable la morale.

— Votre futur mari veut me savoir éjecté de votre esprit et de votre corps, et à en juger par ce petit baiser, vous avez encore beaucoup, beaucoup de chemin à parcourir pour en arriver là.

— Balivernes, répliqua-t-elle, mais sa voix était étouffée, et ses yeux, toujours noirs de désir pour lui. La passion, continua-t-elle, est une émotion brève qui ne dure pas. Lorsque vous serez hors de ma vue, je ne penserai plus à vous.

— Mais je ne vais pas disparaître de votre vue, Harry, la prévint-il. Donc, ne croyez pas pouvoir y échapper.

— Que voulez-vous dire ?

— Je veux dire que je mérite d'avoir une chance, bon sang, dit-il tandis que se fissurait ce qu'il lui restait de sang-froid. Je dispose d'une semaine pour vous conquérir, pour vous faire réaliser que c'est moi que vous voulez, et je ne compte pas baisser les bras sans me battre.

Harriet déglutit et secoua la tête.

— Qu'y a-t-il, mon amour ? demanda-t-il en faisant un pas vers elle. Avez-vous peur de changer d'avis ?

— Non ! riposta-t-elle en levant le menton, les yeux brillants d'indignation. Je ne changerai pas d'avis.

— Prouvez-le.

— Très bien !

— Ce soir.

— D'accord !

Harriet lui lança un regard noir en serrant les poings, profondément furieuse.

Jasper bondit vers elle et l'attira vers lui à nouveau, l'embrassa comme si c'était la fin du monde, comme si c'était la dernière chose qu'il ne connaîtrait jamais, et son cœur chanta de joie devant la réaction d'Harriet qui se pressa contre lui avec abandon en s'agrippant à ses épaules.

Bien que cela fût la chose la plus difficile à faire, Jasper rompit le baiser et recula d'un pas si rapidement qu'Harriet vacilla. Elle respirait avec difficulté, avait les lèvres rougies par le baiser et arborait une expression féroce combinant désir, indignation et colère ; une expression qu'il comprenait très bien.

— Vous savez où se trouve ma chambre, dit-il d'un ton plus froid qu'il ne l'avait voulu. Je vous y attendrai après le dîner.

Elle répondit par un signe de la tête tendu. Jasper tourna les talons et quitta la pièce.

Chapitre 6

31 août 1814. Demeure de Holbrooke, Sussex.

Matilda soupira et regarda les nuages noirs s'amoncelant au-dessus de sa tête. Il aurait mieux valu qu'elle se dépêche de rentrer à Holbrooke, mais elle voulait s'en tenir éloignée le plus longtemps possible. Elle avait inventé une excuse à propos d'une nouvelle paire de gants à acheter et était partie au village à pied.

Tous les autres invités étaient partis comme prévu ce matin-là, après le bal de la nuit précédente, mais aucun d'entre eux ne s'était levé tôt et ils avaient eu amplement le temps de récolter tous les détails salaces du nouveau scandale juteux. Alors que les convives repartaient dans leur propre maison, la rumeur s'en irait avec eux et il ne suffirait que de quelques jours avant que l'histoire ne devienne connue de tous.

Ruth, Bonnie et Minerva étaient parties tôt, avant que l'on ne découvre Harriet avec Saint-Clair, pour rendre visite à une tante de Ruth qui vivait à environ une heure de là. Elles reviendraient en fin d'après-midi, ce qui donnait à Matilda le statut de dernière invitée présente, un fait qui la mettait un peu mal à l'aise. Ce qui était sans doute ridicule, puisqu'une armée entière aurait pu disparaître dans cette demeure immense sans que l'on s'en rende compte, mais Harriet et Jasper avaient besoin de rester seuls, sans avoir à se soucier de convives fourrant leur nez dans leurs affaires, et Matilda ne voulait pas les croiser tant qu'ils ne seraient pas prêts à parler à qui que ce soit.

Lady Saint-Clair avait proposé à Matilda de rester aussi longtemps qu'elle le souhaiterait, et Bonnie et Ruth ne devaient pas partir avant quelques jours. Prue et Lorny étaient partis car ils avaient déjà pris des engagements, au grand dam de Prue qui était très inquiète. Elle s'était empressée de demander à Matilda d'informer Harriet qu'ils feraient tout ce qui était en leur pouvoir pour atténuer le pire des rumeurs, bien qu'elles sachent toutes les deux que c'était un espoir vain. Kitty aussi avait voulu rester et retarder leur retour en Irlande — qui avait pour but d'informer les parents de Kitty de son mariage avec Luke. Mais Harriet avait insisté pour qu'elle parte ; elle ne voulait pas que ses problèmes viennent troubler le bonheur de son amie récemment mariée. Elle promit à Kitty de la prévenir si jamais elle avait besoin d'elle, et Matilda fut touchée de la manière avec laquelle Kitty jura de revenir en un clin d'œil. Elle était sincère en disant cela, et cela avait visiblement ému Harriet.

Matilda était heureuse que les filles soient devenues amies malgré leurs différences frappantes. Elle espérait pouvoir apporter un certain réconfort à Harriet à présent, la jeune femme se confierait peut-être à elle. Le fait qu'Harriet soit prise en flagrant délit avec Jasper en particulier ne faisait que confirmer les soupçons de Matilda : il y avait bien plus entre eux qu'Harriet ne le laissait entendre. Jasper avait-il profité de la situation pour séduire Harriet ? Quelque chose lui disait que non, mais avec les hommes, on ne pouvait jamais être sûre, et elle se jura de donner à Harriet l'opportunité de se confier à elle.

Mr Burton avait également fait partie de l'exode des invités ayant quitté les lieux ce matin-là. Matilda n'avait pu empêcher le soupir de soulagement de s'échapper de ses lèvres en apprenant la nouvelle, bien qu'elle sût que ce soulagement était temporaire. Il avait pris soin de la prévenir qu'il lui rendrait visite dès qu'elle serait de retour en ville. C'était une des raisons pour lesquelles elle avait accepté l'offre de lady Saint-Clair avec tant d'empressement. Il fallait qu'elle réfléchisse, et elle était reconnaissante de cette invitation à rester, notamment parce qu'Harry avait besoin d'elle à présent. Elle ne voulait pas l'admettre, mais elle était soulagée de pouvoir se pencher sur les problèmes de quelqu'un d'autre. Les siens pouvaient sûrement attendre.

Matilda jeta un coup d'œil au ciel menaçant et murmura un juron indigne d'une lady. La matinée avait été charmante, mais la chaleur et l'humidité excessive de ces derniers jours avaient finalement atteint leur paroxysme. Le tonnerre gronda au loin, et Matilda redoubla d'empressement alors que les premières gouttes de pluie frappaient la route poussiéreuse avec une agressivité surprenante. *Bon sang de bonsoir*. Elle était exactement à mi-chemin entre le village et la maison, et revenir sur ses pas aurait été insensé. Il y avait à peine cinq kilomètres pour retourner à la demeure, et Matilda avait été impatiente de profiter de cette promenade agréable et de se dégourdir les jambes. L'optimisme qu'elle avait ressenti s'était évanoui, et elle poussa un petit cri de consternation lorsque les cieux s'ouvrirent en laissant tomber un rideau de pluie qui imbiba sa robe de mousseline en quelques secondes.

Courant du mieux qu'elle put avec l'étoffe humide qui lui collait aux jambes, Matilda s'abrita sous un énorme chêne. Un coup de tonnerre déchira le ciel juste au-dessus de la jeune femme. Elle sursauta et regarda autour d'elle, à la recherche d'un abri moins susceptible d'attirer la foudre. Elle se souvint d'avoir vu quelque chose qui ressemblait à une cabane de berger un peu plus loin sur la route, elle s'éloigna du tronc d'un pas incertain en tâchant d'ignorer la pluie glacée qui lui piquait la peau. Un cri s'échappa de sa bouche lorsqu'un autre coup de tonnerre explosa au-dessus d'elle, si violemment qu'il vibra dans le sol, dans sa poitrine et fit siffler ses oreilles. Lorsque le boucan s'atténua, elle entendit autre chose, et il lui fallut quelques instants pour comprendre que c'était un cheval qui hennissait de terreur.

Elle se retourna et aperçut, bouche bée, un énorme cheval bai se cabrer sur la route non loin d'elle, les sabots battant l'air et les yeux affolés alors qu'il échappait au contrôle son maître. Matilda observa la scène, impressionnée et horrifiée, incapable de croire que l'homme eût réussi à demeurer assis et à reprendre le contrôle du cheval dans de telles circonstances. La bête continuait à montrer le blanc de ses yeux, et fut prise de panique lorsqu'un nouveau coup de tonnerre éclata, suivi de près par un éclair qui atterrit à peine à trente mètres de là. Le cheval réagit instantanément en hennissant de peur et en se cabrant si violemment qu'elle crut que monture et cavalier allaient tous deux basculer en arrière ; il désarçonna finalement l'homme qui se tenait dessus avant de partir dans un galop effréné le long de la route.

— Bonté divine ! s'exclama Matilda avant de se précipiter aux côtés de l'homme en priant pour qu'il ne soit pas grièvement blessé.

Alors qu'elle s'approchait, ses yeux notèrent une mèche de cheveux blond pâle. Son cœur fit un bond dans sa poitrine lorsqu'elle reconnut l'homme.

— Oh, non, dit-elle en voyant que la silhouette était terriblement immobile.

Elle tomba à genoux, éloigna les cheveux détrempés des yeux de l'individu. Ces derniers demeurèrent clos. Le visage beau et arrogant paraissait angélique sous cet angle. Les épais cils d'un blond doré plus foncé reposaient sur ses pommettes hautes, et la bouche qu'elle avait toujours pensée cruelle semblait à présent beaucoup plus douce et étonnamment pleine au repos.

— Monsieur, dit-elle en lui tapotant les joues.

Son cœur affolé battait la chamade. Il ne pouvait pas être mort, pas lui. C'était impossible.

— Monsieur, réveillez-vous, je vous en prie… *je vous en prie*, réveillez-vous.

Il ne frémit pas, et le cœur de Matilda se serra. *Non, non, non, c'est impossible.*

— Monsieur, dit-elle encore d'un ton plus urgent. Oh, Montagu, bon sang, *réveillez-vous* ! Je vous en prie, je vous en prie…

Un soupir s'ensuivit, et ses paupières bougèrent. Matilda retint sa respiration alors que ses yeux d'un gris étonnant s'ouvraient et trouvaient les siens. Il ne fit que cligner des yeux pendant un bref instant, toujours dans le brouillard. Matilda laissa échapper un cri de soulagement en posant la main sur son cœur.

— Dieu merci, dit-elle, incapable de cacher l'intensité de son soulagement. Dieu merci.

Il murmura d'un ton sec et amusé :

— Suis-je mort ?

— Ne me tentez pas, murmura Matilda en regardant ses yeux brillants qui étaient braqués sur elle. Vous m'avez fait affreusement peur.

— Ah, dit-il d'un ton quelque peu curieux. Je me demandais simplement pourquoi vous remerciiez Dieu avec une telle ferveur. Je suis soulagé de découvrir que ce n'est pas parce que vous vous êtes finalement débarrassée de moi.

Bien que la pluie martelât toujours férocement le sol autour d'eux, il n'essaya pas de bouger et elle se demanda s'il était gravement blessé.

— Qu'est-ce qui ne va pas ? demanda-t-elle en se penchant au-dessus de lui tandis qu'une nouvelle vague de panique la submergeait.

La jeune femme le regarda, inspectant son corps puissant à la recherche de sang ou d'un os cassé. Elle luttait contre l'envie de poser les mains sur lui et de vérifier minutieusement son état.

— Êtes-vous blessé ? Avez-vous quelque chose de cassé ?

Son regard se posa de nouveau sur le visage de Montagu, et elle eut une fraction de seconde pour lire dans ses yeux un regard qui fit bondir son cœur avant que la main de l'homme ne se referme sur sa nuque.

— Oh non ! cria-t-elle en repoussant son bras et en reculant si rapidement qu'elle atterrit le dos dans une flaque d'eau.

Son cœur affolé tambourinait de terreur à l'idée de ce baiser, car Matilda avait pressenti que c'était ce qu'il comptait faire. Ce qu'elle savait également, c'était que si sa bouche avait rencontré la sienne, tout espoir qu'elle eût pu entretenir quant à son avenir se serait envolé en un battement de cœur. Elle ne pouvait désormais plus contester l'existence de cette chose entre eux, cette attirance magnétique puissante qui ne semblait pas se soucier de savoir s'ils s'aimaient ou non. Il avait eu raison, même si elle continuerait de le nier jusqu'à son dernier souffle.

— Quel dommage, soupira Montagu en se redressant sur les coudes. J'ai cru que vous seriez plus gentille devant un homme blessé.

— Blessé ? rétorqua Matilda.

Elle se mit maladroitement sur ses pieds tout en faisant de son mieux pour lui lancer un regard furieux alors qu'elle essuyait les gouttes de pluie de ses yeux. Ce n'était pas facile.

— Je ferai en sorte que vous soyez blessé à vie si vous osez recommencer.

Montagu la dévisagea, une moue arrogante qui n'était que trop familière sur les lèvres.

— N'ayez crainte, miss Hunt, je ne recommencerai plus. En vérité, je préfère que vous soyez l'instigatrice de notre premier baiser. Ainsi, il sera bien plus agréable.

Matilda le fixa, bouche bée.

— Vous êtes fou.

Il la contempla. L'intensité de ce regard et cette certitude inébranlable qu'il avait d'avoir raison donnèrent à Matilda une envie folle de détourner les yeux, mais elle résista.

— Vous savez parfaitement que ce n'est pas le cas. Vous avez autant envie de m'embrasser que je le désire, mais je suis un homme patient, miss Hunt. À présent, j'ai bien peur de devoir faire appel à votre aide. Je crois que ma cheville a souffert de cette chute.

Matilda était ébranlée par cet échange, il avait changé de sujet comme s'ils n'avaient fait que parler de la pluie et du beau temps.

Elle le dévisagea quelques instants, déchirée entre l'envie de nier avec ferveur cette envie de l'embrasser — bien qu'elle sût qu'il s'agissait d'un mensonge et qu'il valait probablement mieux qu'on l'enferme pour sa propre sécurité — et celle de s'inquiéter sur la gravité de sa blessure.

— Est-elle cassée ? demanda-t-elle en s'approchant de lui.

Elle se pencha et glissa son bras sous le sien pour l'aider à se relever.

— Non. Je ne pense pas, mais… *Seigneur* !

Matilda poussa une exclamation lorsqu'ils faillirent tous les deux tomber à nouveau, car elle était incapable de supporter son poids. Montagu parvint à les stabiliser tous les deux, et lorsqu'elle leva les yeux vers lui, elle découvrit que son visage était grisâtre.

— Êtes-vous certain qu'elle n'est pas cassée ? se risqua-t-elle à demander.

— Oui, répondit-il laconiquement. Une entorse, je suppose.

— Au moins, la pluie se calme, déclara Matilda en essayant de se distraire du fait que le bras de Montagu entourait ses épaules, et qu'elle était pressée contre son flanc.

Elle fut soulagée en entendant le tonnerre gronder faiblement au loin : la tempête s'éloignait.

— Que faisons-nous à présent ?

Elle priait pour qu'il ne fasse pas de remarque inopportune, car elle frissonnait et n'était pas sûre que le froid en soit la cause, bien qu'elle l'eût juré sur sa vie si on le lui avait demandé.

Mais il était tellement solide, bien plus musclé qu'elle ne l'avait imaginé sous ses vêtements à la coupe impeccable. Elle l'avait cru grand et fin, mais le corps qu'elle sentait sous sa main était dur et beaucoup plus puissant qu'elle ne l'avait imaginé. Il dégageait une chaleur impressionnante à travers ses vêtements mouillés, et sa proximité lui faisait tourner la tête. Peut-être couvait-elle quelque chose. Elle ne pouvait que prier qu'il s'agisse d'une pneumonie, et non de quelque chose de bien plus dangereux.

Montagu ne répondit pas, il tourna la tête en entendant des bruits de sabots.

— Remercions le ciel pour les petites grâces, soupira-t-il alors que le cavalier qui les avait salués s'arrêtait, descendait de selle et se précipitait vers le marquis.

— Monsieur ! s'exclama l'homme, les yeux écarquillés par l'inquiétude. Êtes-vous blessé, monsieur ? Je suis parti à l'instant où j'ai entendu la tempête.

Matilda fut quelque peu surprise de constater l'inquiétude évidente sur le visage de l'homme. À en juger par son apparence, elle supposait qu'il était un palefrenier ou quelque chose de ce genre, et il était manifestement parti à la hâte, sans prendre de manteau, puisqu'il était en chemise. C'était un homme sec et fin d'environ vingt ans de plus que le marquis.

— Ce n'est rien, répondit Montagu. Merci d'être venu.

L'homme enleva tardivement la casquette de sa tête et étonna Matilda en marmonnant :

— J'vous l'avais bien dit, qu'la tempête arrivait.

— C'est noté, répondit Montagu avec une expression qui était à la fois bienveillante et qui indiquait à l'homme d'en rester là.

Matilda se demanda comment il y était parvenu.

— Thonrton, je vais vous soulager de votre cheval et ramener miss Hunt à Holbrooke. Retournez à l'auberge, envoyez-moi mon carrosse, et faites rechercher Rhaebus. Je prie pour qu'il ne se soit pas fait mal.

— Oui, monsieur, tout de suite.

— Et comment comptez-vous monter sur un cheval avec une entorse à la cheville ? demanda Matilda, irritée.

Montagu lui lança un regard légèrement surpris alors que Thornton rapprochait le cheval. Matilda regarda le marquis empoigner la crinière de la main gauche, mettre la droite sur la selle et sauter dessus sans même toucher les étriers. Matilda eut soudain la bouche un peu sèche et elle poussa un soupir irrité, refusant d'admettre qu'elle était impressionnée.

— Je peux aussi le faire à cru, si vous voulez, lui proposa-t-il.

— Ce n'est pas vraiment une chose à faire lorsqu'on est le marquis de Montagu, répliqua-t-elle en faisant mine d'être scandalisée alors qu'en réalité, elle imaginait déjà la scène. Que dirait la bonne société si elle savait ?

— Tous les jeunes mâles chevaucheraient alors sans selle en faisant des allers-retours sur la route de Rotten Row le jour suivant, déclara-t-il avec son habituel ton ennuyé, mais l'amusement brillait dans ses yeux.

Matilda murmura quelque chose à propos de la honte étant fille de l'orgueil, mais refusa de mordre à l'hameçon.

Montagu parla quelques instants à Thornton avant que l'homme ne reparte en courant vers le village. Le marquis rapprocha le cheval de Matilda.

— Venez, miss Hunt.

Matilda leva la tête, ses yeux s'écarquillèrent lorsque Montagu lui tendit la main.

— Oh, non, dit-elle en reculant et en secouant la tête. Non, non. Absolument pas. Je vous remercie, mais je vais marcher.

— Non, c'est ridicule. Vous êtes trempée jusqu'aux os et vous allez attraper la mort. De plus, ajouta-t-il avec une lueur malicieuse dans les yeux qui fit accélérer le pouls de Matilda de façon grotesque, saviez-vous que la mousseline devient curieusement transparente une fois humide ?

Matilda eut tout à coup beaucoup moins froid. Les joues écarlates, elle poussa un petit cri outré. Au moins, la partie supérieure de son corps était couverte par son spencer, aussi trempé fût-il, mais à partir de la taille…

— Allons, allons, miss Hunt. Je suis un gentleman, après tout. Vous ne pensez tout de même pas que je vais regarder ? Vous me faites confiance, n'est-ce pas ?

— Non, répondit sèchement Matilda.

Elle commença à s'éloigner, avant de réaliser la vue qu'elle devait lui donner. Elle poussa un juron et se retourna en tenant son réticule devant elle.

— Partez devant, dit-elle les dents serrées.

— Oh, non, miss Hunt. Je ne peux pas faire cela.

Matilda plissa les yeux et comprit qu'elle ne gagnerait pas.

— Vous êtes sans le moindre doute, l'homme le plus odieux, le plus arrogant, le plus *agaçant* de tout le pays.

Montagu secoua la tête, consterné.

— T-t-t, fit-il. Oh, de tout l'empire, probablement ? Après tout, si une chose vaut la peine d'être faite, etcétéra… dit-il en agitant la main nonchalamment.

Elle se mordit les lèvres pour s'empêcher de gronder de rage — cela lui aurait fait plaisir — et marcha vivement vers le cheval. Montagu se pencha pour l'attraper avant qu'elle ne s'y prépare, et soudainement elle se retrouva assise de profil sur la selle, devant lui. Elle poussa un petit cri, notamment parce que le pommeau était très inconfortable, et faillit glisser, mais un bras fort lui enserra la taille et la maintint en place.

— Calmez-vous, vous allez effrayer le cheval, dit-il avec un sang-froid exaspérant.

Matilda regardait le sol, qui lui semblait affreusement loin.

— Je n'aime pas les chevaux, dit-elle.

Elle n'était pas sûre que cela soit la proximité du marquis ou l'absence de proximité du sol qui lui causait le plus de panique. Non. Elle n'en avait pas le moindre doute. Il n'y avait pas d'autre choix que de se coller à lui, compte tenu du manque d'espace. C'était bien trop intime, et cela mettait en péril son équilibre.

— Je vous tiens, lui dit-il d'une voix rassurante.

Cette phrase eut le don de la bouleverser plus que n'importe quelle autre chose qu'il aurait pu dire ou faire.

Les mots glissèrent sur sa peau comme une caresse et lui donnèrent envie de se fondre dans l'étreinte. Au lieu de quoi elle le repoussa et s'assit bien droit, aussi loin que possible, raide d'anxiété alors que le cheval se mettait en mouvement. Paniquée, elle s'agrippa à la première chose qu'elle trouva pour maintenir son équilibre et se retrouva accrochée au col de Montagu.

Il y jeta un coup d'œil et soupira.

— Eh bien, il était ruiné de toute façon, j'imagine, même si je préférerais que vous mettiez vos bras autour de mon cou.

— Et moi, je préférerais mourir, rétorqua Matilda.

Elle aurait bien aimé desserrer les doigts de son manteau, mais s'en trouva incapable.

Elle regarda le sol qui défilait en dessous d'eux alors que le cheval avançait. Ils continuèrent ainsi quelque temps, Matilda pétrifiée, les yeux fixés sur le sol.

— Arrêtez de regarder vers le bas, dit Montagu d'une voix légèrement amusée. Je promets que je ne vous laisserai pas tomber. Je dois avouer que je suis enchanté de découvrir que quelque chose vous effraie. J'avais cru que vous n'aviez peur de rien.

Cela suffit pour qu'elle lève les yeux et qu'elle le regarde, étonnée.

— Quoi ? demanda-t-il. Beaucoup me craignent, balbutient et bégaient en ma présence, mais pas vous. Vous n'avez jamais eu peur de moi, et ce dès le début.

Il avait dit cela d'une voix égale, comme s'il énonçait une vérité. Montagu était un homme puissant avec de nombreux intérêts. Qu'on l'aime ou qu'on le déteste, il ne laissait personne indifférent, et nombreux étaient ceux qui craignaient son mécontentement.

— Vous avez tort, répondit Matilda en détournant le visage.

Elle avait peur de lui, peur de la route sur laquelle il l'entraînerait si elle cédait à la tentation.

— Que faites-vous ici, de toute façon ? demanda-t-elle avant qu'il ne puisse lui poser une nouvelle question.

Elle aperçut avec soulagement la demeure de Holbrooke apparaître à l'horizon.

Plus vite elle le quitterait, mieux cela serait.

Un court moment s'écoula avant qu'il ne réponde :

— J'avais des affaires dans les environs.

— Avec Saint-Clair ?

— Non, je… Saint-Clair m'avait invité à sa réception, mais d'autres occupations nécessitaient mon attention. Cependant, j'étais ici pour quelques jours, j'ai donc cru poli de lui rendre visite.

Matilda le regarda à nouveau et haussa un sourcil.

— Quoi ? demanda-t-il. Mon savoir-vivre est irréprochable, miss Hunt, demandez à qui vous voudrez.

Elle émit un son qui ne fut pas particulièrement flatteur, et perçut le doux grondement d'un rire. Ils chevauchèrent en silence encore un moment et Matilda mobilisa tout son être pour parvenir à ignorer le corps masculin musclé si près d'elle, les cuisses puissantes contrôlant avec l'aise le cheval qui se mouvait en dessous d'eux, et la fragrance qui émanait des vêtements mouillés de Montagu. Du cuir et du cheval, le subtil arôme de bergamote et quelque chose de chaud et masculin flottaient autour d'elle. Le désir de lâcher son col et de glisser la main le long de son cou était presque irrésistible. Elle pourrait enfoncer la main dans ses cheveux et voir les mèches blond pâle s'enrouler autour de ses doigts, regarder ses yeux gris clair devenir sombres…

Arrêtez. Arrêtez. Ce serait comme caresser un cobra, se réprimanda-t-elle. *Avez-vous complètement perdu la tête ?*

Complètement, indéniablement, irrémédiablement, répondit une voix rêveuse dans sa tête. Elle refusa de lui prêter attention.

— Avez-vous réfléchi à ma proposition, miss Hunt ?

Oh, nous y étions.

— Nous sommes suffisamment près, dit-elle furieusement en agrippant son bras et en l'éloignant d'elle.

— Miss Hunt, faites attention, vous allez tomber, protesta-t-il.

Mais Matilda n'en avait cure. En marmonnant un juron, elle glissa et atterrit de façon fort peu gracieuse avant de se redresser.

— Faites demi-tour et repartez de là où vous venez, dit-elle en pointant violemment du doigt la direction du village.

Dieu merci, pensa-t-elle. Elle était reconnaissante de ressentir cette colère et soulagée qu'elle l'ait empêchée de se ridiculiser. Mais elle n'allait pas repartir alors qu'il l'observait, pas après la remarque qu'il avait faite à propos de sa robe. Retourner à sa chambre sans qu'on l'aperçoive serait suffisamment compliqué.

L'expression de Montagu s'assombrit.

— Vous réagissez comme si je vous insultais, dit-il froidement. Pourtant vous seriez l'une des femmes les plus puissantes de l'aristocratie. J'ai connu des femmes prêtes à très mal se comporter pour avoir la plus petite chance d'être considérée comme ma maîtresse.

— Alors, allez donc leur offrir cet *honneur*, lord Montagu, dit-elle en le regardant d'un air narquois.

Elle était reconnaissante du fait qu'il lui ait rappelé qui il était et ce qu'il voulait d'elle. Pendant un instant, avec le soulagement de le savoir en vie, elle l'avait oublié, et c'était une erreur impardonnable et très dangereuse.

Il la dévisagea, elle crut qu'il allait parler, mais c'est alors que sa mâchoire se serra. Il la gratifia d'un hochement de tête à peine perceptible en disant :

— Bonne journée, miss Hunt.

Matilda l'observa faire faire demi-tour à son cheval et partir. Elle s'assura qu'il était hors de vue avant d'aller rapidement se mettre à l'abri dans la maison.

Chapitre 7

Chère Aashini,

~~Pourquoi donc cet homme méprisable me fait-il…~~

~~Vous ne devinerez jamais qui j'ai croisé aujourd'hui…~~

~~Je suis tellement stupide.~~

J'ai passé un merveilleux moment ici à Holbrooke, mais j'ai bien peur qu'Harriet soit dans un beau pétrin…

— *Extrait d'une lettre de miss Matilda Hunt à lady Aashini Cavendish*

31 août 1814. Demeure de Holbrooke, Sussex.

Matilda contempla les flammes qui crépitaient joyeusement dans la cheminée de sa chambre. Elle était sèche et avait chaud, une tasse de thé était posée sur la table à côté d'elle, et une assiette de crumpets reposait sur ses genoux. La pluie avait repris, mais le son des gouttes s'écrasant sur les vitres était assez réconfortant lorsqu'on était confortablement installée à l'intérieur. Au moins, la tempête était partie aussi vite qu'elle était venue. Ressentant un désir de vengeance inhabituel chez elle, elle souhaita que la cheville de Montagu soit très douloureuse, avant de soupirer lorsque ses yeux se posèrent sur la magnifique orchidée qu'il lui avait donnée. Bien sûr qu'elle ne le pensait pas. Elle aurait dû. Si elle avait eu une once de bon sens, elle l'aurait souhaité de tout son être, mais ce n'était pas le cas.

Le fait qu'elle ait apporté cette maudite orchidée plutôt que de prendre le risque qu'elle ne meure en son absence en disait long sur son état d'esprit. Faites confiance à ce satané Montagu pour vous donner quelque chose d'une perfection si absolue et si horriblement cher qu'elle aurait l'impression d'être un monstre si le moindre mal arrivait à cette plante confiée à ses soins. Elle avait dépensé une fortune pour se procurer des ouvrages expliquant les soins à lui apporter, passé des heures à lire au sujet de cette maudite chose, pour l'amour du ciel. C'était pathétique. L'homme n'aurait-il pas pu se contenter de lui envoyer des roses ?

Des coups frappés à la porte dispersèrent ses pensées, et elle posa l'assiette de crumpets.

— Entrez.

Matilda se leva d'un bond lorsqu'Harriet passa sa tête dans l'entrebâillement.

— Puis-je entrer ? dit-elle d'une voix quelque peu tremblante.

— Oh, ma chérie, oui. Oui, bien sûr, venez et asseyez-vous. Oh, Harriet…, s'exclama-t-elle alors que la jeune femme fermait la porte et éclatait en sanglots.

Matilda se précipita vers elle et la serra dans ses bras.

— Allons, allons, dit-elle d'une voix apaisante. Venez et racontez-moi tout. Je vous promets que vous vous sentirez beaucoup mieux lorsque vous vous serez livrée. Je doute que cela soit à moitié aussi horrible que vous ne le croyiez.

Elle guida une Harriet en pleurs jusqu'à la chaise qu'elle venait de quitter, et s'activa en attisant le feu et en préparant une autre tasse de thé, ce qui laissa à Harriet le temps de se calmer. Une fois que la jeune femme eut retrouvé un semblant de contrôle sur elle-même, Matilda rapprocha de son amie le fauteuil qui se trouvait de l'autre côté de la cheminée et s'y installa.

— Bon, à présent, très chère. Je pense qu'il vaudrait mieux commencer par le début, ne croyez-vous pas ?

Harriet la contempla un long moment, ses yeux noirs semblables à ceux d'une chouette, vulnérables derrière les délicates lunettes qu'elle portait, puis elle acquiesça.

31 août 1814. Tunbridge Wells, Sussex.

— Juste ciel, votre tante est épouvantable, déclara Bonnie alors que le carrosse s'éloignait du petit cottage dans lequel la tante de Ruth vivait.

— Bonnie ! s'écria Minerva, consternée.

Ruth se contenta de s'amuser de ce commentaire franc, et émit un gloussement profond qui fit sourire Minerva malgré son choc.

— Eh bien, c'est la vérité, j'en ai bien peur, répondit Ruth, les lèvres toujours relevées alors qu'elle se tournait vers Bonnie. Toutes les femmes de la famille Stone sont impressionnantes, pour le dire gentiment, mais tante Ethel est l'une des pires.

— J'ai failli renverser ma tasse de thé lorsqu'elle a demandé si vous faisiez suffisamment d'efforts pour trouver un mari, admit Minerva.

En vérité, la vieille harpie l'avait terrifiée, et elle avait constaté avec admiration la dignité muette de Ruth. Pas une fois la jeune femme n'avait perdu son sang-froid, en dépit des remarques choquantes sur son manque de beauté et son incapacité à trouver un mari en dépit de sa dot scandaleuse. Mais Ruth s'était montrée claire : elle ne se laisserait pas intimider.

Minerva aurait bien aimé avoir cette force de caractère. Elle avait toujours craint d'être superficielle et quelque peu idiote. Elle savait qu'elle n'était pas formidablement intelligente, à la différence de sa cousine Prue, qui était écrivaine. Cela l'avait tant contrariée qu'elle s'était montrée très méchante avec elle, car sa cousine lui donnait toujours l'impression d'être une nigaude, mais Minerva avait agi de la sorte uniquement parce qu'elle craignait qu'elle n'eût raison. Heureusement, elles étaient proches à présent, et ces malentendus étaient oubliés. Prue avait même demandé à son mari, le duc, de donner à Minerva une jolie dot, ainsi qu'une rente pour elle et sa mère, une générosité pour laquelle Minerva lui était infiniment reconnaissante.

Avant cela, elle ne pouvait compter que sur son apparence — comme elle n'avait jamais été futée ni très appréciée —, et cet argent était un coup de pouce supplémentaire. C'était assez déprimant, de se demander si un individu voudrait bien l'épouser pour son argent, mais… oh, eh bien, sa beauté finirait par faner, et elle ne voulait pas vivre comme sa mère l'avait fait pendant si longtemps, en évitant de dépenser de l'argent, en économisant et en s'inquiétant des factures. *En apparence*, sa mère ne semblait pas se soucier des factures, mais… on ne pouvait jamais savoir si c'était vrai. Minerva savait jouer la comédie, sourire, rire et faire semblant de s'amuser alors qu'elle était fatiguée, malheureuse et voulait rentrer chez elle.

Elle reporta son attention sur Ruth et Bonnie et sourit. C'était si agréable d'avoir des amies. Prue lui avait fait le plus beau des cadeaux en l'invitant à rejoindre les Demoiselles Surprenantes, et Minerva ressentit une petite bouffée de bonheur en regardant Bonnie et Ruth rire de la tante épouvantable de cette dernière.

— Je pense que nous méritons une récompense pour avoir résisté à une épreuve aussi épouvantable, déclara Bonnie en regardant par la fenêtre tandis que le carrosse traversait la ville chic et animée de Tunbridge Wells.

— À quoi pensez-vous ? demanda Ruth, dont le visage s'éclaira.

— Des gâteaux à la crème, répondirent à l'unisson Bonnie et Minerva.

Minerva connaissait assez bien Bonnie pour savoir que c'était son idée du paradis. Ruth éclata de rire et hocha la tête.

— Va pour des gâteaux à la crème !

Après avoir mis de côté une belle quantité de gâteaux à la crème et de thé, elles flânèrent dans les charmantes boutiques de l'avenue *The Walks*. Ruth acheta un nouveau chapeau orné de fausses cerises. Minerva avait délicatement tenté de l'en dissuader, car elle le trouvait assez vulgaire. Bonnie avait contemplé avec tant d'envie le mètre de ruban bleu foncé qu'elle n'avait pas les moyens d'acheter que Minerva se fit un plaisir de lui offrir, grâce à sa nouvelle rente. Rien n'attira le regard de Minerva, ce qui lui parut bizarre : avant, lorsqu'elle avait très peu d'argent, il y avait toujours au moins une dizaine de choses qu'elle désirait obtenir.

— Oh, une librairie, s'exclama-t-elle en tirant Bonnie par la main.

— Je ne vous ai jamais prise pour une lectrice, Minerva, s'exclama Bonnie avec surprise en se précipitant à sa suite.

— Oh, je n'en suis pas une, dit-elle joyeusement. Je m'endors après quelques pages, mais Prue adore les livres, et j'aimerais lui offrir quelque chose.

— C'est une charmante idée, approuva Ruth.

Les trois jeunes femmes se rassemblèrent devant la vitrine.

— Oh, regardez celui-là. Quelles belles illustrations ! dit Minerva en désignant un petit livre ouvert où l'on pouvait voir des illustrations colorées.

— C'est un livre de poésie, je crois, déclara Ruth en se penchant pour mieux l'examiner. Oh, zut. Regardez, on dirait que cet homme demande à le voir aussi. Venez, entrons.

Elles se précipitèrent à l'intérieur juste au moment où le libraire déposait le livre dans les mains du client.

— Bon, fit Minerva. Je suis sûre qu'il y aura quelque chose d'autre de tout aussi charmant. Elle se retourna rapidement et percuta un autre acheteur qui tenait une pile de livres instables dans les mains. C'était un petit homme poussiéreux qui avait l'air d'un intellectuel. Peut-être était-ce dû aux livres.

— Par tous les enfers ! s'écria-t-il avec colère alors que les livres s'écroulaient sur le sol et qu'un gros volume ressemblant à une encyclopédie atterrissait pile sur son gros orteil. Bon sang. Espèce de petite idiote, ne pouvez-vous pas regarder où vous allez ?

Minerva sentit son visage s'empourprer et, choquée, poussa une petite exclamation de surprise, qui fit écho à celles de Bonnie et Ruth derrière elle, toutes les trois trop stupéfaites pour répondre tout de suite.

— Cela suffit, lança une voix tranchante derrière Minerva. J'ai vu ce qu'il s'est passé, et c'était un accident. Il ne faut pas transporter autant de livres si vous n'êtes pas capable de les équilibrer correctement, et vous n'avez certainement pas à insulter cette jeune demoiselle.

Minerva fit volte-face et leva les yeux… et les leva davantage, pour regarder son sauveur. Son cœur se mit à battre de façon frénétique. *Juste ciel.* Elle le contempla, étonnée, pas tant par la rapidité des battements de son cœur — qui n'avait jamais agi de la sorte auparavant — mais par celui qui en était la cause.

Il était très loin de l'image qu'elle se faisait du héros romantique. Incroyablement grand, un peu trop mince, avec un profil anguleux, il n'était certainement pas séduisant… du moins pas avant de remarquer ses yeux. Ils étaient fascinants, d'un gris ardoise profond, avec d'étranges touches de vert. Minerva songea qu'il devait avoir environ trente-cinq ans, un âge qu'elle aurait considéré comme ancien auparavant, mais une telle vitalité se dégageait de cet homme qu'elle rangea aussitôt au placard cette idée préconçue. Son manteau était un peu trop grand pour lui, Matilda le suspecta d'avoir perdu du poids récemment, et il avait besoin d'une coupe de cheveux.

Son cœur recommença son étrange danse.

Comme c'est curieux.

Elle s'obligea à détourner les yeux de l'étranger avant d'être accusée d'impolitesse, elle se tourna de nouveau vers l'individu qui l'avait insultée. Il avait pris une surprenante teinte blanchâtre. Elle ne pouvait pas l'en blâmer. Son sauveur avait une apparence assez menaçante qui ferait réfléchir n'importe quel homme.

— Pardonnez-moi, Mr de B-Beauvoir, balbutia-t-il en levant les yeux vers le grand homme avec une attitude de quasi-vénération. Je… je ne savais pas que… que… *monsieur*, permettez-moi de vous dire que je vous admire au plus haut point et —

— Non, je ne vous le permets pas. Partez.

Mr de Beauvoir agita les mains d'un air impatient pour lui intimer de déguerpir et le petit homme rougit, mortifié, avant de rassembler ses livres éparpillés et de quitter rapidement les lieux.

— Imbécile de flagorneur, murmura de Beauvoir, irrité, avant de regarder Minerva. Je suis désolé que cet individu vous ait contrariée, miss.

— Oh, miss Butler, déclara aussitôt Minerva bien qu'il n'eût pas réellement demandé son nom. Et vous n'avez pas à vous excuser. Je vous ai trouvé merveilleux.

L'homme eut l'air quelque peu surpris, et peut-être même révolté par le compliment. Un léger ricanement retentit derrière elle et Minerva reconnut la voix de Bonnie. Il fut rapidement étouffé ; c'était sans nul doute l'œuvre de Ruth.

— Tout le plaisir a été pour moi, dit-il brusquement.

Il était sur le point de partir lorsque Minerva le retint en posant la main sur son bras.

— Tout de même, rien ne vous obligeait à voler à mon secours et… je vous en suis terriblement reconnaissante.

Elle lui lança son regard le plus dévastateur, celui qu'elle avait perfectionné pendant des heures devant le miroir, à la fois timide et intéressé, une étendue bleue sous de longs cils. Il avait fait soupirer bien des hommes.

Mr de Beauvoir fronça le nez.

— Je vous souhaite une bonne journée, miss Butler. Mesdames.

Il fit une petite révérence raide, et Minerva le regarda quitter la boutique. Elle soupira lorsque la porte se referma derrière lui.

— Minerva… oh, Minerva… ? murmura Bonnie en agitant la main devant les yeux de Minerva comme pour la sortir d'une transe.

— Oh, arrêtez cela, dit Minerva en rougissant légèrement.

— Seulement si vous me dites ce qu'il se passe dans votre tête, exigea Bonnie en la regardant avec stupéfaction. Vous l'avez regardé comme s'il s'agissait du soleil, de la lune et de toutes les étoiles rassemblés alors qu'il n'est même pas beau, sans mentionner le fait qu'il a l'air fauché comme les blés. Avez-vous vu l'affreux manteau qu'il portait ? Il était tout élimé aux coudes.

— Il a besoin de quelqu'un pour s'occuper de lui, déclara Minerva en hochant la tête d'un air rêveur.

Bonnie fit la grimace.

— Beurk, fit-elle en regardant Minerva comme si elle était devenue folle. Ruth, essayez donc de la raisonner.

— Pourquoi donc ? répondit Ruth qui riait à présent. Il faut reconnaître qu'il était chevaleresque, et il faut bien admettre que les goûts ne se discutent pas.

— Apparemment, répondit Bonnie qui semblait profondément déconcertée.

— Oh, excusez-moi.

Les deux femmes se retournèrent, stupéfaites de voir Minerva interpeller l'homme qui lui avait parlé de façon si grossière. Il sursauta et faillit faire basculer une nouvelle fois sa pile de livres à présent bien emballés.

— Je vous en prie, dit Minerva. Pourriez-vous me dire qu'il était cet homme ? Vous avez manifestement beaucoup d'admiration pour lui.

— *Cet homme*, était Mr Inigo de Beauvoir, dit-il comme il aurait pu dire *c'était le duc de Wellington*.

Il avait prononcé ces mots sur un ton respectueux et avec un mépris évident pour son ignorance.

— Il est l'un des esprits les plus brillants de notre génération, c'est un maître dans le domaine de la philosophie naturelle. J'ai écouté plusieurs de ses conférences à la *Royal Academy*, ajouta-t-il comme s'il s'agissait d'un exploit, ce qui était peut-être le cas.

Il partit avec précipitation, comme s'il mourait d'envie de raconter à quelqu'un qui venait de lui passer un savon. Minerva se demanda si l'histoire allait être modifiée au cours du récit.

— Un philosophe naturel, dit-elle, ou plutôt souffla-t-elle en se sentant impressionnée par une telle prouesse intellectuelle. Comme c'est…

— Rasant, marmonna Bonnie.

— Intéressant, dit fermement Ruth.

Minerva, quant à elle, contemplait la porte en se demandant pourquoi le mot *merveilleux* était le seul qui lui venait à l'esprit.

Chapitre 8

Franchement, Kitty, je ne sais pas ce qui a pris à Minerva. Si j'étais aussi belle, je ne gâcherais pas tout avec un intellectuel poussiéreux. Il n'a pas eu l'air le moins du monde intéressé par elle, comment est-ce possible ? Elle est magnifique ! De plus, je doute qu'il soit jamais allé à un seul bal de sa vie.

— Extrait d'une lettre de miss Bonnie Campbell à Mrs Kitty Baxter.

31 août 1814. Demeure de Holbrooke, Sussex.

— Vous avez passé beaucoup de temps ici lorsque vous étiez enfant, devina Matilda en regardant Harriet qui contemplait le feu d'un air misérable.

La jeune femme hocha la tête.

— Nous vivions pratiquement ici. L'ancien comte et mon père étaient des amis très proches, et mes parents étaient souvent en déplacement à cause du travail de mon père, à la recherche d'un quelconque roi égyptien mort depuis longtemps, ou un papyrus illisible. Père pouvait s'en aller le cœur léger en sachant que lord et lady Saint-Clair veilleraient sur nous.

Il y avait un certain degré d'amertume dans ses mots, et Matilda s'interrogea sur le temps qu'Harriet et son frère avaient pu passer en compagnie de leurs parents.

— Donc, Jasper et vous étiez amis ?

Harriet laissa échapper un petit rire. Elle enleva ses lunettes pour pouvoir essuyer ses yeux avec un mouchoir avant de regarder Matilda.

— D'aussi loin que je me souvienne, je l'ai toujours aimé.

— Oh, Harriet, répondit Matilda, le cœur serré.

La lèvre d'Harriet trembla, mais elle secoua résolument la tête.

— Non. Ne vous montrez pas gentille, sinon je vais de nouveau me transformer en arrosoir et je refuse. J'ai gâché beaucoup trop d'années à pleurer à cause de cet homme, et je me suis juré de ne plus jamais verser de larmes. Je ne veux pas… pas recommencer, ajouta-t-elle d'une voix tremblante.

— Que s'est-il passé ?

Il s'écoula un bon moment avant qu'Harriet ne réponde et Matilda patienta, laissant le temps à la jeune femme de mettre de l'ordre dans ses pensées.

— Il ne m'a jamais remarquée, pas vraiment. Toute notre enfance, il m'a traînée ici et là avec Jérôme et Henry, mais… mais j'ai toujours eu l'impression d'être un accessoire. Vous voyez, au même titre que les faux pistolets lorsqu'on joue au soldat, ou qu'une longue-vue ou un coffre au trésor si nous faisons semblant d'être des pirates. Ils se battaient pour moi, j'ai été sauvée, capturée et kidnappée plus de fois que je ne peux le compter. Bien entendu, j'avais toujours un rôle passif, dit-elle en levant les yeux. Peu importe mes protestations. Ce n'était pas si mal, je me contentais de prendre un livre avec moi et j'ai appris à ignorer tous les cris.

Matilda esquissa un sourire en imaginant une petite Harriet indignée avec des couettes, et un jeune Jasper habillé en pirate. Harriet remarqua son expression et rit.

— C'était assez idyllique, pour être honnête, bien que j'ai l'impression d'avoir passé un temps fou recouverte de boue, ou à tomber dans le lac. Au moins, ils me repêchaient.

— Et ensuite… ? demanda Matilda.

— Ensuite…, répéta Harriet.

Son regard prit un air absent, lointain.

— … J'avais seize ans, j'étais plus amoureuse de Jasper que jamais. Oh, Matilda, il était si beau, même à l'époque. Comme un dieu païen, une perfection dorée. Il avait presque dix-neuf ans, et avait naturellement un succès dévastateur auprès de toutes les femmes à des kilomètres à la ronde. Elles étaient toutes amoureuses de lui, des filles de cuisine aux jeunes femmes de bonne famille. Il n'avait qu'à claquer des doigts pour qu'elles tombent à ses pieds. C'est encore le cas, ajouta-t-elle en soupirant.

Matilda hocha la tête en comprenant à quel point cela avait dû être difficile pour Harriet de regarder Jasper grandir et s'éloigner d'elle, passer d'une aventure amoureuse à une autre. Peut-être sa réputation n'était-elle pas tout à fait correcte, comme sa mère tenait à le dire, mais il ne l'avait pas non plus obtenue sans raison.

— Il avait refusé de partir à l'université…

Harriet avait dit cela en fronçant les sourcils sur un ton qui reflétait sa perplexité. Matilda pouvait comprendre cela aussi, mais elle tint sa langue. Harriet aurait volontiers sacrifié son bras droit pour avoir cette chance, mais de telles choses étaient interdites aux femmes.

— … Son père n'en pouvait plus et ne savait que faire de lui, poursuivit-elle. Il s'était attiré tellement d'ennuis durant son dernier trimestre que le comte était rongé d'inquiétude quant au genre de bêtises qu'un jeune homme riche et séduisant pouvait bien accomplir sans encadrement, sans rien pour l'occuper. Un Grand Tour était inenvisageable avec la guerre qui faisait rage, et il décida donc d'envoyer Jasper en Russie, dans la famille de sa mère. Voyez-vous, sa grand-mère était russe.

Matilda hocha la tête. Elle attendit la suite du récit, mais son amie resta silencieuse, torturant le mouchoir qu'elle tenait entre ses mains. Elle reprit la parole après un long moment.

— Je savais qu'il serait loin pendant presque un an, ce qui… eh bien, cela me semblait une éternité. Donc j'ai passé les semaines qui précédaient son départ à essayer de rassembler le courage de dire… *quelque chose*. Sauf que je n'ai pas pu. Donc, j'ai fait la seule chose à laquelle j'ai songé. Je lui ai acheté un journal pour qu'il note ses aventures, et à l'intérieur… j'ai demandé à un ami de dessiner un portrait de moi et… et je l'ai mis entre les pages. Je me suis dit que de cette façon, il penserait à moi de temps en temps.

— C'est adorable, dit Matilda en souriant.

Harriet ricana.

— C'était inutile. Je doute qu'il ait su que le dessin existait. À ma connaissance, il n'a pas écrit le moindre mot dans ce journal. Enfin bref, dit-elle en prenant une grande inspiration. C'était le jour de son départ, et j'étais bouleversée. J'ai cru que mon cœur allait se briser de devoir supporter son absence si longtemps, et… et je savais qu'il n'en avait rien à faire, sauf que…

— Sauf que ?

— Il effectuait le voyage jusqu'au port avec un autre jeune homme qu'il connaissait de son école et qui devait le rejoindre plus tard dans la matinée. Je ne l'enviais pas. D'après mon frère, Peter Winslow était une créature vile et sournoise, mais son père voyageait avec Jasper et lui servait de guide, car il avait des affaires en Russie, et Jasper devait passer une nuit dans leur maison avant l'embarcation. Heureusement, Peter ne partait pas ; sa mère disait qu'il était de constitution trop fragile pour supporter le temps russe. Ce qui était tout aussi bien, car il aurait fait de la vie de Jasper un enfer… c'était une créature si répugnante. Enfin, j'ai annoncé à Jasper que j'avais un cadeau pour lui, et nous sommes partis nous promener jusqu'au pavillon d'été. J'avais raconté que j'avais laissé le présent là-bas, mais en réalité je voulais être seule avec lui…

Matilda patienta. Elle était penchée en avant, pressée d'entendre la suite. Elle se rendait compte qu'elle mourrait d'envie d'apprendre l'origine de ce terrible fossé entre eux, elle espérait ainsi pouvoir les aider à arranger les choses.

— Et il était si content, bien plus qu'il ne l'aurait dû en recevant ce journal, et… et l'instant d'après, il… il m'a embrassé.

Harriet déglutit, les yeux remplis de larmes.

— Ce baiser était inoubliable, Matilda, si… si tendre, et après cela il m'a demandé de n'épouser personne d'autre pendant son absence.

Elle poussa un rire sans joie en s'essuyant les yeux avec le mouchoir mutilé.

— … Comme si quelqu'un allait un jour demander ma main !

Matilda saisit la main d'Harriet et la pressa gentiment.

— Enfin, reprit Harriet qui se secoua pour se débarrasser de sa tristesse.

Elle et se redressa et poursuivit son récit :

— Winslow est ensuite arrivé et il a fallu retourner à la maison. Jasper ne pouvait rien dire de plus avec tout le monde autour de nous, et j'ai réussi à me convaincre que c'était la seule raison de son silence. Je lui ai demandé de m'écrire et de me donner des nouvelles, et je lui ai promis de répondre à ses lettres.

Matilda patienta pendant qu'Harriet rassemblait ses souvenirs une fois de plus.

— Son père et sa mère l'accompagnaient pour lui dire au revoir. Lady Saint-Clair est affreusement distraite ; au moment de partir, elle s'est souvenue avoir laissé le livre qu'elle voulait prendre à l'intérieur, sur la table. Bien entendu, elle aurait demandé à une domestique d'aller le chercher, mais j'étais au bord des larmes et je ne voulais pas le montrer, je me suis donc précipitée à l'intérieur pour être seule un instant. Lorsque je suis revenue, Jasper et Peter se tenaient derrière la porte qui était entrouverte, et ils ignoraient que j'étais là.

Matilda patienta, la gorge tout à coup serrée.

— … Jasper… lança ce rire bizarre, comme si Peter était fou d'imaginer une telle chose. Il a ensuite regardé Peter et a dit d'une voix si froide, avec une expression d'intense dégoût sur le visage : *ne soyez pas ridicule, comme si je pouvais être intéressé par Harriet*, et il a descendu les escaliers.

— Oh, Harriet.

Matilda se mit à genoux devant elle en lui tenant la main alors que la jeune femme s'effondrait en sanglots.

À l'aide d'un énorme effort de volonté, Harriet parvint à se calmer une fois encore.

— Je n'oublierai jamais la façon dont il l'a dit, Matilda. Avec un tel dégoût ! Comme si Peter était idiot d'avoir seulement pensé que c'était possible. Je me suis convaincue qu'il ne l'avait pas réellement pensé, même s'il en avait eu l'air. Je me suis dit que Peter l'avait simplement énervé, j'ai attendu qu'il m'écrive. S'il ressentait quelque chose pour moi, il m'écrirait sans doute, n'est-ce pas ?

— Cela semblerait logique, acquiesça Matilda.

— J'ai attendu et attendu, déterminée à ne pas lui écrire tant que je n'avais pas reçu de lettre de sa part. S'il m'avait écrit une lettre, je lui aurais répondu en lui demandant pourquoi il avait dit cela à Peter, mais il ne l'a jamais fait, Matilda. Pas une fois. Il est resté absent presque un an, et il ne m'a jamais écrit… mais ce n'est pas le pire.

— Oh, Seigneur, dit Matilda avec émotion.

Harriet lui adressa un sourire triste.

— J'ai croisé Peter deux mois plus tard. Il avait des tas de nouvelles de Jasper, qu'il avait pu obtenir par l'intermédiaire de son père, voyez-vous. Il a semblé enchanté de me dire que Jasper faisait fureur parmi les dames, m'a raconté des histoires absolument choquantes à son sujet, des choses que l'on ne devrait pas prononcer devant une lady, mais il était désormais clair que Jasper ne se languissait pas de moi.

— Je suis tellement désolée, Harriet.

Harriet haussa les épaules.

— Au moins, je savais. Il valait mieux le découvrir ainsi plutôt que d'attendre sagement qu'il revienne pour demander la permission à mon père de me courtiser, alors que ce n'était clairement pas ce qu'il voulait faire. Lorsqu'il est revenu, je m'étais résolue à l'oublier, à me concentrer et avancer dans mes études. Du moins, aussi loin que mon père le permit.

Elle soupira lourdement.

— … À présent, je pense que peut-être Jasper a cru se montrer gentil, dit-elle avec un air perplexe. Kitty m'a fait réfléchir et j'ai essayé de faire ce qu'elle m'avait demandé. Avec le recul, j'en suis venue à croire qu'il pensait que c'était un geste aimable de sa part, me donner mon premier baiser, car je ne l'ai jamais vu se montrer cruel avant cela, et il n'ignorait certainement pas que j'étais amoureuse de lui. Peut-être a-t-il cru que c'était le bon moment, puisqu'il partait si longtemps. J'ai essayé de le lui pardonner. Il ne pouvait pas savoir à quel point cela me blesserait, combien de nuits je passerais à sangloter après son départ.

Le cœur de Matilda se serra en voyant la confusion dans les yeux d'Harriet et en sachant que sa pauvre amie avait dû y réfléchir pour tâcher de comprendre durant des années.

— Et lorsqu'il est rentré ?

Harriet détourna le regard et fixa le feu.

— Je l'ai évité. Je suis partie rendre visite à ma tante en Écosse quelques semaines avant son retour. Tout le monde pensait que je serais présente pour le grand événement, mais j'ai prétendu être malade et comme ma tante est assez hypocondriaque, cela n'a pas été difficile de la convaincre que j'étais trop souffrante pour voyager. Je ne l'ai pas vu pendant des mois après cela, nous étions l'un et l'autre ailleurs pour des raisons diverses, et lorsque je l'ai finalement revu, je me suis contentée de l'ignorer et… et nous en sommes là.

— Mais ne vous a-t-il jamais demandé pourquoi ?

— Bien sûr que si, dit Harriet en hochant la tête. Mais je n'ai jamais réussi à me convaincre de lui dire que j'avais entendu ce qu'il avait dit. Je me suis sentie si humiliée de savoir qu'il n'avait fait que jouer avec moi. Seigneur, cela a dû beaucoup l'amuser de me voir tomber aussi vite dans ses bras. Je m'y suis presque évanouie. Donc j'ai prétendu que ce n'était qu'une amourette passagère, et que j'étais passée à autre chose.

— Mais ce n'était pas une amourette, n'est-ce pas Harriet ? Et vous l'aimez toujours.

Harriet ferma les yeux et acquiesça.

— J'ai essayé si fort, Matilda. J'ai essayé si fort d'arrêter de l'aimer. Il n'est plus le garçon dont je suis tombée amoureuse, n'est-ce pas ? C'est un adulte, et je ne le connais pas du tout. Nous n'avons pas la moindre chose en commun. Je suis banale et j'adore apprendre, il ressemble à un ange tombé du ciel et méprise le fait de s'instruire. Pourquoi diable voudrait-il de moi ? Pourquoi est-ce que je veux de lui ? Il m'a fait tellement de mal, je l'ai détesté pour cela, et je ne comprends pas comment il est possible de détester et d'aimer quelqu'un en même temps. C'est illogique.

Matilda lui adressa un sourire en coin.

— Aussi illogique que cela soit, ce n'est pas impossible, je peux vous l'assurer.

Harriet lui lança un regard interrogateur et Matilda se hâta de poursuivre la conversation.

— Et donc, que s'est-il passé hier soir ?

Harriet poussa un grognement misérable qui venait du cœur, et son amie attendit la suite.

— J'ai accepté de me montrer plus aimable et de suivre le conseil de Kitty en mettant le passé derrière moi, en le pardonnant. Le résultat de cette décision — associée à ce cocktail de fruits imbibé de brandy et à ce défi stupide — eh bien…

Harriet leva les mains au ciel en signe de désespoir.

— … Regardez dans quel pétrin je suis à présent !

Jérôme regarda son frère se servir un autre verre. Cela devait être son second en dix minutes, ce qui ne lui ressemblait pas du tout.

— Allez-y doucement, lui dit-il.

Il était amusé d'être, pour une fois, celui qui disait cela. D'habitude, c'était l'inverse.

Son frère se tourna vers lui et lui lança un regard noir, mais resta muet, et porta le verre à ses lèvres.

Jérôme haussa les épaules.

— Cela m'est bien égal que vous soyez saoul comme une grive au dîner, mais maman sera furieuse, et je pense que vous avez assez de problèmes comme cela.

— Eh bien, je me suis dit que c'était mon tour, marmonna Jasper en lançant un regard irrité à Jérôme avant de se détourner de lui.

— Je suppose que je ne peux pas le nier. Vous êtes bien trop respectable ces derniers temps. Ennuyeux comme un jour de pluie.

Enfin, jusqu'à ce matin. Quel scandale, Jas, vraiment ! Je ne savais pas que vous aviez cela en vous, et en plus, avec Harriet !

— Que voulez-vous dire par là ?

Jérôme se figea, surpris par la fureur dans le ton de son frère.

— Eh bien, dit-il avec prudence en regardant Jasper avec intérêt. Si cela avait été avec miss Hunt ou miss Butler, cela ne m'aurait pas autant surpris, mais Harry ? Elle est —

— Elle est quoi ? répliqua sèchement Jasper qui était devenu rigide.

Jérôme cligna des yeux, surpris.

— Raisonnable, finit-il par dire. C'est un bas-bleu, elle est quasiment notre sœur. À quoi pensiez-vous ?

Jasper serra la mâchoire et Jérôme crut qui n'allait pas répondre.

— Elle n'est *pas* notre sœur.

Sa réponse avait été laconique, mais au moins, il ne paraissait plus à deux doigts de coller un œil au beurre noir à son frère.

— Eh bien, non, techniquement non, mais… mais si elle est déjà fiancée à ce de Beauvoir, et qu'il se fiche de savoir ce qu'il se passe, pourquoi tenez-vous à ce point à l'épouser ?

— Parcequ'il n'est d'autre qu'un salaud sans cœur qui ne se soucie que des avantages qu'Harriet pourra apporter à sa carrière. Il ne se préoccupera jamais d'elle en dehors de ses incroyables capacités intellectuelles. Il se fichera de son bien-être, ne s'inquiétera jamais de savoir si elle est heureuse ou pas. Je ne tolérerai pas cela. Elle mérite mieux.

— Mais n'est-ce pas à elle d'en décider ? insista Jérôme en regardant de nouveau son frère. Et depuis quand cela vous intéresse-t-il ? Cela fait des années que vous êtes en guerre tous les deux. Je croyais que la contrarier était le but de votre vie, et vous voilà à présent si concerné par son bonheur que vous êtes prêt à l'épouser ? Mon Dieu, Jasper, vous vous entretueriez en moins d'une semaine.

— Taisez-vous, Jérôme. Vous ne savez pas de quoi vous parlez.

Jérôme haussa les épaules.

— Ce n'est pas surprenant, mais j'aimerais tout de même que vous m'expliquiez.

— Lorsque vous m'expliquerez à quoi vous jouez avec Bonnie Campbell, alors je vous fournirai des explications sur ce qu'il se passe avec Harriet.

La cloche du dîner sonna en cet instant précis et Jérôme poussa un soupir de soulagement en bondissant sur ses pieds.

— Sauvé par le gong, dit-il avec un sourire en coin avant de se dépêcher de sortir pour rejoindre la salle à manger.

Il ne voulait pas parler de Bonnie avec son frère. Jasper s'imaginait trop de choses. Bonnie était une fille joyeuse avec de la répartie et un talent pour les ennuis. Il s'amusait avec elle… beaucoup plus qu'avec n'importe qui d'autre. Il ne lui offrait rien d'autre que de l'amitié, et elle le savait pertinemment. Il avait été très franc à ce sujet, et elle avait ri en lui disant qu'elle savait exactement ce qu'il offrait et ce qu'il n'offrait pas. Elle avait même fait une superbe plaisanterie sur le choc qui ébranlerait toute l'aristocratie s'il épousait une quelconque Écossaise qui n'avait pas de nom et encore moins de manières.

Donc, pourquoi ne profiteraient-ils pas de la compagnie de l'un et de l'autre ? Surtout maintenant, tout le monde était parti et il n'y avait plus de vieilles biques pour désapprouver leur comportement… il n'y avait que Jasper. Il fut un temps où Jérôme idolâtrait son grand frère et tâchait de devenir comme lui. Il était le cœur et l'âme de la fête, aimé de tous — excepté de ses maîtres à l'école — et diabolique avec ces dames.

Au cours des dernières années, il était devenu de plus en plus circonspect, ne laissant apercevoir que rarement le jeune homme scandaleux qu'il avait été. Lors de ces occasions, Jérôme éprouvait le sentiment troublant que Jasper était très malheureux. Non pas qu'ils en aient parlé. On ne parlait pas à son frère de… de *sentiments*. Dieu les en préservait. Mais tout de même, une sensation tenace le tiraillait, et Jérôme se demandait s'il s'agissait de sa conscience. Il n'en était pas tout à fait sûr, car elle ne l'ennuyait que très rarement, mais peut-être devait-il essayer de savoir ce qui n'allait pas avec Jasper. Après tout, lui ne se gênait pas et semblait éprouver grand plaisir à fourrer son nez dans ses affaires.

Il ne voyait aucune raison de ne pas lui rendre la pareille.

Chapitre 9

31 août 1814. Demeure de Holbrooke, Sussex.

— Évidemment, nous ne dirons rien ! déclara Ruth.

Elle avait les yeux écarquillés de stupéfaction et Minerva ne pouvait pas l'en blâmer. Harriet et Jasper ? Elle croyait qu'Harriet détestait Jasper. Mais maintenant qu'elle y songeait, elle se disait qu'il s'agissait *peut-être* d'étincelles de désir.

— Nous ferons comme si nous n'étions pas au courant de ce qu'il s'est passé, acquiesça Minerva.

Elle lança un sourire rassurant à Matilda tandis qu'elles enfilaient leurs gants et se préparaient à descendre pour ce qui promettait d'être une soirée très étrange.

— Et quel est l'intérêt de tout cela ? demanda Bonnie en levant les yeux au ciel. Ils sauront que nous savons. Comment pourrait-on ne pas savoir ? Je ne dis pas que nous devrions en parler, mais nous pourrions au moins montrer notre soutien à

Harriet, au lieu de prétendre être sourdes au scandale monumental dont tout le monde parle.

Matilda acquiesça.

— Oui, Bonnie a raison. Cela ne sert à rien de prétendre ignorer l'affaire, mais il faut tâcher d'être discrètes. La pauvre Harriet est tellement bouleversée. De toute façon, je ne pense pas qu'elle descendra pour le dîner. Elle n'en avait certainement pas l'intention lorsque je l'ai vue plus tôt.

— Imaginez donc, dit Bonnie avec les yeux pétillants de malice. Une nuit avec Jasper Cadogan. Quelle chanceuse !

Minerva se mordit la lèvre, Ruth la contempla bouche bée et Matilda fronça les sourcils.

— Ce n'est pas vraiment approprié, Bonnie.

— Désolée, répondit cette dernière sans avoir l'air d'éprouver des remords. Mais vous disiez qu'elle était fiancée à un autre type ? Qui est-il ? Le connaissons-nous ? Et pourquoi ne nous en a-t-elle pas parlé ?

— Je crois qu'elle a accepté sa demande il y a seulement quelques semaines, bien qu'il la lui ait faite l'été dernier. Apparemment, cela fait presque trois ans qu'ils correspondent.

— Bonté divine, Harriet est *décidément* une rebelle, déclara Bonnie avec un air approbateur.

Matilda secoua la tête en jetant un regard désespéré à Bonnie.

— Il ne s'agissait pas de billets doux, mais d'un échange de théories et d'idées. Il n'y avait rien de romantique d'après Harriet.

Bonnie grimaça.

— Dans ce cas, comment est-il ?

— Je n'en ai pas la moindre idée. J'étais hors de la maison lorsqu'il est venu ce matin.

— Oh, oui, intervint Minerva. Henry a dit que vous étiez rentrée en ayant l'air d'un rat noyé. Avez-vous été prise dans cette affreuse tempête, ma pauvre ? Heureusement, elle était terminée lorsque nous avons quitté la maison de la tante de Ruth.

Matilda rougit, et Minerva ne comprit pas pourquoi.

— Oh, j'ai été un peu mouillée. Rien de grave. Allons, à présent, poursuivit-elle en leur faisant signe de se dépêcher. Voilà la cloche du dîner, nous ferions mieux de descendre.

Les jeunes femmes empruntèrent l'escalier, et Minerva admit ressentir une certaine appréhension quant au dîner à venir. Elle détestait lorsqu'il y avait de la tension dans l'air et que tout le monde se contentait de parler de choses mondaines en évitant de mentionner quoi que ce soit en rapport avec la situation. Mais elle avait faim, et il ne servait à rien de prétendre le contraire. Minerva avait finalement accepté de suivre le conseil de Prue et cessé de suivre un régime aussi drastique ; c'était très agréable d'apprécier un bon repas et de ne pas observer les autres se régaler en ne touchant pas à son assiette. En plus, Bonnie avait raison. Il fallait qu'elles offrent leur soutien à Harriet, qu'elle soit présente ou non, et elles ne pourraient pas le faire si elles n'y allaient pas.

Lady Saint-Clair les accueillit toutes chaleureusement, comme si tout allait parfaitement bien, et elles s'installèrent pour le dîner. Il se déroulait dans la petite salle à manger ce soir-là, celle que la famille utilisait lors des occasions moins formelles, ce qui était un soulagement. L'atmosphère y était plus intime et beaucoup moins intimidante.

Lady Saint-Clair s'assit à une extrémité de la table, Saint-Clair à une autre. Il n'y avait pas de plan formel, et tout le monde s'installait où bon lui semblait. L'assemblée se figea lorsqu'Harriet apparut. Elle était blême et raide, mais elle se tenait droite et garda la tête haute en avançant vers la table. Elle prit la place la plus proche de lady Saint-Clair, à gauche Minerva, aussi loin que possible de Saint-Clair.

Bravo, se dit Minerva. Elle attrapa la main d'Harriet par dessous la table et la serra. Elle ne connaissait pas très bien la jeune femme, mais elle espérait que ce geste lui donne courage. À son grand soulagement, Harriet lui rendit sa pression de main avant de la lâcher.

— Vous ai-je dit que j'ai reçu une lettre de Jemima ? demanda Matilda à Bonnie d'une voix claire et brillante, brisant ainsi le silence plutôt gêné.

Bonnie attrapa aussitôt la perche tendue, au soulagement de tous.

— Oh, non. Comment va-t-elle ? Explique-t-elle les raisons de sa disparition ?

Minerva n'avait qu'un vague souvenir de Jemima, qu'elle n'avait vue qu'une ou deux fois. Elle était blonde et jolie dans un genre assez fragile, quelque peu éthéré. Elle se souvenait surtout de sa robe passée de mode depuis plusieurs saisons, trop grande pour elle, et qui visiblement avait déjà été retouchée à plusieurs reprises. Elle s'était dit qu'il était possible qu'elle ne puisse plus se permettre de participer à des réceptions aussi somptueuses au sein de l'aristocratie, si elle se retrouvait obligée de rapiécer ses robes. Elle avait sans doute reçu beaucoup de moqueries à cause de cela. Minerva sentit une vague de soulagement de ne pas avoir été l'une d'entre ceux qui pensaient que cela avait la moindre importance. Elle ne s'était pas comportée de la meilleure des manières au début de cette saison, en grande partie parce qu'elle se sentait désespérée, mais elle n'avait pas la moindre envie d'attiser la honte qu'elle ressentait en se souvenant de paroles désagréables qu'elle avait pu donner. Au moins, elle n'était pas coupable de cela avec Jemima.

— Elle dit que sa tante est souffrante, et qu'elle s'occupe d'elle. Elles sont très proches, il me semble ?

Bonnie hocha la tête.

— Je pense qu'elle vit avec sa tante, non ?

Matilda acquiesça.

— Oui, c'est le cas. En tout cas, je dois lui rendre visite lorsque je retourne en ville.

— J'aimerais pouvoir venir avec vous, déclara Bonnie d'un ton mélancolique.

— Retournez-vous en Écosse, miss Campbell ? demanda lady Saint-Clair.

Minerva eut l'impression d'entendre une nuance d'espoir dans la question.

— J'imagine, répondit Bonnie en affichant un sourire manifestement forcé.

Minerva ressentit une vague de compassion pour elle, surtout en voyant que le regard de Bonnie se posait sur Jérôme et y demeurait.

— Avez-vous entendu la nouvelle ? demanda lady Saint-Clair en arrachant l'attention de Bonnie de son plus jeune fils, sa voix vibrant d'une excitation contenue. Le marquis de Montagu était en route pour nous rendre visite cet après-midi lorsqu'il a été pris dans cette affreuse tempête. Il est tombé de son cheval.

— Cela ne pouvait pas arriver à quelqu'un de plus gentil ! plaisanta Jérôme.

Il récolta un ricanement de la part de Bonnie et un regard furieux de sa mère.

— Ne l'avez-vous pas vu, miss Hunt ? demanda lady Saint-Clair en se tournant vers Matilda. Il a dû emprunter la même route que la vôtre, au même moment.

Les joues de Matilda flamboyèrent alors que les regards de toutes les Demoiselles Surprenantes se posaient sur elle avec la même lueur curieuse.

— Je — je — je, bégaya-t-elle.

— Cette route est longue, lady Saint-Clair, lança subitement Harriet en détournant l'attention des convives de Matilda. Et

Matilda s'est retrouvée trempée, mais elle est rentrée bien avant la fin de la tempête, n'est-ce pas, Henry ?

Henry regarda sa sœur un peu trop longtemps avant de prendre la parole.

— Oui. Oui, en effet. Je l'ai vue, voyez-vous. Mouillée. Trempée, mais… mais la tempête grondait encore… et il y avait toujours des éclairs.

— Donc il est probable que Montagu eût été à des kilomètres d'elle, à l'autre bout de cette route, ajouta Harriet un tantinet trop fort.

— Oh, répondit lady Saint-Clair en hochant la tête avant de retourner à sa soupe.

Henry jeta un regard à sa sœur qui disait *bon sang, que se passe-t-il*, mais Harriet l'ignora. Matilda se concentra sur son propre bol et ne leva pas les yeux. Minerva se demanda ce qu'elle cachait. Quelque chose se tramait-il entre Montagu et elle ? Sûrement pas. Pas après ce qu'il lui avait fait.

— Est-il gravement blessé ? demanda Henry.

Tout le monde regarda à nouveau lady Saint-Clair.

— Une cheville foulée, je crois. C'est douloureux, mais ce n'est pas grave.

— Dommage, souffla Bonnie.

Minerva essaya de ne pas s'étrangler avec sa soupe.

— Lady Héléna était charmante, n'est-ce pas ? déclara lady Saint-Clair en changeant à nouveau le sujet de la conversation.

— Oh, oui, répondit Minerva.

Elle était contente de pouvoir contribuer à la conversation. Elle connaissait bien lady Héléna à présent que sa cousine avait épousé son frère, le duc de Lorny.

— … Elle est vraiment charmante, pleine de vie, toujours pleine d'énergie. Je jure qu'elle n'est jamais fatiguée. Je n'ai jamais rencontré quelqu'un d'aussi actif, et d'aussi gentil.

— Oui, c'est exactement ce que j'ai pensé, approuva lady Saint-Clair d'un air satisfait avant de se tourner vers son fils. Pas vous, Jérôme ?

Jérôme, qui n'avait clairement pas fait attention à la conversation, leva les yeux de son dîner.

— Plaît-il ? demanda-t-il en rompant un petit pain en deux.

— Lady Héléna, répéta sa mère avec patience.

— Eh bien quoi, lady Héléna ?

Il enfourna un gros bout de pain dans sa bouche et le mastiqua en attendant.

— Honnêtement, Jérôme, je pourrais tout aussi bien parler à un mur. Essayez de prêter attention à la conversation, mon cher. Qu'avez-vous pensé de lady Héléna ?

— Oh, fit Jérôme en avalant sa bouchée.

Il se figea et réfléchit.

— Laquelle était-ce ?

Bonnie ricana, et un éclair d'impatience passa dans les yeux de lady Saint-Clair.

— Oubliez cela, répondit-elle en abandonnant l'idée.

Minerva se mordit la lèvre et prit soin de se concentrer ne fois de plus sur sa soupe, jusqu'à ce que tout le monde termine et que les domestiques aient débarrassé la table et apporté les plats suivants. Bien qu'il s'agisse manifestement d'un dîner informel, la table était remplie. Un plat de poisson que Minerva ne pouvait pas identifier était posé à côté d'un rosbif, de plusieurs poulets rôtis, d'une tarte aux pigeons, d'un haricot de mouton, d'escalopes de veau, d'une tarte aux amandes et de plusieurs plats de légumes.

Avec un petit soupir content et impatient, Minerva accepta de prendre de la tarte, du poulet rôti, et une large part de légumes.

— C'est bon de vous voir manger correctement, lui murmura Bonnie. La première fois que je vous ai vue à un dîner, j'ai ressenti de l'inquiétude pour vous. Ce que vous mangiez n'était pas suffisant pour garder un moineau en vie.

Minerva lui sourit, et prit une bouchée délibérément grosse de poulet rôti et poussa un soupir de contentement. Bonnie rit et suivit son exemple. Minerva regarda les autres convives pour voir si tout le monde était en train de manger, et remarqua qu'Harriet mangeait peu et avec un manque d'enthousiasme évident. Un coup d'œil à l'autre bout de la table lui indiqua que Saint-Clair ne faisait guère mieux. La main sur le pied du verre à vin, il le faisait pivoter entre ses doigts tout en étudiant son contenu avec une expression indéchiffrable.

Minerva soupira en souhaitant que ces deux-là réussissent à régler leurs problèmes. Ce n'était *pas* impossible. Lorny et Prue s'étaient retrouvés dans une terrible situation lorsque le duc avait découvert l'identité de l'auteure de l'histoire salace à son sujet. S'ils avaient pu résoudre un tel problème, Saint-Clair et Harriet trouveraient probablement un moyen d'avancer.

Minerva songea avec nostalgie à la librairie et au regard gris-vert déconcertant de l'homme qu'elle avait rencontré. Ils avaient probablement plus d'espoir qu'elle, en tout cas. Car il n'y avait aucune raison qu'un homme que l'on considérait comme *l'un des grands penseurs de sa génération* puisse porter un quelconque intérêt à une jolie petite écervelée telle que Minerva.

Avec un soupir déprimé, elle reporta son attention sur son dîner et tâcha de ne plus y penser.

On ne pouvait pas tout à fait dire que Jasper partit en courant dès l'instant où le dîner prit fin, mais il s'en fallut de peu. La soirée avait été interminable, rendue plus terrible par l'expression troublée et pâle d'Harriet qui fixait son assiette et avait à peine mangé plus qu'une bouchée.

Était-ce ce que la nuit à venir signifiait pour elle ? Était-ce une épreuve à traverser ? Son cœur plongea jusque dans ses bottes. Si tel était le cas, il serait incapable de le faire. Il n'avait jamais amené de femme non consentante dans son lit, et ce n'était pas maintenant qu'il allait commencer. Pourtant, elle n'avait pas été réticente lorsqu'il l'avait embrassée un peu plus tôt, pas plus qu'elle ne l'avait été la nuit précédente ; et ce matin, elle était parfaitement sobre. Au moment où il l'avait prise dans ses bras, elle était devenue chaude et s'était laissé aller, son désir avait été flagrant. Eh bien, elle avait manifestement changé d'avis. Elle ne viendrait pas ce soir, donc il ferait mieux de ne pas cultiver d'espoir.

Cela ne voulait pas dire qu'il abandonnait — loin de là — mais s'il ne réussissait pas à l'amener dans son lit, ses chances se réduiraient. Même s'il y parvenait, il devait admettre que peut-être, ses problèmes ne feraient que commencer. Que se passerait-il lorsque l'excitation qu'elle ressentait à partager son lit fanerait ? Et si c'était la seule chose qu'ils pouvaient avoir en commun ? Il adorait passer du temps avec elle, l'entendre parler passionnément des nouvelles choses qui l'intéressaient, peu importe qu'il les comprenne ou pas, mais qu'en était-il d'Harriet ? Que se passerait-il lorsqu'elle se fatiguerait de lui et qu'il ne réussissait plus à éveiller son intérêt ailleurs qu'au lit ?

Malgré tout, il ne pouvait s'empêcher d'écouter chaque craquement et bruit de pas en se préparant à aller au lit. Il fit partir son valet en lui assurant qu'il n'aurait plus besoin de lui et qu'il pouvait se retirer pour la nuit. Jasper s'approcha du lit et s'assit au bord du matelas en se souvenant du temps où Harriet le regardait comme s'il avait accroché la lune pour elle seule. L'année de ses seize ans, il avait baigné dans cette adoration bien qu'il eût craint de la mettre à l'épreuve. Et s'il la laissait entrer et qu'elle remarque à quel point il était loin de l'image qu'elle s'était faite de lui et dont elle était tombée amoureuse ? Et si elle découvrait qui il était réellement et changeait d'avis ? Voir cette adoration se transformer en regrets — ou pire, en pitié — serait effroyable. Cette crainte l'avait presque tué. Pourtant, c'était arrivé.

Il se souvenait de toutes les soirées qu'ils avaient passées ensemble, lorsqu'Harriet leur faisait la lecture à Jérôme, Henry et lui, qu'ils se rassemblaient autour de l'âtre pour écouter ses histoires magiques et merveilleuses. Jasper avait apprécié ces soirées plus que tout. Il avait adoré entendre ces histoires en tant qu'enfant, mais, en grandissant, il ne pouvait plus demander à ce qu'on lui lise une histoire avant de se coucher par peur qu'on le prenne pour un bébé. Lire seul était une telle corvée que cela retirait tout le plaisir de l'histoire, donc il avait abandonné, mais Harriet lui faisait la lecture chaque fois qu'il le lui demandait et paraissait apprécier cela. Son histoire favorite avait été *Les Contes des Mille et Une Nuits*. Il y avait des aventures romantiques, pleines de dangers et de mystères, de l'amour et des trahisons, et Harriet avait donné vie à ces histoires en les lisant. Elle avait dû lire ce livre au moins une douzaine de fois, et même lorsque leurs frères râlaient et exigeaient une autre histoire, elle se contentait de sourire, de prendre le livre de ses mains, et de recommencer une nouvelle fois.

Jasper frotta son poing sur son cœur en essayant de faire disparaître la douleur qui s'y était installée. Elle l'avait aimé. Elle l'avait aimé si longtemps, et puis cela avait cessé. Harriet avait arrêté de le regarder avec adoration. Elle avait arrêté de le regarder tout court. Elle ne lui adressait pas la parole à moins qu'il lui pose une question, et elle était alors polie et distante. Elle l'avait sorti de sa vie et il n'avait pas compris pourquoi. Cette douleur l'avait rendu furieux et il s'était énervé, se moquait d'elle devant ses amis lorsqu'elle faisait preuve d'intelligence, la raillait d'être plus intéressée par les livres que par la vraie vie. Au début, elle avait supporté cela avec toute la dignité calme dont elle était capable, mais il avait continué jusqu'à ce qu'elle se venge, jusqu'à ce qu'elle le déteste pour cela. Il l'avait regardée se retirer du monde, tout en sachant que c'était de sa faute et en se détestant pour cela, mais incapable de s'arrêter. S'il arrêtait de la tourmenter, alors il disparaîtrait de son monde. Elle l'oublierait complètement, et cette idée lui donnait l'impression de mourir.

Cela n'avait aucun sens de l'attendre assis de la sorte. Il avait détruit son propre bonheur, et, même si Harriet avait toujours du désir pour lui, elle était bien trop intelligente pour s'abandonner à des émotions aussi frivoles.

Avec un soupir, il ouvrit un tiroir de sa table de nuit et en sortit un petit livre abîmé. Il l'amenait avec lui partout où il allait. Peu importe qu'il ne s'agisse que de quelques jours ou d'un mois loin de chez lui, le livre l'accompagnait. C'était un journal, ou un carnet destiné à en être un. Le fait qu'il n'ait jamais écrit le moindre mot à l'intérieur lui serrait la poitrine. Il aurait tant aimé pouvoir le faire. Il avait voulu raconter à Harriet toutes les choses extraordinaires et merveilleuses qu'il avait vues en Russie. Il avait eu envie de lui écrire aussi, et avait été déchiré entre le désir qu'elle lui écrive, et celui qu'elle ne lui écrive pas. Car là-bas, il n'y avait pas d'écolier pour lui lire la lettre ou l'aider à écrire une réponse, et même s'il y en avait eu, il n'aurait pas pu faire lire à quelqu'un d'autre une lettre aussi intime ni demander que l'on écrive la réponse. Il n'avait aucune échappatoire. Aujourd'hui, il s'en tirait en jouant le rôle de l'aristocrate, du noble trop haut placé pour se sentir concerné par la lecture des messages, et encore moins pour y répondre, mais avant cela, ça avait été plus difficile.

Donc il avait surveillé l'arrivée du courrier avec anxiété. Il recevait des lettres de ses parents plusieurs fois par mois, et passait donc des heures à les étudier pour déchiffrer la moindre chose importante qu'il avait besoin de savoir… ou la moindre mention d'Harriet. Au moins, ils n'avaient jamais espéré de réponse. Sa famille blaguait sur le fait qu'il fût un terrible correspondant, et le pensait trop fainéant et trop occupé par ses propres affaires pour se soucier de répondre. De plus, son guide, Mr Winslow, avait été chargé de donner des nouvelles à ses parents.

Harriet ne lui avait jamais écrit. Pas une fois, et la blessure que cela lui avait causé avait été bien pire que ce qu'il avait imaginé. Il avait cru que le baiser qu'ils avaient échangé était spécial, parfait. Il l'avait été pour lui. Il avait déjà connu ses premières aventures amoureuses, et à ce moment-là, il en savait suffisamment pour comprendre que ce baiser n'était pas comme les autres, qu'Harriet n'était pas comme les autres. Elle s'était trouvée là, devant son nez depuis le début, mais cela n'avait été que durant cet été qu'il l'avait réellement vue, qu'il était tombé amoureux d'elle, qu'il avait mordu à l'hameçon, à la ligne et au plomb.

Jasper caressa le cuir usé de la reliure et l'inclina légèrement de manière à ce qu'il s'ouvre à la seule page importante. Un petit dessin net d'Harriet rencontra son regard. L'image était si familière qu'il connaissait chaque ligne, chaque ombre. Naturellement, elle était plus jeune sur ce dessin, mais elle n'avait pas beaucoup changé, son expression aussi sérieuse que toujours. Il prit une profonde inspiration en souhaitant comprendre comment les choses en étaient arrivées là. Pendant quelque temps, il avait cru que c'était parce qu'il ne lui avait jamais écrit, et il avait essayé de lui parler — se préparant à s'humilier en lui expliquant, si c'était là la raison de sa souffrance — mais soit elle avait menti de façon très convaincante, soit il y avait une autre raison plus obscure qui l'avait poussée à couper les ponts avec lui.

Il le découvrirait, se promit-il. Il découvrirait la vérité, et ensuite, il ferait tout ce qu'il faudrait pour arranger les choses, peu importe ce qu'il aurait à dire, ce qu'il aurait à faire. L'idée que sa vie, que cette maison, ne comporte pas Harriet, était trop sombre pour la contempler.

Il entendit des coups discrets frappés à la porte et faillit lâcher le livre de surprise. Subitement, son cœur tambourina dans ses oreilles et il se dépêcha de remettre le livre dans le tiroir et d'ouvrir la porte.

— Jas, puis-je emprunter votre veston vert… ?

Jasper lança un regard furieux à son frère, partagé entre l'envie de lui casser le nez une nouvelle fois, et celui de hurler de désespoir.

— Très bien, oui, peu importe. J'enverrai Merrick vous l'apporter dans la matinée.

— Génial, merci mon vieux, oh, heum… Jasper… ?

— Oui, quoi ?

Jasper avait presque grogné en répondant, il voulait que son frère disparaisse sur-le-champ.

— Oh, eh bien…

Jérôme hésita avant de tendre la main pour tapoter maladroitement l'épaule de son frère dans la démonstration d'affection familiale la plus inconfortable à laquelle Jasper eût le malheur d'assister, avant d'ajouter :

— Je me demandais juste… enfin, j'espère. Vous allez bien, n'est-ce pas, Jasper ?

En dépit de l'énervement de ce dernier, l'inquiétude de son frère était touchante.

— Je vais bien, Jérôme. Il n'y a pas lieu de s'inquiéter, je n'ai pas l'intention de me jeter d'une falaise et de vous laisser gérer le comté, si c'est cela qui vous préoccupe.

— Oh, Dieu merci, dit Jérôme avec un soulagement évident. Je veux dire, ce n'est pas cela qui m'inquiétait, ajouta-t-il précipitamment. Enfin, pas la partie sur le comté.

Jasper ricana, sachant que c'était l'entière vérité, mais n'ignorant pas que son frère préférerait mourir plutôt que de devenir comte. Cela impliquait bien trop de responsabilités.

— Je sais, Jerry. Pas d'inquiétude. Mais merci.

— Oh, et bien, vous êtes mon frère, Jas. Je n'aime pas vous voir faire une tête d'enterrement.

Jasper hocha la tête et lui fit signe de partir.

— Partez à présent, ganache. Je suis affreusement fatigué, et je ne risque pas d'être dans de meilleures dispositions si vous ne me laissez pas dormir.

Jérôme sourit en hochant la tête et lui souhaita bonne nuit, manifestement aussi désireux que son frère de ne pas laisser cette conversation s'éterniser. Avec un lourd soupir, Jasper ferma la porte et s'y adossa. Bougre d'idiot. Bien sûr que ce n'était pas Harriet. Cela ne serait jamais Harriet. Elle était bien trop sensée pour cela. Seigneur, cette femme avait un cerveau de la taille de l'Angleterre… pourquoi diable voudrait-elle avoir quoi que ce soit à faire avec lui ?

Les coups frappés à sa porte furent si ténus qu'il les aurait probablement manqués s'il ne s'appuyait pas contre cette dernière. Il sursauta, choqué, et ouvrit la porte si rapidement qu'Harriet fit un bond en arrière en poussant un petit cri.

— Attendiez-vous près de la porte ? demanda-t-elle en posant la main sur son cœur.

— Non, répliqua jasper un peu trop rapidement et avec un peu trop de force, avant de réaliser qu'elle n'aurait pas dû se trouver devant la porte de sa chambre.

Il l'ouvrit largement pour la laisser entrer.

— Je… je passais à côté de la porte lorsque… lorsque vous avez frappé, dit-il en grimaçant intérieurement, car il devait avoir l'air d'un parfait idiot.

Rien de neuf de ce côté.

Harriet pénétra dans la chambre et Jasper ferma la porte en la regardant avec émerveillement. Elle était venue. Il n'arrivait pas à le croire. Elle était réellement venue à lui. Sa gorge devint sèche alors qu'il la contemplait. Elle portait une simple chemise de nuit et un châle. Pas de froufrous ni de dentelles, pas le moindre accessoire provocateur. C'était tellement elle, elle était tellement différente des autres femmes qu'il avait amenées dans son lit, vêtues de soie et expertes dans l'art de la séduction. Et pourtant, Jasper n'avait jamais ressenti un désir comme celui qu'il ressentait à la vue d'Harriet.

Elle enroula ses bras autour d'elle-même, visiblement nerveuse, et le cœur de Jasper se serra.

— Je ne pensais pas que vous viendriez, admit-il.

Elle haussa les épaules comme si ce n'était pas important, mais son geste était rigide.

— J'ai dit que je viendrai.

— Je sais, mais…

Il hésita, il voulait être honnête avec elle, et souhaitait qu'elle soit honnête en retour.

— … J'ai tout de même craint que vous ne veniez pas. Je suis si heureux que vous soyez là.

— Finissons-en avec cela, vous voulez bien ? dit-elle en dénouement son châle avec des mains tremblantes.

Jasper ressentit ces mots comme un coup de poignard, mais prit une profonde inspiration et avança d'un pas. Il immobilisa ses mains.

— Harry, dit-il doucement. Regardez-moi.

Elle secoua la tête. Il posa les mains sur ses épaules et découvrit qu'elle tremblait.

— Ne craignez rien, mon amour. Pas venant de moi. Je ne ferai rien que vous ne voulez pas, vous le savez n'est-ce pas ? Plutôt mourir que de vous faire du mal.

Elle ricana, et il déglutit.

— Je sais que je vous ai blessée. J'en ai conscience, et vous devez me croire lorsque je vous dis que je n'ai pas —

Avant qu'il ne puisse finir sa phrase, Harriet mit les mains derrière la tête de Jasper et l'attira vers elle pour l'embrasser, terminant toute discussion. La tension explosa entre eux, il la prit dans ses bras en soupirant contre sa bouche, se délectant de la sensation de complétude qu'il ressentait.

C'était l'endroit où elle devait être, où elle était chez elle ; avec lui ; et il ne la laisserait jamais partir.

Chapitre 10

Comme d'habitude, tantine était en pleine forme et vous envoie tout son amour. Je passe un moment très charmant ici, à Holbrooke. Bonnie, Minerva, Matilda et Harriet sont si gentilles, et lady Saint-Clair est très accueillante et nous a fait nous sentir chez nous.

Oui, le comte est aussi charmant et séduisant que l'on raconte, mais non, père, il n'a pas l'intention de me faire une demande. Pas même si vous doublez ma dot. Je crois que son intérêt se porte déjà sur quelqu'un d'autre.

— Extrait d'une lettre de miss Ruth Stone à son père.

La nuit du 31 août 1814. Demeure de Holbrooke, Sussex.

Jasper interrompit le baiser et recula, un peu étourdi.

— Où sont vos lunettes ? demanda-t-il en touchant du doigt l'arête de son nez.

— Je les ai laissées dans ma chambre, dit-elle en levant les yeux vers lui. Je me suis dit que je n'en aurais pas besoin.

— Cela dépend, dit-il alors qu'un sourire stupide se dessinait sur son visage. Pouvez-vous me voir ?

Harriet leva les yeux au ciel.

— Je ne suis pas totalement aveugle, vous savez.

— Je sais. Je ne veux simplement pas que vous ratiez quoi que ce soit.

Harriet devint écarlate et le sourire de Jasper s'élargit.

— De plus, ajouta-t-il, j'adore vos lunettes.

— Oh, allons… répliqua-t-elle.

Il savait qu'elle s'empêchait de lever les yeux au ciel à nouveau.

— … Personne n'aime les filles à lunettes.

— Moi, oui, murmura-t-il.

Il pencha sa tête pour planter un baiser sur le côté de son nez et adora entendre sa respiration s'accélérer.

— Je les ai toujours aimées, conclut-il.

— Arrêtez, dit-elle en le repoussant. Ne faites pas cela.

Jasper fronça les sourcils en la dévisageant.

— De quoi parlez-vous ?

— Ne… ne me faites pas l'amour et ne dites pas des choses qui ne sont pas vraies. J'ai dit que j'irai dans votre lit, mais… mais c'est physique. Rien de plus. Nous avons simplement besoin de régler cela, voilà tout.

Il la contempla un long moment en se demandant combien de temps son cœur pourrait encore supporter ces basculements incessants entre bonheur et misère.

— Partez, dans ce cas, répondit-il d'une voix quelque peu tremblante.

Il lui tourna le dos, car il ne pourrait pas supporter de la voir partir.

— Mais… dit Harriet, si manifestement perplexe qu'il eut envie de pleurer.

Quand il répondit, il y avait trop d'émotion dans sa voix pour qu'il réussisse à la cacher.

— Je ne peux pas faire cela, Harry. Vous me dites de ne pas dire de mensonges, et de considérer les choses sur un plan purement physique, mais je ne peux pas faire cela. La vérité, c'est que je vous aime, et si je vous emmène dans mon lit, c'est pour vous faire l'amour, car je ne pourrais rien faire d'autre. Ce serait un mensonge, Harry, et il y en a eu bien trop entre nous.

Il la regarda, constata la confusion dans son regard. Il savait qu'elle ne le croyait pas.

— Très bien, dit-elle une voix qui manquait de fermeté. Faites cela. Faites-moi croire que vous dites vrai.

Jasper sentit sa respiration s'arrêter. Cela, il pouvait le faire.

Il franchit la distance qui les séparait, et la ramena contre lui. La tension qu'il ressentait s'évanouit lorsqu'elle glissa sa main dans ses cheveux et s'abandonna dans ses bras. Jasper sourit contre sa bouche tandis que les mains d'Harriet descendaient le long de son cou et de son torse, jusqu'à la ceinture de sa robe de chambre qu'elle dénoua avant de placer les mains sur ses épaules et de l'en débarrasser. Il relâcha Harriet pour laisser tomber le vêtement sur le sol. Il ne portait rien sous sa robe et demeura immobile, laissant à Harriet le temps de l'examiner.

Les yeux de la jeune femme s'écarquillèrent, sa respiration s'arrêta, chaque nerf de son corps en alerte. Elle tendit une main hésitante pour toucher sa peau nue.

— Vous m'avez déjà vu, lui rappela-t-il. Deux fois, apparemment.

Elle rougit et lui lança un regard espiègle.

— Une fois de loin, et la seconde fois est un peu… floue, admit-elle.

— Eh bien, vous feriez mieux de bien regarder cette fois-ci. J'aimerais vous laisser un souvenir mémorable, dit-il.

De toute façon, il n'avait pas l'intention de lui laisser la moindre occasion de l'oublier.

— Comme David, murmura-t-elle en faisant glisser un doigt le long des poils rugueux de son torse.

— Vous n'avez jamais vu David, dit-il d'une voix étouffée.

— J'ai vu des illustrations, et une reproduction grandeur nature, dit-elle d'un ton quelque peu provocateur. Mais il y a… quelques différences, admit-elle.

Jasper eut un sourire satisfait.

— Oui, j'ai toujours pensé qu'il n'avait pas été gâté par la nature.

— Vous avez peut-être raison, murmura Harriet qui avait les yeux fixés sur la partie de lui qui réclamait son attention. Mais en dehors de cela…

Son doigt descendit le long de son abdomen, faisant tressaillir les muscles, jusqu'à ce qu'elle atteigne l'os de sa hanche. Elle leva les yeux vers lui.

— … Vous êtes la plus belle chose que j'ai jamais vue.

La gorge Jasper se serra. Il savait qu'il était beau, bien sûr qu'il le savait. Les femmes le lui disaient assez souvent, et se comportaient de manière choquante pour l'attirer dans leur lit, mais jamais ces mots n'avaient signifié quoi que ce soit pour lui. Il ne pouvait pas rivaliser avec l'esprit d'Harriet, il ne pourrait jamais la divertir avec son intelligence, mais cela… il pouvait lui donner cela, aussi futile que cela puisse paraître en comparaison.

— Je crois que c'est censé être ma réplique, dit-il en essayant de sourire, mais en réalisant qu'il était trop bouleversé pour y parvenir.

Elle eut un petit rire.

— Nous avons dit que nous serions sincères, rappelez-vous.

Il fronça les sourcils et tendit les mains pour capturer son visage entre ses paumes.

— Je ne sais pas ce que vous voyez dans le miroir, mon amour, ni ce que les autres voient, mais je *vous* vois, et vous *êtes* belle.

Harriet le regardait, les yeux embués de larmes, avec l'envie d'y croire, mais Jasper savait qu'elle n'y parvenait pas. Pas encore, mais cela viendrait. Même si cela devait lui prendre toute une vie, elle finirait par croire qu'elle était belle, et qu'il l'aimait.

Il se rapprocha, toucha la bouche de la jeune femme avec la sienne, doucement, tendrement, insufflant tous ses espoirs et ses rêves dans ce contact avec Harriet. Elle soupira et se pressa contre lui, et le désir reprit vie, plus fort que jamais. Il avait les plus grandes difficultés à se retenir, à rester doux et délicat.

Il tendit les mains vers le châle à moitié défait, finit de le dénouer et laissa tomber sur le sol, avant d'entreprendre de délacer les liens en haut de sa chemise de nuit, qu'il tira ensuite pour qu'elle glisse jusqu'aux courbes généreuses de ses hanches.

La respiration de Jasper eut un raté alors qu'il reculait légèrement pour la regarder. Il attrapa ses mains pour l'empêcher de se cacher.

— Vous aussi, vous m'avez déjà vue, se plaignit-elle alors qu'il maintenait ses mains écartées.

— Et pourtant, vous continuez de me couper le souffle, répondit-il avec sincérité. Oh, mon amour.

Il se pencha et embrassa d'abord un sein, puis l'autre, avant d'aller taquiner un mamelon érigé, dont il fit le tour avec la langue avant de le sucer délicatement. Harriet poussa une exclamation et s'agrippa à ses cheveux, le maintenant en place.

— Adorable, murmura-t-il. Si parfait.

Il se redressa et la regarda. Elle avait les yeux plus noirs que jamais, ses joues étaient roses. Il sourit et lui embrassa le nez avant de faire tomber la chemise de nuit de ses hanches.

— Venez dans mon lit, Harry. Je vous en prie, ajouta-t-il, car il demeurait quelque peu incertain malgré le regard de la jeune femme.

Elle hocha la tête et passa devant lui, grimpa sur le matelas et s'allongea, raide comme une planche. Jasper s'allongea à ses côtés, la tête appuyée sur le bras, un sourire ridicule sur le visage.

— Quoi ? demanda-t-elle.

— Rien, répondit-il en continuant de sourire comme un idiot. Je suis juste heureux, voilà tout. Vous me rendez heureux.

— Non, c'est faux, répliqua-t-elle en détournant le regard. Je vous mets en colère.

— Seulement parce que je vous provoque et que vous ripostez. *Alors* je me mets en colère.

Elle soupira.

— C'est vrai. Donc, pourquoi tenez-vous à me mettre en colère ?

— Parce que je préfère la colère à l'ignorance, Harry. Si vous ne me voyez pas, je… j'ai l'impression que je vais disparaître.

Le regard d'Harriet se braqua à nouveau sur lui, intense et interrogateur, son cerveau féroce examinant ses mots et soupesant chacun d'entre eux. Elle détourna le regard une nouvelle fois, toujours intriguée, mais il savait qu'elle ne poserait pas tout haut les questions qui brûlaient en elle. Si elle ne pouvait pas les résoudre elle-même, elle les laisserait sans réponse, trop fière pour lui demander des explications.

— N'êtes-vous pas censé… faire quelque chose ? demanda-t-elle d'un ton qui semblait impatient.

— Peut-être, dit-il en s'allongeant sur le dos, les mains derrière la tête. Mais je crois que c'est à vous d'agir la première cette fois.

— Quoi ?

Harriet s'assit et le regarda.

— Allons, Harry. Vous adorez les mystères…

Il désigna son corps d'une main.

— … Déchiffrez-moi.

Les sourcils d'Harriet se haussèrent, mais il vit une lueur d'intérêt s'allumer dans ses yeux.

— Comment… ?

— De la façon qu'il vous plaira, dit-il d'une voix un peu plus rauque. Touchez-moi où vous le voulez, comme vous le voulez.

Elle déglutit, et il patienta. L'attente était insupportable. Après ce qui lui sembla être une éternité, elle s'approcha et posa une main à plat sur son torse, au-dessus de son cœur. Elle le sentait battre sous sa peau de façon rapide et erratique.

— Il semblerait que vous soyez en vie, dit-elle avec l'ombre d'un sourire.

— Très vivant, en effet, murmura-t-il.

Harriet se lécha les lèvres et déplaça sa main pour toucher son téton, ses doigts caressant la peau sensible jusqu'à ce qu'il devienne dur.

— J'aime ceux-ci, dit-elle. Ils sont bien définis.

Jasper gloussa.

— Quand… quand vous m'avez fait cela, poursuivit Harriet, avec votre bouche… ressentez-vous la même chose ?

— Vous me l'avez déjà fait.

— Oui, mais vous ne m'avez jamais dit ce que vous avez ressenti, et je n'arrive pas à me souvenir…

— C'est la dernière fois que vous venez au lit en état d'ébriété, marmonna-t-il. Pourquoi ne pas essayer et découvrir la réponse à votre question ?

En voyant la lueur déterminée apparaitre dans le regard d'Harriet, Jasper se demanda combien de temps il pourrait encore supporter son examen, se disant qu'il avait peut-être fait une erreur. Non. Elle était fascinée, et il ne lui refuserait rien, même si cela devait le tuer.

Harriet se pencha avec un air un peu maladroit sur le visage. Elle fronça les sourcils, concentrée, pendant qu'elle faisait courir sa langue sur son téton. Jasper arrêta de respirer et elle leva la tête avec une lueur de satisfaction dans les yeux. Elle recommença, plus fort cette fois, en décrivant un cercle avec sa langue avant d'entourer l'appendice de ses lèvres et d'aspirer.

Jasper haleta tandis qu'elle répétait le geste de l'autre côté.

Harriet s'assit.

— Cela provoque bel et bien la même réaction, dit-elle sur un ton assez satisfait.

Il ferma les yeux et rit.

— Oh, oui.

Lorsqu'il rouvrit les yeux, elle le regardait ; son regard se posa sur son sexe, dont l'extrémité brillait, humide de désir.

Son membre eut un sursaut lorsqu'elle le toucha et Jasper marmonna un juron.

Harriet retira précipitamment sa main.

— Ne vous arrêtez pas, dit-il en serrant les dents. Recommencez.

Elle s'exécuta et la respiration de Jasper devint erratique, ce qui était ridicule, elle l'avait à peine touché, mais il s'agissait d'Harriet, et cela faisait très longtemps qu'il attendait cela. Une fichue éternité.

— Puis-je vous embrasser là également ?

Sa question était si directe qu'il fut momentanément réduit au silence, choqué.

— Oui, dit-il d'une voix rauque avant de se couvrir le visage de ses mains. Oh, Seigneur, oui. Oui, je vous en prie.

Il ne pouvait pas la regarder, il avait peur de jouir à la seconde où elle poserait ses lèvres sur son membre s'il la voyait faire. À la place, il ferma les yeux, retint sa respiration et faillit mourir de désir au premier souffle d'Harriet qu'il sentit sur son ventre.

Il ne se passa rien pendant quelques instants, il y eut simplement le doux murmure de sa respiration contre sa peau. Il était à deux doigts de crier grâce lorsqu'il sentit sa langue se poser sur son sexe. Elle le lécha sur toute la longueur et Jasper poussa un gémissement profond et sincère. Harriet dut prendre cela pour son approbation — elle avait tout à fait raison—et répéta le geste, avant de déposer de petits baisers humides là où sa langue était déjà passée. Elle atteignit l'extrémité, et lécha une nouvelle fois son membre. Il entendit ensuite une exclamation de surprise.

— Salé, dit-elle tandis que ses doigts caressaient le bout brillant, étalant le liquide autour de son prépuce. Qu'est-ce que cela ? demanda-t-elle sans la moindre gêne, simplement curieuse. Je sais que la procréation est causée par l'éjaculation de l'homme, mais ce n'est pas la même chose, si ?

Jasper émit un son étouffé, quelque part entre l'amusement et le désespoir.

— Non, mon amour, répondit-il d'une voix étranglée. Ce — ce n'est pas la même chose. C'est mon corps qui vous dit que vous me rendez fou, et qu'il veut être à l'intérieur de vous, désespérément.

Il osa lever les yeux vers elle et la vit acquiescer avec un air toujours sérieux.

— C'est une preuve physique de désir, alors ?

Elle le regarda et Jasper hocha la tête.

— Il se passe quelque chose de similaire, n'est-ce pas ? demanda-t-elle en le regardant droit dans les yeux. Pour moi ?

À nouveau, Jasper acquiesça sans donner d'explication.

— Allongez-vous.

Elle obéit et Jasper se remit sur le flanc. Il remonta sa main le haut de la cuisse de la jeune femme. Harriet le regardait. Il se pencha pour l'embrasser, et fut content de la sentir si réceptive à son baiser. Alors qu'ils s'embrassaient, il écarta gentiment ses cuisses et commença à la caresser de haut en bas, conscient de l'accélération de la respiration d'Harriet. Alors que ses doigts cherchaient le triangle de boucles douces, il interrompit le baiser, car il voulait la voir, il avait besoin d'être certain que cela lui plaisait.

— Voici votre preuve, mon amour.

Il écarta les plis délicats à la recherche de sa chaleur humide et plongea un doigt en elle.

Harriet en eut le souffle coupé.

— Oui, dit-elle. Oh, oui.

Jasper pencha la tête et l'embrassa à nouveau tout en continuant de la caresser, son majeur s'aventurant un peu plus profondément en elle tandis que son pouce décrivait délicatement des cercles sur son petit bourgeon caché.

— Suis-je… commença Harriet avant que les caresses de Jasper ne la fassent s'arc-bouter à nouveau et qu'elle perde le fil de sa phrase.

— Êtes-vous quoi ? demanda Jasper en frottant son nez contre son cou et en mordillant gentiment le lobe de son oreille.

— Suis-je… ? recommença-t-elle.

Il leva la tête pour la regarder, et elle demanda avec son habituelle solennité :

— Suis-je salée moi aussi ?

Jasper la dévisagea en se demandant pendant un instant si elle le faisait exprès, car elle mettait son self-contrôle à rude épreuve. Il déglutit et essaya de retrouver sa voix.

— Pourquoi ne pas le découvrir ?

Il se déplaça sur le lit, enchanté et surpris lorsqu'elle écarta largement les jambes pour lui, lui donnant accès à son corps. Elle releva le buste, appuyée sur ses coudes, et le regarda.

— Voulez-vous le faire ? demanda-t-elle en fronçant légèrement les sourcils. Loin de moi l'idée de vous demander cela si —

Jasper poussa un rire légèrement hystérique.

— Oui. Oui, je le veux. Plus que tout.

— Bien.

Elle était apparemment satisfaite, car elle s'allongea à nouveau.

Les lèvres de Jasper eurent un soubresaut. Mon Dieu, elle était merveilleuse. Complètement unique, véritablement elle-même. Il n'y avait aucune autre femme dans le monde comme elle, et il ne pouvait pas se permettre de la laisser s'échapper. C'est avec cette idée en tête qu'il s'attela à la tâche, déterminé à la satisfaire, à lui apporter un plaisir tel qu'elle ne serait jamais capable de l'oublier, ni de l'oublier lui.

Le son qu'elle fit lorsqu'il écarta les boucles et se mit à la lécher resterait probablement gravé dans sa mémoire jusqu'à sa mort. Ce fut un gémissement à la fois dévergondé et rempli d'innocence et de surprise, et lorsqu'il recommença, il y avait tant approbation dans le cri qu'elle poussa qu'il aurait ronronné de plaisir s'il avait pu.

— Oh, cria-t-elle.

Elle enfonça ses doigts dans ses cheveux, suréleva un peu ses hanches pour se donner davantage à lui.

— … Oh, Jasper.

Entendre son nom prononcé avec un tel désir rauque envoya un éclair d'excitation droit dans sa virilité, et il lui fallut rassembler toute sa concentration pour ne pas céder au désir de la pénétrer instantanément. Il ne se montrerait pas égoïste. Même s'il n'avait jamais amené une vierge dans son lit, il savait que sa première fois risquait de ne pas être à la hauteur des attentes qu'il avait pour elle, mais il était hors de question qu'elle sorte de ce lit sans connaître tout le plaisir qu'elle pouvait y trouver.

— Quel goût ai-je, Jasper ?

Jasper gloussa contre sa peau, amusé qu'elle veuille encore connaître la réponse.

— Plus doux que le miel, murmura-t-il. Doux et acidulé, et absolument délicieux.

Elle soupira, satisfaite, et s'abandonna au plaisir. Au grand soulagement de Jasper, il ne fallut pas longtemps avant qu'il sente approcher son orgasme. Non pas qu'il eût envie d'arrêter, loin de là, mais il n'était pas sûr de pouvoir attendre beaucoup plus longtemps. Il était conscient de la tension croissante dans le corps de la jeune femme, du resserrement de ses doigts dans ses cheveux et de sa respiration erratique alors qu'elle s'approchait du précipice.

Jasper poussa un grognement approbateur tout en suçant doucement le bourgeon délicat de son sexe et elle explosa, criant de manière si forte et brutale qu'il fut très heureux de savoir que sa chambre se trouvait très loin de toutes les autres. Il fut parcouru de plaisir tout en la guidant, extirpant la moindre once de plaisir que le corps d'Harriet pouvait donner à la jeune femme, avant de finalement se déplacer pour prendre place entre ses jambes. Il ne pouvait plus attendre. Cela le tuerait.

— Harriet, dit-il en la regardant tandis qu'elle clignait des yeux d'un air étourdi dans sa direction. Je vous en prie, ajouta-t-il en se demandant si sa demande était suffisamment cohérente, car il se sentait incapable de parler à présent. Il glissa son membre contre sa chair humide et elle gémit avant d'entourer ses jambes autour des hanches du jeune homme en se cambrant pour le rejoindre.

— Oui, dit-elle. Oui.

C'était tout ce dont il avait besoin, et il la pénétra en examinant son visage, à la recherche du moindre signe de douleur ou de détresse.

— Est-ce que… ?

— Oui.

Il pencha la tête, reposa son front contre celui de la jeune femme, et s'enfonça un plus profondément, fermant les yeux alors que la chaleur exquise enrobait son membre comme un gant de velours.

— Quel effet cela fait-il ? demanda-t-elle.

Jasper obligea ses yeux à se rouvrir et la regarda, enivré de plaisir.

— C'est le paradis. Cela ne ressemble à rien d'autre au monde que vous, Harry.

Il s'enfonça un peu plus et elle poussa un petit cri surpris. Il arrêta aussitôt.

— Avez-vous mal ?

Harriet secoua la tête.

— Non, du moins… cela n'a duré qu'un instant. C'est… étrange, voilà tout.

— Et maintenant ?

Il se retira, et la pénétra à nouveau.

— C'est bon, dit-elle en fermant les yeux alors qu'il recommençait. C'est bon… Oh.

Il sourit en entendant ce petit « oh » de plaisir et déposa un baiser sur son front tout en glissant la main entre eux, à la recherche de l'endroit secret que sa langue avait tant aimé.

— Et maintenant ? demanda-t-il en l'effleurant.

— Oh, oui, dit-elle en soupirant.

Elle enroula ses bras autour de sa tête et la tira vers elle pour l'embrasser.

— Oui, oui, chuchota-t-elle.

Du point de vue d'un homme qui se croyait être un amant expérimenté, il ne fallut qu'une durée affreusement courte avant que Jasper ne sente son corps se raidir.

— Harry, dit-il en la regardant.

— Oui, dit-elle en le contemplant avec un sourire.

Elle lui souriait vraiment, une lueur si douce dans le regard que le cœur de Jasper s'emballa.

— Oh, oui, fit-elle.

Il frissonna alors que les vagues de plaisir l'envahissaient, serrant Harriet contre lui et criant, incapable de contenir sa joie au moment où il prononçait son nom.

— Harry, oh, oui, Harry. Je vous aime. Je vous aime.

Chapitre 11

Ma chère miss Hunt,

J'espère que vous allez bien et ne souffrez d'aucune conséquence de la météo diluvienne de ce matin. J'enverrai avec joie mon docteur vous examiner si vous en ressentez le besoin.

Comme je le suspectais, ma cheville est foulée, mais je peux affirmer qu'il n'y a aucun dommage permanent ni sérieux. Je vous fais part de ceci pour vous épargner la peine de prendre de mes nouvelles, car j'en suis sûr, vous vous y apprêtiez. Je ne voudrais pas que vous vous rongiez les sangs à mon sujet.

C'est avec joie que je vous annonce que l'on a retrouvé Rhaebus indemne.

Je prédis que notre prochaine rencontre — ou notre prochain affrontement — ne sera pas moins spectaculaire. Dans cette attente…

M

— Lettre du très honorable Lucian Barrington, marquis de Montagu à miss Matilda Hunt.

La nuit du 31 août 1814. Demeure de Holbrooke, Sussex.

— Argh !

Matilda chiffonna la note dans sa main. Elle était sur le point de la jeter dans le feu, mais ressentit l'envie de la défroisser pour lire la maudite chose à nouveau.

« car j'en suis sûr, vous vous y apprêtiez », lut-elle avec amertume, avant de déclarer :

— Plutôt mourir.

De tous les personnages arrogants, irritants, imbus d'eux-mêmes…

Grrrrr.

Elle fit les cent pas dans sa chambre, bouillonnant de frustration. Si seulement elle était chez elle et pouvait choisir un projectile adéquat pour le balancer à travers la pièce et exprimer sa colère. Il savait très bien qu'elle n'avait pas la moindre intention de s'enquérir de l'état de sa satanée cheville. Qu'elle le veuille ou non, cela se serait avéré inapproprié… outre le fait que tout le monde ignorait qu'ils se fussent rencontrés. Néanmoins, ses amies avaient clairement compris que quelque chose s'était passé. Mais là n'était pas le sujet. L'idée qu'elle soit rongée d'inquiétude à son sujet était risible.

Certes, elle s'était demandé comment il allait, mais seulement pour pouvoir apprécier le vague espoir qu'il se soit peut-être cassé sa maudite cheville. Bon, ce n'était pas tout à fait vrai, mais elle ne s'était certainement pas" *rongé les sangs »*.

Le message avait été glissé sous sa porte et elle l'avait trouvé après le dîner, lorsqu'elle était retournée à sa chambre. Elle ne savait pas comment il s'était débrouillé pour le lui amener, ou plutôt, pour lui faire parvenir. Elle ne pouvait pas imaginer Montagu rôdant dans les couloirs de la bâtisse pour livrer un message, même si sa cheville n'était pas endommagée. Il avait sans aucun doute des domestiques de confiance pour accomplir ce genre de tâches sournoises pour lui.

Je prédis que notre prochaine rencontre — ou notre prochain affrontement — ne sera pas moins spectaculaire. Dans cette attente...

Que diable voulait-il dire par là ?

Matilda s'effondra dans le fauteuil près du feu, en regardant rageusement le mot qu'elle tenait toujours. Son écriture était sans surprise, élégante et nette, tout comme l'individu. Même le *M* pompeux était arrogant. Toujours furieuse, Matilda s'ordonna de jeter cette note et toute pensée concernant cet homme dans les flammes. Elle ne put s'y résoudre, ce qui l'irrita davantage. Au lieu de cela, elle se leva, marcha à grands pas vers sa table de chevet, fourra le message entre les pages du livre qu'elle lisait ces derniers temps, et referma violemment le tiroir.

L'orchidée sur sa table de chevet trembla sous la force du mouvement et ses délicates fleurs se balancèrent.

Matilda marmonna un juron, et souffla sur la flamme de sa lampe.

Harriet fixait les riches couleurs du baldaquin du lit, en essayant de comprendre les événements des dernières heures. Rien ne s'était passé comme elle l'avait imaginé.

Il lui avait fallu rassembler tout son courage pour arpenter les couloirs sombres de la grande maison jusqu'aux appartements de Jasper. Évidemment, elle savait où ils se trouvaient ; elle connaissait cette gigantesque bâtisse au moins aussi bien que les membres de la famille qui y vivait, et même mieux que cela.

Elle se rappelait l'histoire du fantôme, et s'était demandé si elle allait le croiser en chemin. Cela n'était jamais encore arrivé et elle ne savait pas vraiment si elle avait envie ou non que cela se produise. Même si la rencontre risquait d'être désagréable, il serait intéressant d'avoir une preuve d'un tel phénomène. À ce moment-là, elle avait réalisé qu'elle essayait simplement de se distraire de son objectif initial, et ce avec un succès discutable. Elle était toute tremblante, son cœur battait si furieusement dans sa poitrine qu'elle avait jugé le vacarme suffisant pour réveiller les morts.

Puis il y avait eu Jasper, il attendait son arrivée, et… les choses qu'il avait dites, la façon dont il l'avait touchée… cela lui avait donné de l'espoir, des rêves et…

Comment osait-elle y croire ?

Elle se mit sur le côté, ce qui n'était pas chose facile, car Jasper avait passé un bras et une jambe au-dessus d'elle. À présent il dormait, il ne ronflait pas tout à fait, mais il respirait bruyamment. Harriet l'examina, contente d'avoir l'occasion de le faire de si près en toute tranquillité.

Ses cils étaient d'un ton de doré plus foncé que ses cheveux, et d'une longueur ridicule. N'importe quelle femme tuerait pour avoir de tels cils. Il paraissait plus jeune et insouciant, ainsi endormi, les rides inquiètes qu'elle avait remarquées autour de ses yeux un peu plus tôt dans la soirée s'étaient effacées. De très légères taches de rousseur qu'elle n'avait jamais remarquées auparavant parsemaient son nez, ce qu'elle trouva parfaitement adorable. Ses mains avaient des tâches similaires là où le soleil avait marqué sa peau, et elle sourit, heureuse de cette découverte.

Il avait dit qu'il l'aimait. Il avait eu l'air sincère en le disant. Mais il avait eu l'air tout aussi sincère des années plus tôt, lorsqu'il lui avait demandé de n'épouser personne d'autre. Eh bien, c'est ce qu'elle avait fait. Enfin, de toute façon, personne ne lui avait demandé sa main. Jusqu'à Inigo.

Que devait-elle faire ? Choisir Jasper, passer sa vie avec lui, elle en avait rêvé jusqu'à ce qu'il lui brise le cœur. Pouvait-elle réellement prendre ce risque à nouveau ? Ne serait-il pas plus sage de choisir Inigo ? Ils avaient tant de points communs, partageaient tant de centres d'intérêt. Sauf que maintenant, il y avait un nouveau problème.

Jasper, en connaissance de cause, ne s'était pas retiré au moment crucial. Ce qui voulait dire qu'il existait une chance, aussi infime soit-elle, qu'elle soit enceinte du futur comte de Saint-Clair. Allait-il la laisser épouser Inigo à présent ?

Non pas qu'il ait son mot à dire, mais…

Elle soupira. Si avant, elle n'était pas piégée, à présent, c'était chose faite. La chose troublante, c'était qu'elle puisse s'en sentir heureuse. Peut-être n'était-elle pas assez courageuse pour lui accorder de nouveau sa confiance, pour se laisser aller à l'aimer comme elle l'avait jadis fait, mais elle pouvait simplement laisser ces choses-là arriver… maintenant qu'elle n'avait plus le choix.

Que faire de Jasper Cadogan ?

Bonté divine.

Combien d'années avait-elle gâchées à se poser cette question-là ? Sauf qu'en cet instant, y réfléchir lui paraissait tout à fait pertinent.

Jasper soupira. Son bras, qui pesait lourdement sur sa taille, se resserra, il la rapprocha de lui et poussa un grognement de satisfaction.

— Dormez-vous ?

— Mmmm, marmonna-t-il.

— Je devrais partir.

Le bras se resserra davantage, et une grimace apparut sur le beau visage dont les yeux étaient toujours clos. Harriet tendit la main pour caresser les rides et les faire disparaître.

— Il ne faut pas que l'on me voie dans votre chambre, et je suis fatiguée. Si je m'endors, j'y resterai jusqu'au matin.

Il ouvrit les yeux, et une fois encore, elle fut renversée par leur remarquable couleur, ce vert bleu pâle, ni vert, ni bleu, et pourtant les deux à la fois.

— Je pense qu'il est déjà trop tard pour éviter cela, répliqua-t-il avec un sourire diabolique.

Cela ne veut pas dire que je souhaite démarrer une nouvelle tournée de rumeurs. Vous savez comme les domestiques parlent.

Jasper secoua la tête.

— Pas Merrick. Il déteste les rumeurs. Il emportera tous mes secrets dans sa tombe.

— Hmmm, répondit Harriet qui n'aimait pas vraiment ce qu'elle venait d'entendre. Et combien de sombres secrets possédez-vous exactement ?

— Un seul qui compte vraiment, dit-il en lui caressant le contour de la mâchoire. Et chaque minute qui s'écoule le rend de moins en moins secret.

Elle le regardait intensément, déchirée par l'envie qu'il le dise à voix haute et espérant à la fois qu'il ne le dise pas. Elle ne savait pas combien de temps son cœur allait tenir avant de capituler et de se dissoudre en une flaque à ses pieds.

Elle éluda cette question et l'embrassa. Il l'attira contre lui, l'embrassant plus passionnément et réveillant toutes sortes de sensations dans son corps, qui réagissait malgré la fatigue.

— Restez, dit-il avec un regard si suppliant qu'elle ne pouvait refuser.

Pas quand elle voulait elle aussi la même chose, en tout cas.

— S'il vous plaît, ajouta-t-il. Je veux me réveiller à vos côtés.

— Très bien, dit-elle en fermant les yeux. Je suis trop fatiguée pour protester.

— On dirait que les miracles existent, finalement, murmura-t-il, et pour une fois, elle le laissa avoir le dernier mot.

L'aube arriva avec la fraîcheur vivace qui suit toujours les averses d'été. La terre desséchée avait aspiré chaque goutte d'eau, et l'herbe était plus brillante, les couleurs plus dramatiques, comme si mère nature montrait un dernier coup d'éclat avant que l'automne à venir ne vole la vedette à l'été.

Minerva regarda par la fenêtre de sa chambre avec un sentiment d'impatience. Il y avait une sortie prévue aujourd'hui, à Tunbridge Wells. Bien qu'elle y soit déjà allée avec Bonnie et Ruth, elles n'avaient pas vu tout ce qu'il y avait à voir, et elle avait grand-hâte d'explorer davantage la ville. Mais pour être honnête, la principale raison pour laquelle elle voulait y retourner était la très faible chance de croiser Mr de Beauvoir pour la seconde fois.

Elle n'avait pas la moindre idée de la raison de son obsession, surtout après une rencontre aussi bizarre. L'idée que peut-être sommeillait en elle un désir pervers de contrecarrer les plans de sa mère lui avait traversé l'esprit. En effet, Mrs Butler n'avait qu'un seul objectif en tête depuis qu'elle avait fait son entrée dans le monde : marier sa fille à un noble possédant un titre. Elle avait exercé son pouvoir sur Minerva, l'avait obligée à assister à tel ou tel événement mondain, lui avait dit quoi faire, quoi dire, comment se comporter, quand sourire… jusqu'à ce que la jeune femme en ait la tête qui tourne et que toute cette affaire la rendre malade, jusqu'à ce qu'elle en oublie qui elle était et ce qu'elle voulait. Avec l'aide de Prue, cela avait changé et elle s'était promis qu'à l'avenir, elle prendrait ses propres décisions. L'intrigant Mr de Beauvoir représentait tout ce que sa mère détestait. Il n'était ni noble ni riche, n'avait pas de manières charmantes ni un beau visage qui puisse jouer en sa faveur, et, grand Dieu, c'était un *intellectuel*.

Si sa chère maman avait la moindre idée de ce qu'était en train de penser sa fille, ses nerfs lâcheraient probablement.

Pourtant…

Minerva conservait l'espoir de le revoir. Elle se mordit la lèvre en réfléchissant à la tenue qui la mettrait le plus en valeur, avant de réfléchir à ce qui pourrait l'impressionner, car elle doutait que cela soit sa robe.

— Je me demande si Harriet n'a pas un livre intéressant que je pourrais emprunter ? se demanda-t-elle à voix haute.

Si elle pouvait lui montrer qu'elle tentait d'étendre son savoir, peut-être cela l'impressionnerait-il. Minerva fit la grimace et soupira. Si seulement elle pouvait parler du livre en question avec conviction, ce qui lui semblait improbable. Mais c'était la seule idée qui lui soit venue.

Jasper cligna des yeux en observant la femme qui dormait à ses côtés avec l'impression surréelle de se réveiller d'un rêve. Pendant un terrible instant, les rêves et la réalité se superposèrent, et il craignit que tout ceci ne soit rien de plus que son imagination, mais au même instant, elle fit un petit bruit, entre un ronflement et un soupir, et les lèvres de Jasper s'étirèrent en un sourire.

Le bruit la réveilla et elle cligna des yeux dans la lumière tamisée de la pièce, avant d'écarquiller ces derniers lorsqu'elle le vit.

— Oh, dit-elle, surprise, avant de relâcher l'air de ses poumons. Bonjour.

— Épousez-moi, dit Jasper, incapable de retenir les mots plus longtemps. Je vous en prie, Harry, dites oui.

Il regarda les rides apparaître sur son front, l'air troublé de son regard.

— Je vous rendrais heureuse. Je le jure.

Elle soupira et se mit sur le dos.

— Nous ne pouvons pas passer toute notre vie au lit, Jasper. Un mariage comporte plus que cela.

— Je sais.

Il posa la paume de sa main contre le visage de la jeune femme et le tourna vers lui.

— Mais le lit est plus important que vous ne semblez le penser. Pourriez-vous réellement l'épouser à présent ? Ne penseriez-vous pas à moi chaque fois qu'il vous touche ? Car ce sera différent de ce que nous avons partagé, Harry. Je vous le promets.

Il savait que son jugement devait paraître sévère, mais les mots étaient alimentés par la jalousie. Il ne pensait pas que son cœur puisse survivre si elle choisissait de Beauvoir.

Elle ne répondit rien, se contentant de le dévisager, les yeux sombres et solennels. Il sentit la panique monter en lui. Pourquoi le choisirait-elle ? Elle pensait qu'il n'était qu'un minet sans cervelle, et il ne savait pas quoi faire pour la convaincre du contraire, pas alors qu'il craignait que cela ne fût la vérité. Il faudrait qu'il lui révèle son secret dans un futur proche, il lui devait bien ça, mais l'idée le rendait malade. Et si elle était horrifiée, ou même embarrassée, ou, pire, et si elle avait pitié de lui ? Comment pourrait-il supporter cela ?

— Vous êtes obligée de m'épouser à présent, de toute façon…

Il avait dit cela d'un ton bien plus dur qu'il n'en avait l'intention, irrité par son silence, s'emportant comme il en avait l'habitude lorsqu'elle le déstabilisait et ébranlait sa confiance.

— … vous pourriez porter mon enfant.

— Oui, j'ai réalisé que vous avez tout fait pour que cela devienne une possibilité, répondit-elle d'une voix froide et directe.

Jasper rougit pour deux raisons ; d'un côté il aurait aimé le faire exprès, et de l'autre, il était mortifié. Seigneur, pourquoi faisait-elle toujours en sorte qu'il se sente comme un idiot ?

— Je ne l'ai pas fait exprès, dit-il avec raideur. Je… je n'ai simplement pas réfléchi, je n'étais *pas en mesure* de réfléchir. J'ai perdu le contrôle.

— Je pourrais attendre jusqu'à ce que je sois sûre qu'il n'y ait pas d'enfant…

Elle avait dit cela gentiment, pourtant les mots lui transpercèrent le cœur.

— … c'est peu probable, vous savez. Certaines personnes doivent essayer pendant des années avant de réussir à concevoir.

C'était un raisonnement bien trop censé, et Jasper avait perdu tout sens de la raison. Il se plaça au-dessus d'elle, écarta largement ses jambes et pressa son corps contre le sien.

— Dans ce cas, il vaut mieux que j'augmente les chances, n'est-ce pas ? grogna-t-il.

Harriet haleta lorsqu'il glissa son érection entre ses jambes, mais elle ne protesta pas, elle leva ses hanches vers lui et mit ses bras autour de son cou.

— Me feriez-vous vraiment cela ? demanda-t-elle en le regardant. M'obliger à tomber enceinte pour que j'obéisse à vos désirs ?

Jasper ferma les yeux et déglutit alors que la honte l'envahissait. Il secoua la tête.

— Non, admit-il en trouvant le courage de croiser son regard. Mais j'ai peur de savoir jusqu'où je pourrais aller. Je ne peux pas vous perdre, Harry. Je vous aime, dit-il en la contemplant. Et je pense que nous pourrions être heureux. Je sais que je ferais n'importe quoi pour vous rendre heureuse.

Il y avait de la peur dans les yeux d'Harriet, mais il y avait aussi du désir, il en était certain. Elle avait envie de le croire, et c'était bien plus que ce qu'il aurait pu espérer.

— Harriet, murmura-t-il contre son cou.

Il la pénétra, une vague de plaisir le parcourut alors qu'Harriet gémissait et le serrait plus fort, l'accueillant en elle.

— Ne refusez pas, mon amour, je vous en prie. Dites oui.

— Je… ne peux pas réfléchir quand… *Oh…*

— Harry ?

— J'y réfléchirais, Jasper, je vous le promets. Seulement… *pas tout de suite…* laissez-moi un peu de temps.

Ce n'était pas un non, au moins, et c'était déjà mieux que ce qu'il avait obtenu la veille. Il n'ajouta rien. Il lui accorderait du temps, et durant ce temps-là, il s'assurerait qu'elle ne soit jamais capable de regarder un autre homme, pas alors qu'elle le désirait si violemment.

Chapitre 12

1ᵉʳ septembre 1814. Demeure de Holbrooke, Sussex.

Harriet remercia sa bonne et la congédia en attrapant ses lunettes. Elle avait réussi à retourner à sa chambre sans être vue, grâce à une connaissance détaillée de tous les passages secrets qui parcouraient le vaste bâtiment. Merrick n'avait, comme Jasper l'avait dit, pas sourcillé sur sa présence dans les appartements de son maître, et l'avait traitée avec tout le respect qui était dû à la future comtesse.

Elle poussa un lourd soupir et se leva, puis regarda par la fenêtre. Comme il serait charmant de vivre dans un endroit aussi splendide, et d'avoir Jasper comme époux. Il était la quintessence de ses rêves et pourtant elle n'était pas sûre d'être assez courageuse pour le saisir. La nuit dernière, ainsi que ce matin — se souvint-elle en rougissant quelque peu —, être avec lui avait paru si simple. Les émotions qu'il lui avait fait ressentir l'avaient tant bouleversée, qu'elle avait envie de dire oui à tout ce qu'il lui demanderait, mais elle avait peur de prendre une décision dans un moment pareil. Le désir n'était pas une fondation solide pour un mariage, pas quand elle doutait encore de la sincérité de Jasper.

Elle ne pouvait pas faire semblant de croire à ses déclarations d'amour. Elle ne pensait pas qu'il lui mentait, il était évident que lui y croyait. Mais Jasper était si sacrément têtu, elle s'était refusée à lui pendant si longtemps qu'elle ne pouvait pas s'empêcher de douter : peut-être n'était-ce qu'un caprice pour obtenir une chose qu'il n'avait pas pu avoir. Certainement, une fois que la satisfaction d'avoir gagné se serait atténuée puis aurait disparu, il se rendrait compte que son épouse était une ennuyeuse et studieuse jeune femme, et en plus, d'une beauté discutable. Elle se souvenait de sa dernière maîtresse, Mrs Tate, et l'allure de cette dernière, face aux charmes limités d'Harriet… la comparaison était affligeante. Il finirait par le regretter, lorsqu'il réaliserait que sa femme préférait rester assise à la maison, plongée dans un livre, plutôt que de sortir ou d'assister à une quelconque soirée du calendrier mondain de son époux.

Ne serait-il pas mieux pour elle d'épouser Inigo et d'en finir avec cela ? Cela leur épargnerait à tous les deux beaucoup de souffrances, lorsque Jasper se réveillerait et réaliserait l'erreur qu'il avait faite. Harriet se massa les tempes. Elle avait très mal à la tête, mais elle ne pensait pas que cela n'était dû qu'à l'anxiété qu'elle ressentait quant à la décision qu'elle devait prendre. Elle avait chaud, et sa gorge était irritée. Sans doute avait-elle attrapé un affreux rhume, et devrait bientôt affronter Jasper avec l'humiliation supplémentaire d'être affublée d'un nez rouge et d'yeux larmoyants. Comme c'était énervant. Elle se résolut à demander de la tisane d'écorce de saule en descendant, et à prendre un bon petit déjeuner. Peut-être ne succomberait-elle pas à ce mal si elle y mettait toute sa volonté.

Les pensées d'Harriet s'évanouirent lorsque quelqu'un frappa à la porte de sa chambre. Elle alla l'ouvrir, Minerva l'attendait.

— Bonjour, Harriet, dit-elle.

Pendant une fraction de seconde, Harry ressentit un élan de jalousie.

Voilà le genre de femme qui aurait dû être la nouvelle comtesse de Saint-Clair. Elle était ravissante, avec ses épais cheveux blonds et ses yeux bleus saisissants. Harriet l'imagina avec Jasper pendant un instant, et reconnut qu'ils formeraient un couple éblouissant. Elle se sentit déchirée par la jalousie, en eut presque le souffle coupé.

— Minerva, dit-elle d'un ton plutôt glacial.

La jeune femme hésita devant cet accueil froid, et Harriet s'en voulut. Comment pouvait-elle se montrer à ce point idiote et inamicale ?

— Pardonnez-moi, dit-elle en soupirant. J'ai quelque peu mal à la tête, et cela me rend irritable.

— Oh, ma pauvre, compatit Minerva. Voulez-vous que je vous fasse porter une infusion d'écorce de saule ?

Harriet sourit en hochant la tête, en se sentant encore plus coupable.

— Oui, je suis sûre que c'est tout à fait ce qu'il me faut. Cette infusion et un peu d'air frais me feront le plus grand bien. Êtes-vous prête à descendre pour le petit déjeuner ? Nous ferions mieux de nous dépêcher si nous voulons éviter de faire attendre les autres.

— Oh, oui, je suis prête, mais… je me demandais si… pourriez-vous me prêter un livre, s'il vous plaît ?

Harriet cligna des yeux, surprise.

— Certainement, mais… je ne lis pas beaucoup de romans en règle générale. Du moins, je n'en ai pas avec moi. Mais je pense que Matilda en a, si —

— Oh, non.

Minerva rougit, ses pommettes délicatement rosées la firent paraître plus belle que jamais. Harriet se retint de soupirer de frustration.

— … Je ne désire pas emprunter un roman. Je… j'aimerais lire quelque chose d'instructif.

Minerva releva le menton. Son air légèrement provocateur révélait sa crainte qu'Harriet ne la croie trop stupide pour lire une telle chose.

— Bien sûr, répondit Harriet en souriant.

C'était merveilleux que la jeune femme souhaite développer ses facultés intellectuelles, et Harriet serait ravie de l'encourager.

— Quel sujet avez-vous en tête ? lui demanda-t-elle.

— Heu… fit Minerva avec un air un peu paniqué. Quels sont-ils ?

— Eh bien, réfléchit Harriet en ouvrant le couvercle d'une valise qui contenait les livres qu'elle avait apportés.

— Bonté divine ! s'exclama Minerva en regardant le contenu d'un air ébahi. Vous avez amené tout cela à une fête ?

Harriet remonta les lunettes sur son nez et haussa les épaules.

— J'aime lire. Bon, à présent, dit-elle en regardant les livres. Je n'ai qu'une sélection limitée ici, mais il y a de la philosophie, de la physique, des sciences naturelles, de la chimie…

— oh, heum… chimie, peut-être ? se risqua Minerva avec un air incertain.

— Oh, eh bien, dans ce cas, il faut que je vous prête celui-là, dit Harriet en sélectionnant *Conversations Sur La Chimie*, le livre qu'Inigo lui avait envoyé. Je l'ai moi-même lu, même si je ressens le besoin de le lire à nouveau, car j'étais assez, heu… *distraite* lors de la lecture et j'ai l'impression de ne l'avoir pas apprécié à sa juste valeur. Son auteure est une femme, bien qu'elle ne soit pas citée, mais un de mes amis la connaît et la tient en grande estime. Je pense que c'est une lecture intéressante pour un débutant en la matière. Il est écrit de manière très claire.

Minerva saisit le livre avec une expression intimidée qui suggérait la possibilité que le livre la morde.

— N'ayez pas l'air si terrifiée, dit Harriet en souriant. Ce n'est pas écrit en grec, je vous le promets. Essayez de lire un petit passage à la fois. Si vous ne comprenez pas, pourquoi ne pas venir me voir pour que nous puissions en parler ? Je ne prétends pas être experte en la matière, loin de là, mais c'est un sujet qui m'intéresse j'aimerais en apprendre plus.

— Existe-t-il un sujet qui ne vous intéresse pas ? demanda Minerva l'air toujours aussi intimidée.

— Non, soupira Harriet en fronçant les sourcils en direction de la collection de livres. Voilà mon plus grand tourment. Je ne peux pas me concentrer un sujet et lui rendre justice. Je suis simplement heureuse d'apprendre, et quand on me propose quelque chose de nouveau, je veux en savoir plus. Donc je n'étudie rien suffisamment en profondeur, ce qui, je le crains, consiste en une faiblesse impardonnable.

— Mais vous en savez beaucoup, sur des sujets variés. Je veux dire… je ne sais rien sur… *sur rien* ! Sauf si l'on prend en compte le fait de savoir sélectionner la tenue adéquate en fonction des soirées, comment faire une référence à un duc ou un vicomte, comment préparer le thé, broder et une dizaine d'autres talents inutiles.

— Minerva ! répondit Harriet, consternée. Ce n'est absolument pas inutile. Ce sont les choses dont nous avons besoin pour naviguer dans le monde dans lequel nous sommes nées ; de plus, avez-vous réfléchi à la raison pour laquelle vous ne connaissez rien d'autre ? Vous n'avez jamais été à l'école, n'est-ce pas ?

— Non, bien sûr que non.

— Eh bien, comment pourriez-vous savoir quoi que ce soit ? Si vous me demandez mon avis, on maintient les femmes dans l'ignorance pour qu'elles restent dociles et faciles à contrôler. Les hommes ont peur des femmes instruites, ils pourraient s'apercevoir qu'elles sont tout aussi intelligentes et capables qu'eux. Pas tous les hommes, ajouta-t-elle pour se montrer juste : Inigo l'avait encouragée à s'instruire sans la moindre hésitation.

Minerva contempla le livre qu'elle tenait entre les mains et prit une grande inspiration.

— Eh bien, je vais essayer, Harriet, et je viendrai vous en parler si je trouve que cela n'a ni queue ni tête et que je ne comprends pas.

Harriet lui sourit.

— Eh bien, c'est un bon début, et j'ai hâte d'avoir une personne avec laquelle je puisse en discuter, je peux vous l'assurer. Venez, à présent. Nous ferions mieux de nous dépêcher.

Minerva voyagea avec Harriet, lord Saint-Clair et Matilda tandis que Bonnie et Ruth les suivaient dans la calèche de Ruth avec Henry et Jérôme. Ils arrivèrent à Tunbridge Wells de bonne heure, et descendirent de voiture près de l'avenue *The Walks*. Le plan général était de regarder les magasins, visiter l'église du roi Charles le Martyr, manger quelque chose puis finir par une promenade dans le parc *Grove*.

— Allez-vous prendre de l'eau ? demanda Harriet à Matilda qui fit la grimace tandis qu'elles passaient près de la source de Chalybeate.

L'eau avait coloré d'un orange vif tout ce qu'elle avait touché tant sa concentration en fer était forte. Une dame s'y tenait ; elle tenait une louche dont l'usage était payant. L'eau en elle-même était gratuite, mais si vous vouliez la boire de façon distinguée, il fallait monnayer le privilège.

— Non, merci, frissonna Matilda. Je suis en pleine forme. Si j'étais malade, peut-être me forcerais-je, mais pas à moins d'y être obligée.

— Je suis d'accord, acquiesça Saint-Clair avec un sourire. Peut-être que s'ils la servaient avec du brandy…

Tout le monde éclata de rire et ils poursuivirent leur chemin.

— Pensez-vous que la pluie va se remettre à tomber ? demanda Harriet en regardant le ciel.

Il était d'un bleu pâle et un nombre croissant de petits nuages blancs duveteux le parsemaient. Mais à l'est, des nuages plus sombres et plus lourds étaient visibles.

— Eh bien, j'ai apporté mon parapluie, donc le temps devrait se maintenir, répondit Matilda avec un clin d'œil.

— Oh, Bonnie, retournons dans celui-ci, déclara Ruth en tirant le bras de son amie tandis qu'elles passaient devant un magasin dont la vitrine regorgeait de chapeaux et de somptueuses pièces de tissus dans toutes les couleurs à la mode. C'est ici que j'ai acheté mon cher petit chapeau, ajouta-t-elle.

Bonnie et Minerva échangèrent un regard. Minerva haussa les épaules et lui lança un sourire contrit.

— Jasper !

Jasper se tourna vers son frère qui l'avait hélé car il était tombé sur une connaissance commune.

— Bonté divine, il s'agit de Rothborn, s'exclama Jasper, surpris.

— Solo Rothborn ? demanda Matilda en jetant un coup d'œil vers l'homme avec intérêt.

Minerva suivit son regard et ne vit rien d'autre que les cheveux d'un homme. Il était grand, bien bâti avec des cheveux châtains clairs, mais n'avait rien de remarquable.

— Qui est-il ? demande-t-elle, curieuse de comprendre la cause de la surprise générale.

— Solomon Weston, le baron de Rothborn, expliqua Matilda alors que Jasper les priait de l'excuser et partait rejoindre son ami pour lui parler. Il vit en reclus, on ne le voit presque jamais en public. C'est la raison pour laquelle tout le monde l'appelle « Solo » Rothborn.

Minerva se tourna de nouveau vers Harriet qui regardait avec envie la librairie deux maisons plus loin.

— Que diriez-vous d'y aller ? demanda Minerva, pleine d'espoir.

Harriet lui lança un bref sourire reconnaissant.

— Pourquoi pas ?

Minerva retint sa respiration en faisant le tour de la boutique, qui s'avéra dénuée de toute trace de la présence de sa proie. Harriet s'était installée dans un coin avec un livre d'une taille impressionnante. Minerva avait mal à la tête rien qu'en le regardant, donc elle déambula seule dans les allées. Elle sourit, ravie de voir des exemplaires du livre de Prue soigneusement reliés de cuir rouge. Elle passa quelques instants à parcourir les romans avant de revenir vers Harriet, toujours plongée dans son volume.

— Je… je pense que je vais attendre dehors, proposa-t-elle.

Harriet répondit d'un signe de la main sans lever les yeux. Minerva lui fit un petit sourire triste et sortit. Lord Saint-Clair se dirigea vers elle alors qu'elle sortait.

— Avez-vous vu miss Stanhope ? demanda-t-il en se rapprochant. Je l'ai cherchée partout.

— Oui, le nez dans un livre, répondit Minerva en riant et en désignant la boutique de la main.

Jasper sourit, et Minerva eut la respiration coupée en voyant la lueur dans ses yeux.

— C'est ce que je pensais, dit-il avec un petit sourire contrit avant de se précipiter à l'intérieur.

Harriet, vous êtes bien chanceuse, pensa Minerva en soupirant. Quel effet cela faisait-il d'avoir un homme à ce point amoureux de vous ? Harriet serait folle de renoncer à cela. Minerva se tourna vers la boutique dans laquelle Matilda et les autres avaient disparu en se demandant s'ils allaient bientôt sortir, et se figea en apercevant le visage qu'elle avait cherché.

— Mr de Beauvoir !

Minerva cessa de respirer en réalisant l'énormité de ce qu'elle venait de faire. Elle n'avait jamais été correctement présentée à cet homme, et elle était là, seule dans la rue, à interpeller un individu qu'elle connaissait à peine.

Il s'arrêta, ses sourcils se foncèrent. Il la contempla avec un air perplexe : il ne la reconnaissait pas.

— J'ai bien peur que vous me preniez au dépourvu, miss… ?

— Butler, répondit aussitôt Minerva en sentant ses joues s'empourprer. Nous nous sommes rencontrés dans cette librairie, juste là, dit-elle en désignant le magasin.

L'air interrogateur demeurait sur son visage. Il ne se souvenait toujours pas d'elle. Comme c'était humiliant. Ce n'était pas comme si cela s'était passé il y a des semaines !

— … L'homme m'a crié dessus lorsqu'il a fait tomber ses livres, et vous m'avez gentiment défendu en lui disant que ce n'était qu'un… accident.

Elle s'interrompit, de plus en plus mortifiée.

De Beauvoir poussa un grognement et Minerva prit cela pour le signe qu'il l'avait enfin reconnue.

— Je ne m'étais pas rendu compte avoir parlé à une telle célébrité, ajouta-t-elle en affichant un sourire rayonnant, cherchant désespérément quelque chose à dire. J'ai cru comprendre que vous donniez des conférences très prisées à la *Royal Academy*.

— Vous intéressez-vous à la chimie, miss Butler ? demanda-t-il en affichant un air un peu sceptique.

— Je… je ne sais pas, admis Minerva. Mais j'ai ceci, ajouta-t-elle précipitamment en plongeant la main dans son réticule pour attraper le livre qui y pesait. Harriet lui avait lancé un drôle de regard lorsqu'elle l'avait mis dans son sac — ce n'était pas très exactement de la lecture *légère*, après tout — mais elle avait espéré… eh bien, qu'un scénario comme celui-là se produise. Elle lui montra la couverture et il haussa les sourcils, surpris.

— Eh bien ! dit-il avec un air approbateur. Je connais la femme qui a écrit cela. Vous n'auriez pas pu trouver meilleure introduction en la matière. Comment le trouvez-vous ?

— Oh, répondit Minerva en sentant ses joues devenir rouges. Je ne l'ai eu que ce matin, donc je… je n'ai pas…

— Eh bien, je suis sûr que vous le trouverez très enrichissant. Maintenant, si vous voulez bien…

Fichtre, il partait déjà.

— Oh, êtes-vous ici pour acheter d'autres livres ?

Elle se demanda pourquoi elle prolongeait cette agonie alors qu'il avait visiblement hâte de se débarrasser d'elle.

— Euh… non, pas ce matin. Je —

— De Beauvoir !

Il se retourna, l'air assez mécontent de se voir héler une seconde fois, cette fois par un groupe de personnes bien habillées qui se dirigeait vers eux.

— Oh, bon sang, murmura-t-il d'un ton furieux. Miss Butler, ajouta-t-il, *sotto voce*. Pourriez-vous avoir l'obligeance de me rappeler l'existence d'un rendez-vous urgent dans très exactement deux minutes ?

— Oh ! s'exclama Minerva, ravie de pouvoir lui être utile. Bien entendu.

Elle reporta son attention vers les nouveaux venus qu'elle observa avec intérêt. Il y avait trois hommes — l'un d'entre eux avait sensiblement le même âge que de Beauvoir, tandis que les deux autres étaient deux jeunes dandys —, ainsi qu'une femme d'une trentaine d'années vêtue de façon exquise, accompagnée d'une autre dame, sûrement sa bonne, se dit Minerva.

— Lord Havisham, dit de Beauvoir en saluant l'homme avant de se tourner vers la femme avec un froncement de sourcils. Ah, et Mrs Tate. Bonjour.

Ses mots étaient parfaitement polis, mais sa réticence à demeurer là pour parler avec eux était palpable.

— De Beauvoir, dit Havisham qui soit ignorait royalement l'indifférence de de Beauvoir, soit n'en était pas conscient. J'ai essayé d'assister à votre dernière conférence. Impossible de franchir la maudite porte. Je voulais vous demander, seriez-vous d'accord pour venir et la donner à nouveau pour moi et quelques amis. Des gens intelligents. Vous les aimeriez. Il y aurait de la nourriture, bien sûr, et de quoi boire. En fait, venez donc pour le week-end !

— C'est une offre très aimable, répondit de Beauvoir sans avoir l'air d'en penser le moindre mot. Mais j'ai peur d'avoir d'autres engagements.

— Oh, rien qui ne puisse attendre, j'en suis sûr, répondit Havisham en agitant la main avec la nonchalance de celui qui n'a jamais travaillé un seul jour dans sa vie.

— Oh, Mr de Beauvoir, pardonnez-moi pour cette interruption, lança Minerva qui sentait que l'intellectuel bouillonnait d'irritation, mais vous avez ce rendez-vous…

— Oui, acquiesça de Beauvoir en attrapant la perche qu'elle lui tendait. Vous avez raison, miss Butler.

— De quel rendez-vous s'agit-il, Inigo ?..., ronronna la femme qu'il avait appelée Mrs Tate.

Elle lança un regard perçant en direction de Minerva et sourit, l'air satisfaite.

— … Je suis sûre qu'ils pourront attendre quelques minutes de plus, si l'on met le prix.

Minerva, outrée, poussa une petite exclamation de surprise.

— Vous dépassez les limites, madame, dit de Beauvoir d'une voix tellement remplie de colère froide que Minerva en ressentit la fraîcheur même si elle n'en était pas la cible. Je ne faisais que raccompagner miss Butler à ses amis. Si vous voulez bien nous excuser.

Il tendit le bras à Minerva qui l'attrapa avec empressement avant d'envoyer un regard de triomphe à la vile Mrs Tate, avant de s'éloigner en sa compagnie, le nez en l'air.

Une fois qu'ils furent assez loin pour ne pas être entendus, de Beauvoir laissa échapper un soupir.

— Miss Butler, je vous prie de m'excuser de vous avoir entraînée dans une telle comédie.

— Oh, ne vous excusez pas, je vous en prie, je me suis beaucoup amusée, dit Minerva en lui souriant. Et il s'est avéré que vous aviez réellement besoin d'une sortie de secours. Je suis heureuse d'avoir pu vous la fournir. Quelle horrible femme.

Il hocha la tête.

— Je ne peux qu'être d'accord. C'est étrange, mais certaines femmes semblent prendre l'indifférence d'un homme comme un affront personnel, surtout si elles sont considérées comme belles.

Minerva acquiesça ; elle comprenait qu'une femme aussi séduisante que Mrs Tate soit irritée de ne susciter qu'indifférence chez de Beauvoir. Après-tout, Minerva s'était sentie contrariée qu'il ne se souvienne pas d'elle.

— Oui, et bien, pour quelques-unes d'entre nous, notre visage représente tout. Enlevez cela, et… je suppose qu'il est assez effrayant de constater ce qu'il reste. *Si* il reste quelque chose, ajouta-t-elle en sentant l'anxiété lui tordre l'estomac.

Il s'écoula un certain temps avant qu'elle ne réalise que de Beauvoir s'était arrêtée et la contemplait fixement. Minerva hoqueta, elle n'avait pas réalisé qu'elle avait parlé sans réfléchir et avait pratiquement admis qu'elle était bête comme un dindon. Eh bien, c'était bel et bien le cas, pour parler ainsi sans réfléchir, se dit-elle avec colère.

— Et que penseriez-vous trouver, miss Butler, si vous n'étiez pas dotée de cette beauté ?

Minerva déglutit, un peu déstabilisée par la question directe. Oh, eh bien, il était probable qu'elle ait ruiné la moindre chance qu'elle eût de connaître un peu mieux l'homme de toute façon, alors autant dire la vérité.

— Pas grand-chose, admit-elle. J'ai… j'ai toujours été assez effrayée par les gens intelligents. Ma cousine Prue est très intelligente. C'est une écrivaine, ajouta-t-elle avec un petit soupir rêveur. Je l'ai longtemps détestée parce que j'avais l'impression d'être stupide à côté d'elle. À présent, je sais que ce n'était pas de sa faute, c'était ma propre ignorance qui me mettait en colère contre elle.

Elle leva les yeux et se découvrit la cible de cet ardent regard gris vert. Bon sang, quelle intensité. Minerva avait la plus étrange des impressions, celle qu'il puisse savoir ce qu'il se passait dans son cerveau… et n'était-ce pas là une pensée terrifiante ?

— Je pense, miss Butler, que vous êtes beaucoup plus intelligente et perspicace que vous ne le croyez.

— Oh, répondit Minerva qui rayonna de joie.

— Si j'étais vous, je lirais ce livre. Je pense que vous pourriez vous surprendre vous-même.

— Je — je le ferai, bégaya-t-elle.

Son cœur battait trop vite, mais pas d'une façon totalement désagréable. Elle le contempla, savoura ses traits sans délicatesse. C'était un visage dur, certes, mais c'en était un qu'elle sentait gravé dans son âme, inoubliable. Il hésita une seconde, puis sembla prendre une décision.

Il mit la main dans une poche intérieure et en sortit un petit boîtier d'argent, qu'il ouvrit.

— Ma carte, miss Butler, dit-il en la lui tendant. Si le livre vous intéresse, ou si vous avez des questions, vous pouvez m'écrire.

Minerva déglutit et prit la carte de ses mains. Elle aurait aimé ne pas porter de gants, leurs doigts se frôlèrent.

— Merci beaucoup, dit-elle d'une voix assez faible. Je le ferai.

Il hocha la tête, rangea la petite boîte, et s'inclina légèrement.

— Je vous souhaite une bonne journée, miss Butler.

— Bonne journée, monsieur de Beauvoir, répondit Minerva qui se sentait quelque peu étourdie.

Elle regarda disparaître la silhouette haute et assez austère parmi la foule, la petite carte fermement serrée au creux de sa main.

Chapitre 13

Ma chère Harriet,

Comment allez-vous ? Que se passe-t-il avec Saint-Clair ? Allez-vous vous marier ?

J'ai l'impression d'être la pire des amies en vous abandonnant dans un moment pareil. Je n'aurais pas dû vous laisser me convaincre de partir. Ma très chère Harry, racontez-moi tout, je vous prie, et sachez que vous n'avez qu'un mot à dire pour que je revienne immédiatement, vous pouvez compter sur moi.

— Extrait d'une lettre de Mrs Kitty Baxter à miss Harriet Stanhope.

1ᵉʳ Septembre 1814, Demeure de Holbrooke, Sussex.

Harriet leva les yeux, une toux discrète derrière son oreille la fit sursauter alors qu'elle lisait.

— Oh, Jasper, dit-elle en soupirant. Vous m'avez fait peur.

— Vraiment ? répondit-il en ayant l'air sceptique. Vous étiez si absorbée que je suis presque sûr qu'une météorite aurait pu tomber sur le comté et vous n'auriez pas sourcillé.

Elle pouffa de rire et secoua la tête.

— Ce n'est pas faux. Depuis combien de temps suis-je ici ?

— Je dirais au moins une demi-heure.

Il lui adressa un sourire attendri qui fit faire des choses étranges à son estomac.

— Saviez-vous que les philosophes naturels croyaient que les météorites étaient issues des volcans de la lune, ou qu'elles étaient causées par la foudre ou la condensation dans les nuages ? Enfin, jusqu'à ce qu'une météorite de vingt-cinq kilos ne tombe dans un champ près de Wold Cottage dans le Yorkshire. Le ciel était d'un bleu limpide, et la météorite a fait un cratère de cinquante centimètres de profondeur ! Quel choc cela a dû être !

— J'ignorais cela, répondit Jasper en lui souriant. Mais je ne peux pas vous dire quel point je suis heureux que vous le sachiez.

Harriet rougit. Elle se demanda s'il se moquait d'elle, mais il paraissait sincère.

— Suivez-moi, dit-il en lui retirant le livre des mains.

— Que faites-vous avec cela ? protesta-t-elle.

— Je vous l'achète, évidemment.

Elle le dévisagea avec un étrange sentiment dans la poitrine qui était à la fois inquiétant et inévitable. Vous n'avez pas besoin de faire cela.

Il lui lança un regard étrange avant de se pencher vers elle et de déposer un baiser sur son front.

— J'ai promis de vous rendre heureuse, Harriet. Si les livres vous rendent heureuse, je dépenserai chaque penny que je possède pour vous les acheter.

— Jasper, dit-elle.

Elle ne savait pas exactement ce qu'elle voulait répondre, mais les mots moururent dans sa gorge face au regard qu'il lui lançait.

— Tant que vous n'oubliez pas de lever la tête de temps en temps et de vous souvenir que je suis là, ce sera de l'argent bien dépensé.

Harriet soupira et s'interrogea sur la probabilité d'être capable de résister aux charmes naturels de Jasper pendant plus que quelques heures sans céder et finir par accepter tout ce qu'il voulait. Ce maudit homme était une menace, pourtant un petit frétillement chaud et plein d'espoir tourbillonna dans sa poitrine et elle ne put s'empêcher de lui sourire.

— Merci, Jasper. Vous êtes assez difficile à oublier, vous savez.

Elle le savait bien ; elle avait suffisamment essayé, et ce durant plusieurs années.

— Je pense être du même avis, répondit-il avant de partir payer le livre.

Harriet le contempla avec un sourire idiot collé sur le visage.

— Miss Stanhope, je ne suis guère surprise de vous surprendre avec le regard du chat qui a piégé sa proie. Il est de mon devoir de vous féliciter pour ce travail bien fait.

Harriet se retourna le cœur battant et se retrouva nez à nez avec Mrs Tate, la veuve séduisante qui avait été la dernière amante de Jasper.

— Je ne vois pas de quoi vous voulez parler, et je ne crois pas que nous ayons été présentées, madame, répondit Harriet, insufflant dans ces mots toute la froideur dont elle était capable malgré ses joues brûlantes, car elle savait exactement ce que cette horrible femme voulait dire.

— Eh bien, si j'avais su qu'il mordrait à l'hameçon avec une tactique aussi évidente, je l'aurais peut-être essayée moi-même, répondit la femme dont les yeux verts félins brillaient de malice.

— Oh, mais pour avoir sa réputation entachée, il faut au préalable qu'elle soit irréprochable, Mrs Tate, riposta Harriet.

Elle était quelque peu étonnée de sa propre audace, mais elle était énervée, et plutôt mourir que de laisser cette femme savoir combien elle donnait l'impression à Harriet de ne pas être à la hauteur.

— … Et j'ai bien peur que dans votre cas, il soit beaucoup, *beaucoup* trop tard.

Mrs Tate se contenta de rire, ce qui énerva Harriet ; ce rire profond et riche déstabilisa davantage la jeune femme.

— Touchée, miss Stanhope. C'était réellement un compliment, vous savez. C'est sacrément bien joué pour une… Mrs Tate la désigna dans sa globalité d'un geste de la main. Pour quelqu'un comme vous, dit-elle d'un air émerveillé en secouant la tête tout en regardant Harriet avec une expression assez douloureuse.

En cet instant, Harriet avait bien trop conscience du contraste qu'elle formait à côté de cette femme. Sa robe de mousseline unie datait de la saison dernière, car elle s'était habillée à la hâte, sans prêter attention à ce qu'elle choisissait. Elle était d'excellente qualité, mais banale et affreusement enfantine à côté de la toilette bleu nuit sophistiquée de Mrs Tate. Elle était renversante, et elle le savait bien.

Harriet cessa de respirer lorsque Mrs Tate se pencha vers elle. Elle fut assaillie par le parfum de l'ambre gris. La femme murmura d'un ton caressant :

— Je le récupérerai, vous savez. Il vous épousera pour avoir son héritier, mais une fois que ce sera chose faite… il me reviendra. Ils reviennent toujours.

Elle se redressa en adressant un clin d'œil à Harriet qui se sentit malade. Elle avait chaud et froid à la fois, se sentait nauséeuse. Elle ressentait une violente envie de dire à Mrs Tate qu'elle ne voulait pas de Jasper et que cette dernière pouvait faire ce qu'elle voulait avec lui, mais le mensonge serait trop flagrant, et ce serait une chose affreuse à dire. Si Jasper l'entendait dire ceci, cela le blesserait, peu importe ses sentiments réels, et elle ne connaissait que trop bien les conséquences des paroles lancées sans réfléchir.

— Harriet.

Elle se retourna alors que Jasper approchait. Il regardait Mrs Tate d'un air furieux, et Harriet se sentit un tout petit peu mieux.

— Est-ce que tout va bien, très chère ? demanda-t-il en glissant un bras possessif autour de sa taille.

Harriet leva les yeux vers lui.

— Oui, je vous remercie, Jasper. Mrs Tate ici présente venait juste de m'expliquer que vous ne m'épousiez que par obligation, car il vous faut un héritier. Elle me racontait que vous seriez de retour dans son lit à la seconde où cela serait fait.

Harriet se retourna et offrit à Mrs Tate le plus doux des sourires. Elle ressentit un sentiment de triomphe en voyant la panique dans les yeux de la femme ; elle tourna les talons et partit.

— Espèce de garce.

Mrs Tate se raidit, mais leva le menton.

— Ce n'est que la vérité. Autant que la fille sache. Il est cruel de votre part de la mener en bateau, vous savez, très cher.

Son expression changea en un air sournois qu'il ne connaissait que trop bien ; elle s'approcha et fit descendre sa main le long de son torse.

— Nous allions si bien ensemble. Ne vous souvenez-vous pas ? ronronna-t-elle.

Jasper repoussa sa main, dégoûté, et fit un pas en arrière.

— Vous faites fausse route, Jenny, dit-il.

Il se demandait bien ce qui avait pu le pousser à côtoyer cette femme. Il avait dû se sentir sacrément désespéré.

— J'aime Harriet. Je l'ai toujours aimée. S'il y a quelqu'un qui a été piégé dans ce mariage, c'est elle, si vous voulez le savoir, et si vous avez le malheur, ne serait-ce que de prononcer son nom, je m'assurerai que plus jamais personne ne batifole avec vous. C'en sera fini des riches protecteurs, une fois que j'aurais réglé cela.

Elle lui lança un regard furieux, son visage blêmit.

— … Je me suis bien comporté avec vous, continua-t-il hors de lui face à cette injustice. Vous avez bien profité de moi, mais cela ne vous suffit pas, c'est cela ? Vous voulez mon cœur sur un plateau comme tous les autres pauvres fous que vous avez piégés. Eh bien, je suis navré de vous décevoir, mais si vous interférez à nouveau dans ma vie, je vous le ferai regretter. Compris ?

Mrs Tate fit un signe de tête crispé, et Jasper lui tourna le dos, et se dépêcha de sortir pour rejoindre Harriet. Il leva la tête, irrité de constater que le ciel s'assombrissait : des nuages de pluie se rassemblaient au-dessus de la ville. Une bruine se mit à tomber, tourbillonnant dans l'air qui se rafraîchissait, s'accrochant à ses cheveux et ses vêtements tandis qu'il s'éloignait pour trouver la jeune femme.

Cela lui prit presque une heure, et lorsqu'il l'aperçut enfin, son cœur sombra. Elle était recroquevillée sur un banc, dans un coin tranquille du parc *Grove*. C'était une petite parcelle boisée, entourée par la lande du Mont Scion, un endroit charmant pour se promener quand il faisait beau. Avec le temps qui empirait de minute en minute, l'endroit était désert et Harriet paraissait petite, seule, et profondément malheureuse. Sans oublier trempée. Les arbres autour d'elle l'avaient protégée du plus fort de la pluie, mais ses vêtements étaient déjà humides et l'averse empirait.

Jasper maudit Mrs Tate et se maudit lui-même pour l'avoir un jour fréquentée. Il avait eu l'impression d'avoir progressé dans la reconquête d'Harriet, mais à présent…

— Harry, dit-il en s'approchant doucement, comme il l'aurait fait avec un cheval effrayé, craignant qu'elle ne s'enfuie à la moindre alerte. Harry, répéta-t-il en sentant son cœur se serrer lorsqu'elle ne lui répondit pas, se contentant de regarder droit devant elle.

— Cela sera toujours ainsi, Jasper, dit-elle d'une voix monotone. Peu importe ce que vous ressentez à présent, si vous croyez ou pas être amoureux de moi, il y aura toujours des femmes comme Mrs Tate.

— N-Non, Harriet, jamais je…

Elle leva une main, lui intimant le silence.

— Même si c'est la vérité, je ne pourrais jamais m'empêcher de me poser la question.

Elle leva les yeux vers lui et il put voir qu'elle avait pleuré, car ils étaient rouges et plus grands que jamais derrière ses lunettes.

— Vous êtes très beau, riche et puissant, et les belles femmes se trouveront toujours sur votre route. Des femmes bien plus belles que je ne le suis. Le genre de femme pouvant se montrer pleine d'esprit, amusante et sachant vous plaire au lit. Pouvez-vous honnêtement me dire que vous ne serez jamais tenté, dans cinq ans, dans dix ans… quand l'attrait de la nouveauté d'avoir épousé un rat de bibliothèque aussi bizarre se sera évanoui ?

— Je ne veux personne d'autre que vous, Harry, déclara Jasper d'un air impuissant.

— Mais ne voyez-vous pas ?…

Une larme roula le long de la joue de la jeune femme.

— … Même si c'est la vérité, j'aurai toujours un doute. J'aurai toujours peur que vous vous laissiez tenter la fois suivante, et je crains que cela ne me rende folle, Jasper. Et ce n'est certainement pas juste envers vous.

— Non, répondit-il en secouant la tête.

Il se mit à genoux devant elle, sans se soucier de la boue ou de la pluie qui tombait de plus en plus fort, transperçant son manteau et ruisselant le long de sa nuque.

— Je ne serais jamais tenté, Harry, puisqu'il n'y a jamais eu que vous.

Elle poussa un petit rire irrité.

Vous voulez parler du jour où vous êtes parti pour la Russie, lorsque vous m'avez embrassée en me demandant de n'épouser personne d'autre, et qu'à peine vingt minutes après je vous ai entendu dire à Peter Winslow de ne pas être si ridicule lorsqu'il vous a demandé si vous aviez de l'intérêt pour moi ? Est-ce là votre idée de la dévotion, Jasper ? Car je dois vous le dire, je ne la partage pas.

Jasper la contempla, sous le choc, étonné d'avoir enfin compris et que cette histoire soit si satanément idiote.

— C'est pour cela… ? dit-il d'une voix rauque. C'est la raison pour laquelle vous m'avez détesté toutes ces années ? Parce que…

Il la regardait sans savoir s'il devait rire ou pleurer.

— En partie, acquiesça-t-elle avec un petit signe de tête sévère.

— Oh, Harry. Oh, mon amour, si seulement vous me l'aviez dit, Seigneur.

Il mit sa tête entre ses mains et prit une profonde inspiration puis, lorsqu'il fut suffisamment calme pour parler, déclara d'une voix tremblante :

— Harry. Peter Winslow était une misérable petite fouine, et je le détestais autant que lui me détestait. D'aussi loin que je me souvienne, il a été jaloux de moi. S'il avait su que vous étiez importante à mes yeux, il aurait tout gâché. Il aurait colporté de vilaines rumeurs à mon sujet, ou…

Il s'interrompit en constatant que l'expression choquée d'Harriet s'était accrue à ces mots.

— Bon sang, dit-il en secouant la tête. Ce petit fumier. Je vais le tuer. Qu'a-t-il dit, Harry ?

Harry cligna des yeux avec force, son regard brillait un peu trop et elle répondit d'une voix rauque :

— Il… il a dit qu'il avait entendu dire par son père, qui lui avait écrit à votre sujet, combien vous étiez populaire auprès des femmes, et… que toutes tombaient à vos pieds. Il a dit que vous étiez —

Jasper ressentit un élan de rage le traverser et se promit de se faire le plaisir d'anéantir les chances de Peter Winslow d'engendrer une descendance dans les années à venir.

— J'imagine très bien ce qu'il a dit, grogna-t-il.

Il était hors de lui, rempli de frustration et d'amertume : tant d'années gâchées par cela ! Sa colère redoubla, sa voix se fit plus forte.

— C'était faux, Harry. Il n'y avait personne. Grand Dieu, c'était probablement la seule période de ma vie où je suis retourné chez moi avec les félicitations de mon père pour mon comportement exemplaire, *et tout ça pour vous, Harry* ! finit-il en criant, emporté par l'émotion.

— Je… je ne peux pas le croire.

Elle le regardait à travers ses lunettes mouchetées de gouttes de pluie, les cheveux dégoulinants sous l'averse à laquelle ni l'un ni l'autre n'essayait d'échapper.

— V-vous ne m'avez jamais écrit, Jasper, pas une fois. Pas une fois durant toute une année —

— Vous ne m'avez pas écrit non plus, répliqua Jasper.

Il avait bien trop conscience que ce conflit aurait pu être résolu si facilement, s'il avait été capable d'écrire. S'il lui avait envoyé une lettre, la rassurant sur ses sentiments, elle n'aurait jamais douté de lui, mais il avait eu bien trop peur de ce à quoi cette lettre aurait ressemblé, d'à quel point il aurait paru stupide face à une personne aussi intelligente qu'Harriet.

— Pour l'amour du ciel, Harry. Nous ne pouvons pas parler ici, vous allez attraper la mort.

Il l'aida à se lever et l'entraîna avec lui avec l'intention de la ramener au carrosse. Il leur faudrait endurer le trajet en compagnie des autres, mais à la minute où ils arriveraient, il la conduirait dans son lit pour effacer le moindre doute qu'elle pouvait avoir concernant les sentiments qu'il éprouvait pour elle.

À ce moment, les cieux s'ouvrirent et la pluie tomba en rideau, Jasper les guida sous la protection relative d'un énorme chêne.

— Dieu merci, il n'y a pas d'orage cette fois, dit-il.

Il se tourna vers Harriet, et vit une telle lueur dans ses yeux que son cœur fit un étrange petit bond dans sa poitrine. Elle l'attrapa, rapprocha son visage du sien et l'embrassa comme si la fin du monde était arrivée. Il y avait du désespoir dans la façon qu'elle avait de s'agripper à lui, comme si elle ne pouvait pas être assez proche de lui.

— Harry, dit-il entre deux baisers.

Son cœur battait la chamade car elle avait envie de lui, bon sang, mais la raison lui disait qu'elle avait froid, qu'elle était mouillée et qu'ils avaient besoin de se réchauffer et de se sécher aussi rapidement que possible. Il essaya de se libérer.

— Harry, mon amour…, protesta-t-il, mais la bouche d'Harriet était chaude et impatiente.

C'est alors qu'elle le caressa à travers ses culottes.

Jasper cessa de respirer et tout bon sens disparut, arraché par une vague de désir. Il la serra plus fort, les mains sur ses fesses tandis qu'elle déboutonnait le vêtement pour le libérer.

Jasper poussa une exclamation qui était un mélange de douleur et de plaisir lorsque la petite main froide s'enroula autour de sa chair brûlante. Ils étaient cachés derrière les arbres, au moins, et personne n'était assez fou pour se promener par ce temps. De plus, ils allaient se marier, c'était certain, à présent. Il n'y avait pas d'autre issue possible. Il attrapa les jupons d'Harriet, ils étaient humides et lui collaient aux jambes, mais ils étaient allés beaucoup trop loin pour qu'il en ait quelque chose à faire. Il les retroussa, adossa la jeune femme contre le tronc et la souleva jusqu'à ce que ses jambes s'enroulent autour de sa taille. Il s'enfonça en elle d'un seul mouvement qui les fit tous les deux crier.

Elle s'accrochait à son cou, fébrile d'excitation, agrippant ses cheveux alors qu'il la pénétrait encore et encore.

— Oui, cria-t-elle.

Les gémissements sortant de la bouche d'Harriet encourageaient Jasper qui était possédé par la joie immense et insouciante de la folie qu'ils étaient en train de commettre.

Après l'avoir tant désirée, après avoir cru la perdre, elle était ici, le désirait sauvagement, et cela le rendait complètement fou.

— Jasper, dit-elle sur un ton rempli du même mélange d'émerveillement et de folie pure que ce qu'ils étaient en train de faire. Jasper, répéta-t-elle, et son nom fut perdu dans le bruit du vent et de la pluie.

Le corps de la jeune femme commença à se resserrer autour de lui, lui faisant atteindre la limite. Secouée de spasmes, elle s'agrippa à lui en criant ; Jasper se délecta du cri de jouissance d'Harriet et la rejoignit dans l'extase.

Chapitre 14

Ma très chère Alice,

J'ai eu grand plaisir à recevoir de vos nouvelles. Je suis heureuse d'apprendre que Nate et vous êtes aux anges, bien que cela ne m'étonne guère. Je suis navrée pour vos nausées matinales, mais je suis si excitée de devenir tantine que j'ai bien peur ne pas éprouver <u>tant</u> de compassion que cela, l'idée de pouvoir m'occuper d'un neveu ou d'une nièce me rend bien trop heureuse. Soyez sûre que je viendrai vous rendre visite lorsque nous serons toutes les deux de retour en ville, j'ai hâte de voir si vous êtes devenue affreusement grosse !

— Extrait d'une lettre de miss Matilda Hunt à Mrs Alice Hunt.

1er septembre 1814. Demeure de Holbrooke, Sussex.

Harriet passa le trajet du retour dans une sorte de brouillard. Jasper s'installa près d'elle, la chaleur de la cuisse de ce dernier brûlait contre la sienne, mais elle était frigorifiée. La chaleur provoquée par leurs ébats s'était depuis longtemps dissipée, bien que ses joues deviennent suffisamment chaudes en repensant à ce qu'ils avaient fait. Ciel, elle avait dû perdre la raison. Dans le parc Grove, en plus, et en public ! Quel genre de créature licencieuse était-elle en train de devenir ?

Elle jeta un regard en coin à Jasper. Elle savait bien pourquoi elle était soudainement capable de se comporter de manière aussi sauvage. Cet homme était comme une drogue : plus vous en aviez, plus vous en vouliez. Pas étonnant que Mrs Tate soit tellement contrariée de le perdre. Harriet, irritée, chassa la femme de son esprit. Jasper n'était pas intéressé par elle, mais ce qu'Harriet avait dit était vrai aussi. Il y aurait toujours d'autres Mrs Tate dans ce monde qui essaieraient de lui voler son mari.

Eh bien, qu'elles essayent. La pensée était brute et féroce, et elle comprit qu'elle avait pris sa décision. Elle épouserait Jasper et prierait pour que cela ne se termine pas dans les larmes. C'était tout ce qu'elle pouvait faire, car elle ne pouvait pas se résoudre à s'éloigner de lui. Si elle le faisait, elle se demanderait toujours *et si*, et cela la rendrait plus malheureuse que n'importe quoi d'autre. Si son mariage échouait, au moins elle saurait qu'elle avait essayé, et elle aurait encore son travail, et peut-être y aurait-il des enfants aussi.

Harriet passa la main sur son ventre et baissa les yeux en se demandant si l'enfant de Jasper n'était pas dès à présent en train de croître en elle. Elle leva les yeux, consciente qu'elle n'était pas seule, mais Minerva et Matilda étaient toutes les deux en train de somnoler pendant que la calèche les ramenait à Holbrooke. Elle se tourna vers Jasper. Il la contemplait avec un air si doux dans les yeux en regardant la main posée sur son estomac qu'elle comprit qu'il avait deviné la nature de ses pensées. Il lui prit la main, la leva à ses lèvres et déposa un baiser sur ses doigts.

— Harry, très chère, vous êtes gelée, dit-il en secouant la tête.

Il avait déjà enlevé son manteau pour le mettre sur les épaules de la jeune femme, mais il posa son bras autour d'elle et la rapprocha de lui.

— Je vous ferai couler un bain chaud dès que nous arriverons. Puis, un dîner, une lichette de brandy… et au lit, murmura-t-il à son oreille.

Ces mots la firent frissonner plus fort. Il ajouta :

— Je m'assurerai que vous ayez chaud partout.

— Jasper ! murmura-t-elle, scandalisée qu'il ose dire des choses pareilles alors que Minerva et Matilda, même si elles étaient endormies, se trouvaient dans le carrosse.

Il gloussa et se pencha pour lui embrasser la tempe.

— Je vous aime.

Harriet lui sourit, elle avait envie de lui dire la même chose, car c'était bel et bien le cas et cela ne servait à rien de le nier. Mais il ne lui semblait pas correct de prononcer ces mots tout de suite, pas avant qu'elle n'ait vu Inigo pour lui dire qu'elle ne l'épouserait pas. Une fois libérée de cette promesse, elle dirait à Jasper qu'elle l'aimait, qu'elle l'avait toujours aimé et qu'elle l'aimerait toujours, et ensuite… ils verraient où cela les mènerait.

Dès qu'ils arrivèrent à la maison, Harriet se précipita à l'étage, mais demanda avec regret à sa femme de chambre de reporter le bain que Jasper avait demandé pour elle. C'était une bonne idée, car elle était glacée jusqu'aux os et le mal de tête qui l'avait poursuivie toute la journée ne cessait d'empirer. Mais elle congédia la femme de chambre et demanda qu'une voiture soit préparée pour elle immédiatement. Harriet enleva ses vêtements trempés et se changea. Même en se tenant devant le feu, elle avait la chair de poule. Lorsqu'elle eut enfilé des vêtements secs, elle mit de l'ordre dans sa coiffure tant bien que mal, et se hâta de descendre.

Le temps ne s'était pas amélioré dans l'intervalle : la pluie martelait le toit du carrosse, et Harriet avait l'impression d'être assise dans un tambour. Elle ferma les yeux, le vacarme n'arrangeait en rien sa migraine. Elle tâcha d'ignorer le fait qu'elle était épuisée et que sa gorge était douloureuse.

Le trajet jusqu'à l'auberge dans laquelle Inigo séjournait ne dura qu'une demi-heure, mais l'endroit était bondé. À l'extérieur, trois carrosses occupaient tout l'espace disponible, les conducteurs s'étant garés le plus près possible de l'entrée pour permettre aux clients d'y pénétrer sans être trempés.

Harriet poussa un juron. Elle n'avait pas le choix, il fallait courir. Elle sauta pour descendre et ses pieds furent immédiatement trempés. Le sol était saturé d'eau, et la pluie continuait de tomber avec force. Jupons en main, elle courut de manière désordonnée vers la porte, mais le temps d'y parvenir, elle était, pour la seconde fois de la journée, complètement trempée. Elle se dépêcha de rentrer en frissonnant, et demanda à voir Mr de Beauvoir.

L'auberge était tellement remplie de voyageurs inattendus qui s'étaient réfugiés là à cause du temps effroyable, qu'il fallut un certain temps avant que quelqu'un ne trouve l'homme en question. Lorsqu'il apparut, il regarda Harriet avec consternation.

— Miss Stanhope, s'exclama-t-il en la regardant. Ma parole, vous êtes trempée. Venez dans le salon avant d'attraper froid.

Harriet s'exécuta, reconnaissante de pouvoir se mettre devant le feu et de se réchauffer les mains ; elles étaient bleues tant elles étaient glaciales, et elle se sentait assez mal à présent.

— Je v-vous prie d'excuser cette visite impromptue, bégaya-t-elle en claquant des dents, mais il fallait que je vous parle.

— Eh bien, cela doit être urgent pour que vous veniez lors d'une nuit pareille, dit-il en secouant la tête.

— Oui, acquiesça Harriet. J'ai cru nécessaire de vous informer immédiatement que… que je compte épouser lord Saint-Clair.

— Ah.

Harriet laissa échapper un soupir soulagé lorsqu'il lui sourit. Dieu merci, il n'était pas en colère.

— Eh bien, laissez-moi être le premier à vous féliciter.

— Vous n'êtes pas fâché ? demanda-t-elle en sentant son anxiété s'envoler.

— Eh bien, je suis déçu, naturellement. Mais nous sommes amis, je l'espère, miss Stanhope, et je ne vois aucune raison pour que cela change.

— Oh, je suis si heureuse, déclara Harriet en éloignant les cheveux humides de son front. J'ai simplement… j'ai ressenti le besoin de vous prévenir tout de suite. Agir autrement ne m'aurait pas semblé correct.

— Je comprends très bien. C'est un homme très séduisant et charmant, sans oublier riche et noble. N'importe quelle femme serait tentée, j'en suis certain.

Harriet le dévisagea, soudainement en colère, bien qu'elle ne comprît pas exactement pourquoi. Jasper était toutes ces choses, mais ce n'était pas *la raison* pour laquelle elle l'aimait. En quelque sorte, elle l'aimait en dépit de cela, car sa beauté et son charme étaient ce qui la terrifiait le plus, elle craignait de le perdre à cause d'eux.

— Ce n'est pas… commença-t-elle en secouant la tête, car son cerveau lui paraissait soudainement embrumé. Ce n'est pas pour cela, dit-elle, bien déterminée à défendre son point de vue. Je l'aime. Je l'ai toujours aimé. Depuis notre enfance. Il dit que c'est la même chose pour lui aussi.

Elle sourit devant l'expression déconcertée d'Inigo et sa colère s'estompa lorsqu'elle se rendit compte qu'il ne comprenait pas.

— … Je pense que vous êtes sans aucun doute l'homme plus brillant que j'aie jamais rencontré. Mais même les hommes brillants font des erreurs. Vous vous trompez sur l'amour, Inigo. Il y a plus de profondeur dans ce sentiment que vous ne le croyez. J'espère que vous le découvrirez vous-même un jour.

Sa perplexité se transforma en contrariété, et il secoua la tête d'un mouvement sec et décisif.

— Je n'ai pas le temps pour de telles fantaisies. Mon amour — si tant est qu'une telle chose existe — concerne uniquement mon travail. Vous compreniez cela et c'est pourquoi notre arrangement me convenait. Il n'y a pas de place dans ma vie pour la romance, et certainement pas pour l'amour, même si j'acceptais l'existence d'un tel sentiment. Je ne pourrais certainement pas aimer une femme qui ne soit pas du même niveau intellectuel que moi. Quel mari déplorable je ferais si je m'y essayais, ce que je n'ai aucun désir de faire. Il serait cruel de ma part d'épouser une femme qui ne s'intéresse pas à mon travail et serait destinée à être ignorée, car elle passerait toujours après ce dernier. Non. Si vous éprouvez la moindre sympathie envers moi, vous feriez mieux de me souhaiter de trouver une compagne à l'intellect semblable au mien et qui réserve sa passion pour la science, ou de demeurer célibataire et satisfait de mon sort.

— Comme vous voudrez, Inigo, répondit Harriet en souriant.

Elle se sentait un peu étourdie et vaseuse à présent et n'avait pas l'impression de pouvoir rester debout beaucoup plus longtemps.

— … Je ferais mieux de partir avant que mon absence ne soit remarquée.

— Oui, vous devez rentrer et vous mettre au chaud, miss Stanhope. Bien que j'apprécie le geste, je ne peux pas m'empêcher de penser que vous auriez mieux fait de ne pas venir. Vous ne me paraissez pas très en forme.

Harriet hocha la tête et marmonna quelque chose — elle n'était pas sûre de ce qu'elle avait dit exactement —, puis patienta pendant qu'Inigo cherchait un parapluie pour qu'elle ne se mouille pas davantage en retournant au carrosse. Une fois à l'intérieur, Harriet appuya sa tête contre l'intérieur capitonné. Elle se sentait vraiment bizarre, épuisée et transie de froid, son corps était parcouru de frissons. Succombant à l'envie de dormir, elle se déplaça sur la banquette pour pouvoir s'allonger et ferma les yeux.

Jasper sortit sa montre à gousset et la regarda en fronçant les sourcils. Il avait fait monter un dîner à Harriet, mais d'après lui elle aurait dû l'avoir terminé. Il décida qu'après les événements de l'après-midi, on pouvait faire fi de l'étiquette — de plus, il savait qu'il pouvait faire confiance aux invités qui restaient — et alla donc devant la porte de sa chambre.

Il venait de lever la main pour y toquer, lorsque du mouvement dans le hall attira son attention. Il fit demi-tour pour pouvoir regarder par-dessus la balustrade. Il y eut des cris et des exclamations. Jasper fronça les sourcils en se dirigeant vers l'escalier et en le descendant rapidement au cas où l'on aurait besoin de son aide.

— Qu'y a-t-il, Temple ? s'exclama Jasper avant de s'arrêter net en voyant un valet transporter quelque chose dans la maison. Non, pas quelque chose, *quelqu'un*. Une femme.

Oh, Seigneur.

Il descendit les dernières marches à toute vitesse, les yeux rivés sur Harriet. Elle était rouge, fiévreuse, et de nouveau trempée. Mais qu'avait-elle donc bien pu faire, bon sang ?

— Harriet ! s'exclama-t-il en posant la main sur son visage.

Elle était chaude.

— Donnez-la-moi, dit-il en la prenant des mains du valet de pied.

Harriet marmonna quelque chose et tourna le visage dans son cou.

— Temple, allez chercher ma mère, et faites venir le docteur Haysom immédiatement.

— Tout de suite, monsieur, répondit Temple avant d'aboyer des ordres et de faire s'activer les domestiques.

Jasper porta Harriet en haut des escaliers.

— Qu'avez-vous donc fait, inconsciente ? demanda-t-il avec l'envie de la secouer. Vous étiez censée prendre un bain et vous réchauffer, non pas sortir sous la pluie à nouveau.

Il donna un coup de pied dans la porte de sa chambre et la bonne se précipita pour l'ouvrir. Elle poussa un cri lorsque Jasper fit irruption dans la pièce avec Harriet dans les bras. Il la déposa sur le lit.

— Il faut tout de suite lui enlever ces vêtements humides, ordonna-t-il en enlevant les chaussures de la jeune femme et en les jetant sur le sol.

La bonne le regardait bouche bée, avec un air horrifié.

— Ne restez pas là à ne rien faire, cria-t-il. Enlevez-lui ses vêtements.

— M-Mais, monsieur, bégaya-t-elle en le regardant avec des yeux écarquillés.

— Oh, pour l'amour du ciel jeune fille ! gronda Jasper, trop énervé pour s'occuper calmement d'une question aussi absurde. Nous allons nous marier, si tant est qu'elle ne soit pas emportée par la mort pendant que vous hésitez.

— Jasper ! La fille a raison. Dehors.

Jasper se retourna, à la fois soulagé et furieux de voir sa mère arriver et prendre le relais.

— Mais… commença-t-il.

Sa mère saisit son bras et lui adressa un sourire chaleureux, avant de lui caresser la joue.

— Pensez à l'embarras d'Harriet lorsque la rumeur aura fait le tour des domestiques. À présent, laissez-la-moi, et vous pourrez venir lorsqu'elle sera à son aise. Partez à présent.

Jasper poussa un juron, mais la seule chose qui comptait, c'était que l'on s'occupe d'Harriet tout de suite, donc il patienta dehors. Il fit les cent pas en se demandant pourquoi Harriet était de nouveau sortie par un temps pareil. Qu'avait-elle donc de si urgent à faire pour que cela ne puisse pas attendre, et qu'elle décide de sortir au risque de tomber malade ?

— Temple ! cria-t-il par-dessus la rambarde. Temple !

Il descendit quatre à quatre les escaliers et vit son majordome se précipiter vers lui.

— Monsieur ?

— Où donc miss Stanhope est-elle allée ce soir ?

— J'ai bien peur de ne pas connaître la réponse, monsieur. Voudriez-vous que je pose cette question au cocher ?

Jasper hocha la tête, les sourcils froncés, avant de congédier son majordome et de retourner à l'étage.

Chapitre 15

Mr de Beauvoir,

J'ai beaucoup apprécié notre rencontre cet après-midi, en dépit de l'odieuse Mrs Tate. Je n'ai pas encore débuté la lecture du livre dont nous avions parlé, mais j'ai l'intention de la commencer après le dîner, ce soir... enfin, si j'arrive à penser à autre chose qu'à vos yeux, et à la façon si pénétrante que vous avez de me regarder. J'espère tant que vous vous souveniez de moi cette fois, peut-être même que vous pensiez à moi, comme je pense à vous...

— Extrait d'une lettre de miss Minerva Butler, jetée au feu.

2 Septembre 1814. Demeure de Holbrooke, Sussex.

Matilda se hâta le long du couloir en direction de Lord Saint-Clair qui venait de sortir de la chambre d'Harriet.

— Monsieur, l'appela-t-elle.

Elle remarqua qu'il portait les mêmes vêtements que la nuit précédente, et qu'il n'était pas rasé. Il paraissait fatigué et découragé ; il se raidit en la voyant et prit un air méfiant.

— Je peux vous assurer qu'il n'y a rien d'inconvenant, dit-il d'un ton cassant. Sa femme de chambre est avec elle, et ma mère passe régulièrement depuis l'aube.

— Oh, lord Saint-Clair, comme si je me souciais de telles choses, répondit-elle en secouant la tête. Il s'agit de moi, ne l'oubliez pas. Je voulais prendre de ses nouvelles. Y a-t-il quoi que ce soit que je puisse faire, n'importe quoi ?

Il soupira, passa une main lasse sur son visage et fit non de la tête.

— Pardonnez-moi, miss Hunt. Je suis fatigué et… je suis mort de peur, si vous voulez connaître la vérité. Elle est brûlante, et… mon père est mort d'une pneumonie.

— Oh, monsieur, répondit Matilda qui eut le cœur serré en voyant l'angoisse dans le regard de Jasper. Mais Harriet ne risque quand même pas…

Elle s'interrompit, incapable de prononcer les mots.

— Non, dit-il d'un ton décisif —

Comme si c'était lui qui en donnait l'ordre. Non. Elle va très mal, mais ce n'est pas encore une pneumonie, elle bénéficie des meilleurs soins, et… et je ne la laisserai pas faire cela, bon sang. Pas maintenant.

Matilda posa la main sur son bras.

— Je me suis dit qu'Harriet avait l'air heureuse hier, sur le chemin du retour. La façon dont elle vous a souri m'a fait espérer que —

— Moi aussi, répondit-il, les mots empreints de désespoir. Mais la nuit dernière, au lieu de se réchauffer, elle est repartie sous ce fichu déluge. Elle est allée rendre visite à Mr de Beauvoir, miss Hunt. À présent, dites-moi, pourquoi ferait-elle cela ?

— Je…, commença Matilda.

Elle s'interrompit en voyant l'air dévasté de Saint-Clair.

— Je suis sûre qu'il y a une très bonne explication, dit-elle fermement.

Elle le regarda droit dans les yeux en espérant qu'il la croie, car elle savait qu'Harriet ne s'amuserait pas à jouer avec Mr de Beauvoir et lui. Elle était bien trop honnête, parfois à son propre détriment.

— Harry est la personne la plus décente et loyale que je connaisse, et elle ne vous traiterait jamais d'une manière aussi sournoise. Vous n'en doutez pas, n'est-ce pas ?

Saint-Clair déglutit avec difficulté puis lui adressa un signe de tête tendu.

— Non. Je n'en doute pas. C'est ce que je me répète, et je le crois la plupart du temps. Seulement…

Il soupira et passa la main dans ses cheveux.

— … J'ai bien peur de ne pas avoir les idées claires pour le moment. Si vous voulez bien m'excuser, miss Hunt. Ma mère m'a refusé de revenir dans la chambre tant que je ne me serai pas baigné et changé.

— Bien sûr, dit Matilda qui compatissait sincèrement pour le pauvre homme. Il s'éloigna à grands pas.

Jasper leva la tête en entendant la porte de chambre s'ouvrir, et soupira en voyant la bonne sortir discrètement quelques instants. On ne l'avait pas laissé seul avec Harriet plus de quelques minutes ; sa maudite femme de chambre montait la garde comme un chien avec son os. La pauvre femme mourrait probablement d'indignation si elle apprenait ce qu'ils avaient fait dans le parc la veille, sous la pluie.

Qu'il soit maudit, imbécile qu'il était.

Il était rongé de remords. Harriet était alors trempée jusqu'aux os, et il le savait, mais il avait été trop obnubilé par ses propres désirs pour penser à quoi que ce soit d'autre. Que lui était-il donc passé par la tête ? La prendre contre un arbre, comme une vulgaire prostituée, et sous une pluie battante qui plus est. Il n'était qu'un satyre dégoûtant, et s'il arrivait quoi que ce soit à Harriet…

Il sentit l'angoisse lui serrer la gorge. Il repoussa cette idée, incapable de l'envisager.

Il ne regarderait pas Harriet lui échapper comme son père l'avait fait. C'était une simple fièvre, rien de plus. Ce n'était pas une pneumonie, d'après le docteur. Pourtant, sa main était chaude et sèche lorsqu'il l'attrapa et baissa la tête pour y déposer un baiser.

Il leva les yeux lorsque la porte s'ouvrit, laissant apparaître sa mère. Jasper cligna des yeux avec force et détourna le regard. Il entendit le bruissement du tissu luxueux lorsqu'elle vint à ses côtés.

Elle posa les mains sur ses épaules et déposa un baiser sur le sommet de son crâne.

— Cessez de vous inquiéter, très cher. C'est une jeune femme forte, et elle a beaucoup à faire. Sans oublier qu'elle est l'une des créatures les plus entêtées qui aient jamais vu le jour. Elle n'ira nulle part, je vous le promets, et le docteur Haysom est d'accord pour dire qu'il n'y a pas de raison de s'alarmer, avez-vous oublié ?

Jasper regarda le beau visage de sa mère. Il était rempli de l'espoir enfantin de la croire sans se poser de questions. L'expression de lady Saint-Clair était sereine ; elle croyait manifestement ce qu'elle venait de dire, et le docteur avait *bel et bien* dit cela… quelque chose se desserra très légèrement dans sa poitrine, et il prit la main de sa mère et la posa contre sa joue.

— Merci.

— De rien, mon cher enfant. À présent, je vais m'asseoir avec ma future belle-fille, et vous allez manger quelque chose. J'ai bien peur que Merrick vous ait dénoncé, donc ne venez pas me dire que vous avez copieusement déjeuné, car je sais que ce n'est pas le cas. Il ne sert à rien d'essayer de me convaincre qu'une demi-tartine grillée constitue un repas suffisant pour un homme de votre stature, donc… filez maintenant.

Elle lui fit signe de partir. Jasper savait que cela ne servait à rien de protester. Avec un soupir déchirant, il jeta un dernier regard à Harriet avant de se lever.

— Vous m'appellerez, si…

Lady Saint-Clair lui lança un regard lui indiquant qu'il n'était qu'un idiot.

— … Oui, bien sûr que vous le ferez. Merci, mère.

Elle inclina gracieusement la tête avant de s'installer sur la chaise qu'il venait de quitter, laissant Jasper sans autre choix que de lui obéir. Une fois sorti, il réalisa qu'il était affamé. Il avait descendu la moitié des escaliers lorsque Temple fit rentrer un visiteur dans le hall.

— Vous ! gronda Jasper.

Que cela soit dû à la nuit blanche qu'il avait passé assis au chevet d'Harriet, trempée de sueur à cause de la fièvre, ou simplement au fait qu'il mourait d'envie d'envoyer son poing dans le visage de cet homme dès l'instant où il l'avait vu, Jasper n'en était pas certain. En tout cas, il s'en moquait. Tout ce qu'il savait, c'était qu'il bouillonnait de trop d'émotions refoulées, et que la valve de sécurité venait de lâcher. Il explosa dans le hall, attrapa Monsieur de Beauvoir par sa cravate froissée et le frappa.

Minerva fronça les sourcils en regardant le livre qu'elle tenait à la main.

À son grand étonnement, elle se rendit compte que cela faisait plus de deux heures qu'elle était entièrement absorbée par ce dernier. Deux heures ! Non seulement cela, mais l'ouvrage était écrit d'une telle façon qu'elle n'avait pas l'impression d'être une idiote sans cervelle. En fait, le livre décrivait une conversation entre trois femmes, Caroline, Émilie — qui s'était penchée sur la chimie avec autant d'enthousiasme que Minerva — et Mrs B, leur professeur. La première conversation — celle sur la différence entre décomposer un corps et le diviser — avait profondément choqué Minerva de manière exquise, et à présent, elle était fascinée. Elle avait déjà appris que « l'on *décompose* un corps dans ses parties *constituantes* et on le *divise* dans ses parties *intégrantes* », et se sentait fière d'elle.

Mais à présent, son estomac grondait, et elle commença à se demander l'heure qu'il pouvait bien être tout en déroulant son corps de la chaise délicieusement confortable sur laquelle elle s'était installée dans la bibliothèque. Elle posa le livre sur le côté, s'étira et soupira, avant de se lever et de récupérer les chaussures là où elle les avait laissées. Elle avait la main sur la poignée de la porte lorsqu'elle entendit le vacarme.

Il fut promptement suivi par des voix en colère, et Minerva ouvrit grand la porte… bonté divine ! Saint-Clair et Mr de Beauvoir étaient au sol… *en train de se battre.*

Pendant quelques instants, Saint-Clair parut avoir le dessus ; le nez de de Beauvoir était en sang, et le comte avait l'air d'être sur le point de lui envoyer une deuxième rafale lorsque son adversaire leva son genou d'un coup sec. Même Minerva grimaça.

Saint-Clair se retourna en gémissant, ce qui laissa assez de temps à de Beauvoir de se lever, mais son répit fut de courte durée. Lord Saint-Clair se releva tant bien que mal et se serait jeté sur de Beauvoir, mais…

Minerva poussa une exclamation en voyant les yeux turquoise fous de rage, et se plaça entre les deux combattants.

— M-Monsieur, bégaya-t-elle. Il s'agit sûrement d'un malentendu ?

— Ah oui ? gronda Saint-Clair, essoufflé. Alors pourquoi Harriet est-elle allée le voir la nuit dernière ? Pourquoi est-elle sortie sous cette satanée pluie pour la seconde fois ? Pourquoi est-elle dans sa chambre, brûlante de fièvre, dites-moi donc !

— Oh, pour l'amour de… ! s'exclama de Beauvoir en acceptant le mouchoir que lui tendait Minerva pour endiguer le flot de sang. Elle est venue me dire qu'elle était amoureuse de vous, espèce d'imbécile, dit-il, les mots légèrement étouffés par le mouchoir. Même si je n'arrive pas à trouver la moindre raison qui justifierait qu'une femme d'une telle intelligence agisse d'une façon aussi sacrément idiote. Mais il semble qu'elle vous juge digne d'elle et qu'elle ait décidé de vous épouser. Comme elle est rigoureusement honnête, elle a ressenti le besoin de me prévenir immédiatement de sa décision, et que vous étiez celui qu'elle avait choisi. Vous me pardonnerez, *monsieur*, si je pense qu'elle a fait une erreur de jugement monumentale.

Minerva se tenait entre les deux hommes. Elle avait l'impression d'être un lapin sans défense maintenant deux loups séparés l'un de l'autre, jusqu'à ce que la tension qui régnait dans l'air disparaisse.

— Oh, fit Jasper qui ne savait manifestement pas quoi dire d'autre.

— *Oh*, l'imita de Beauvoir.

Minerva reconnut que cela n'était pas très constructif.

Elle aurait pu faire plus d'efforts pour les calmer, mais elle était encore sous le choc d'avoir appris que de Beauvoir était promis à Harriet et qu'elle l'ignorait. Seigneur, elle avait rêvé du fiancé de son amie ! L'idée la rendait malade, jusqu'à ce qu'elle se rappelle qu'ils avaient rompu leurs fiançailles et que de Beauvoir ne paraissait pas en être très affligé. Puis elle se compara à Harriet et la sensation de nausée reprit de plus belle.

— De Beauvoir, je… je vous dois des excuses, déclara Saint-Clair en passant une main tremblante dans ses cheveux. La vérité, c'est qu'Harriet est arrivée hier soir, trempée jusqu'aux os, brûlante de fièvre, et… je suis resté debout toute la nuit à m'inquiéter, et peut-être ai-je perdu la raison.

Minerva regarda le visage de l'intellectuel se crisper d'anxiété.

— Est-ce grave ?

Saint-Clair haussa les épaules.

— Le médecin dit qu'elle devrait se rétablir, seulement…

Le comte laissa échapper un soupir.

— … Mon père est mort d'une maladie qui avait commencé de cette façon, et —

De Beauvoir hocha la tête.

— Pas besoin d'explication, j'accepte vos excuses. Je suis simplement venu m'enquérir de sa santé. J'ai remarqué qu'elle n'allait pas très bien la nuit dernière, et je lui ai dit qu'il était idiot de sa part d'être venue. Bon sang, elle aurait très bien pu attendre le lendemain matin, mais… eh bien, c'est une femme têtue.

Le comte sourit et hocha la tête.

— Je suis d'accord.

— Jasper !

Tout le monde leva la tête pour voir lady Saint-Clair se pencher par-dessus la balustrade.

— Oh, bonjour, Mr de Beauvoir, dit-elle avant de faire signe à son fils de venir. Jasper, quelqu'un veut te voir.

Le comte expira et ne prit même pas le temps de s'excuser. Il monta les marches deux par deux sans jeter un regard en arrière. Ce qui laissa Minerva et Mr de Beauvoir seuls, puisque les domestiques s'étaient éclipsés discrètement lorsqu'ils avaient eu la certitude que leur maître n'allait pas assassiner quelqu'un sous leurs yeux.

Minerva hésita quelques instants avant d'interpeller un valet de pied.

— J'ai besoin que vous fassiez immédiatement amener de l'eau chaude, de la teinture d'arnica et des linges propres dans la bibliothèque, je vous prie. Oh, et apportez du thé et quelques sandwiches aussi. Mr de Beauvoir a eu une matinée éprouvante, je le crains. Si vous voulez bien me suivre, Mr de Beauvoir, dit-elle avec un sourire.

Son cœur battait avec délice devant cette opportunité inattendue de pouvoir jouer les infirmières.

— Cela n'est vraiment pas nécessaire, miss Butler, dit-il en hésitant.

Ses sourcils noirs s'étaient froncés, et il la regardait comme s'il la soupçonnait d'avoir une arrière-pensée. Il était vraiment intelligent.

Si vous pouviez vous voir, vous penseriez différemment, déclara Minerva en prenant son bras et en le guidant en direction de la bibliothèque.

Elle était surprise par sa propre audace, se retrouver seule avec lui, voilà qui était une situation très éloignée des notions rigoureuses de bienséance qu'elle avait toujours suivies, après tout, mais elle ne pouvait pas le laisser s'échapper si facilement.

— Je vais demander à Temple si l'on peut vous trouver une cravate propre. La vôtre est couverte de sang. Et il faut mettre quelque chose sur cet œil ; il enfle à toute vitesse.

De Beauvoir poussa un grognement, mais il semblait savoir reconnaître une bataille perdue d'avance, et autorisa Minerva à le conduire dans la bibliothèque. Elle l'installa dans un fauteuil près du feu, avec une assiette de sandwiches et une tasse de thé, puis elle rapprocha un petit siège, installa le bol d'eau et d'autres accessoires sur une petite table à côté d'elle pendant qu'il mangeait. Elle lui jeta un regard de côté alors qu'il ingurgitait les sandwiches et elle se demanda à quand remontait son dernier repas. Sa grande silhouette était bien trop mince.

Lorsque son matériel fut en place et qu'il eut fini de manger, elle se mit au travail.

— Je peux me débrouiller, insista-t-il en essayant une fois de plus d'esquiver les soins de sa bienfaitrice.

Minerva se contenta de lever les yeux au ciel.

— Vous ne pouvez pas voir les dégâts, contrairement à moi, rétorqua-t-elle. Donc cessez de vous comporter comme un enfant.

— Je ne suis pas… commença-t-il d'un ton indigné avant de remarquer l'air taquin de Minerva et de soupirer, résigné. Pourquoi les femmes ressentent-elles le besoin de s'occuper des blessures des hommes ? J'en suis parfaitement capable, je peux vous l'assurer.

— Nous ressentons ce besoin, car nous savons pertinemment que vous allez vous contenter d'essuyer le sang avec votre mouchoir et de laisser ensuite la blessure, quelle qu'elle soit, s'infecter. Tout comme vous avez laissé ce bouton de votre manteau pendre au bout de son fil. Il est sur le point de tomber, vous savez, ajouta Minerva en secouant la tête dans sa direction.

— L'état de mes boutons me regarde, marmonna-t-il avec un air si adorablement boudeur que Minerva dut se mordre la lèvre pour s'empêcher de rire.

— N'avez-vous pas de gouvernante ? demanda Minerva, curieuse d'en savoir plus à son sujet.

Il fronça les sourcils — cela semblait être son expression naturelle — et parut vaguement mal à l'aise.

— Elle m'a donné sa démission et est partie il y a six semaines de cela. Je n'ai pas eu le temps d'en embaucher une autre, ajouta-t-il en croisant les bras fermement pendant que Minerva saisissait un tissu propre et commencer à éponger le sang de son visage.

— Aïe ! dit-il en sursautant.

Minerva claqua la langue et, de son autre main, saisit son menton pour le maintenir en place.

— Pourquoi est-elle partie ? demanda-t-elle.

Elle devait faire des efforts considérables pour conserver un ton égal, et ne pas paraître bouleversée et en manque d'air comme c'était le cas.

Elle pouvait sentir les poils rêches de ses favoris le long de sa mâchoire intransigeante. Son cœur réagissait de manière étrange.

— Il y a eu une… explosion, admit-il.

Minerva leva les yeux vers lui.

— Une explosion, répéta-t-elle, amusée de voir l'éclair de culpabilité traverser les yeux d'Inigo — comme s'il venait juste d'admettre avoir cassé une vitre avec une balle.

— C'était *censé* exploser…, expliqua-t-il.

Il était visiblement irrité, et pour une raison étrange, cela donna envie à Minerva de l'étreindre. Qu'est-ce qui ne tournait pas rond chez elle ?

— … J'ai simplement oublié de prévenir Mrs Thompson qu'il y aurait peut-être une… une déflagration, et elle a piqué une colère. La ridicule bonne femme m'a accusé d'avoir tenté de la faire exploser, puis…

Il s'interrompit et soupira. Minerva attendit qu'il finisse.

— … Elle m'a accusé d'être une espèce de sorcier.

Minerva ricana.

— Oh, très cher, dit-elle en ne réussissant pas à garder une voix neutre. Vous vivez une période difficile en ce moment, et voilà que vous venez de perdre votre fiancée face à l'appel du véritable amour.

C'en était trop, et il repoussa sa main.

— Je vous en prie, dit-il, révolté. Ce sont là deux adultes attirants et en bonne santé. Il ne s'agit que de désir, une réaction chimique ; l'instinct primitif de se reproduire. Ni plus ni moins.

Minerva se sentit rougir, et vit une lueur de satisfaction dans les yeux d'Inigo pour avoir réussi à la choquer. Une chose diabolique remua en elle, piquée par sa remarque. L'envie de lui montrer qu'il pouvait peut-être être homme très brillant, mais également incroyablement stupide était irrésistible.

— Donc, il se passe la même chose entre tous les hommes et les femmes ? demanda-t-elle en le regardant avec de grands yeux.

Il fronça les sourcils en accordant visiblement un temps de réflexion à la question.

— Non, concéda-t-il en secouant la tête. Il y a des préférences, je vous l'accorde. Par exemple, je ne peux pas rivaliser avec l'apparence de Saint-Clair, et je ne devrais pas y prétendre, et il en est de même pour sa fortune, ajouta-t-il. L'apparence physique compte beaucoup pour la plupart des gens, naturellement. Plus la femelle est belle, plus elle est convoitée, et vice versa. Même si les hommes sont bien moins regardants que les femmes jusqu'à ce qu'ils soient obligés de se marier.

Minerva acquiesça solennellement.

— Oui, je vois.

Elle pinça les lèvres, réfléchissant à ce qu'il venait de dire et à la meilleure façon de l'agacer.

— Donc, lorsqu'un homme et une femme s'embrassent, il y a une réaction chimique entre eux que la femme identifie de façon incorrecte à de l'amour, alors qu'il ne s'agit que de désir. Est-ce correct ?

Il gigota dans son siège, visiblement mal à l'aise quant à la tournure que la conversation prenait, bien que cela soit entièrement de sa faute.

— Pas seulement les femmes. J'ai vu des hommes parfaitement rationnels être affectés d'une manière similaire par des émotions excessives.

— Affectés au point d'aller devant l'autel ? demanda-t-elle avec un ton innocent tout en réprimant un sourire.

— Oui.

— Mais un homme de science, un homme tel que vous, se montrerait beaucoup plus objectif, j'imagine. Jamais vous ne confondriez attirance ou désir avec autre chose ?

— Non, bien sûr que non.

— Mais qu'en est-il de moi ? demanda-t-elle en réussissant sans mal à parler à d'une voix basse et étouffée, car sa poitrine était serrée d'impatience. Comment puis-je faire la différence entre l'amour et le désir ? Car… je crois que je risque de faire une terrible erreur.

L'expression de l'homme s'assombrit, et ce qui restait d'air dans les poumons de Minerva fut piégé par ce regard perçant gris-vert braqué sur elle.

— Quelque canaille s'amuse-t-elle avec vos sentiments, miss Butler ? Si tel est le cas, vous n'avez qu'à me dire son nom et je ferai en sorte qu'il ne vous ennuie plus. J'espère… j'espère que vous n'avez pas commis *d'indiscrétion* ?

Minerva fut contente de lire quelque chose comme de l'inquiétude dans son expression.

— Pas encore, murmura-t-elle en le dévisageant et en se demandant s'il elle n'avait pas complètement perdu l'esprit. Mais… mais je suis sous le charme, et je pense… je pense que je pourrais tomber amoureuse très facilement.

— Ce n'est pas de l'amour, miss Butler, insista-t-il d'une voix dure. Au mieux, ce n'est qu'un bref engouement. Cela passera, et je vous implore de ne rien faire d'idiot —

— Trop tard, dit Minerva.

Elle se pencha et l'embrassa.

Pendant un instant, elle sentit ses lèvres contre les siennes, incroyablement douces. Comme c'était étrange. Elle ne s'était pas attendue à cela. Puis il bondit hors de sa portée, vacilla, et la regarda comme si elle était une espèce de serpent venimeux.

— Je ne rentrerai pas dans votre jeu, miss Butler, si telle était votre intention, dit-il avec un dédain glacial presque vibrant de rage. Avez-vous cru que j'allais tomber à vos jolis pieds ? Allez user de vos charmes sur un autre homme, quelqu'un qui sera plus réceptif à de telles tentations, car je ne me laisserai pas envoûter. Bonne journée.

Sur ce, il quitta la pièce à grands pas en claquant la porte derrière lui.

Minerva sursauta lorsque le son résonna dans la pièce, puis elle toucha ses lèvres.

Eh bien, au moins il trouve que mes pieds sont jolis, se dit-elle en soupirant.

<h1 style="text-align:center">Chapitre 16</h1>

Je suis navrée que vous ayez rencontré pareil accueil lors de votre visite. Je sais que lord Saint-Clair regrette ses actions, mais je vous en prie, comprenez bien qu'elles étaient dues à l'inquiétude qu'il éprouvait à mon égard. J'espère que vous pourrez nous pardonner tous les deux. Je me remets bien, je suis résolue à ne pas retourner sous la pluie de sitôt.

— Extrait d'une lettre de miss Harriet Stanhope à Mr Inigo de Beauvoir.

2 Septembre 1814. Demeure de Holbrooke, Sussex.

Harriet sourit lorsque Jasper se précipita dans la chambre et tomba à genoux à côté du lit.

— Harry, dit-il en prenant la main et en la portant à ses lèvres. Mon Dieu, Harry, vous m'avez fait si peur, mon amour.

— Je suis désolée, répondit-elle avec sincérité.

Elle connaissait les circonstances de la mort de son père et se souvenait des jours qui avaient précédé son décès, chacune de ses inspirations était plus difficile et douloureuse que la précédente à supporter, et elle se rappelait également la toux violente qui lui avait arraché des larmes de douleur. L'ancien comte avait été quelqu'un d'impressionnant, un voyou plein de charme, néanmoins dévoué à sa femme et ses enfants. Sa mort les avait tous dévastés, et avait fait beaucoup de mal à Jasper en particulier. En dépit de l'attitude qu'il avait eue pour le bien de sa mère, Harriet soupçonnait le fait qu'il se sentît alors probablement mal préparé pour recevoir le titre aussi jeune.

— Ne me faites plus de frayeur pareille, je vous prie, dit-il en fermant les yeux et en soupirant. Je… j'ai peur d'avoir agi de manière déraisonnable.

Harriet fronça les sourcils en se demandant de quoi il parlait. Sa tête lui faisait mal, ses yeux étaient douloureux, et elle avait l'impression d'avoir avalé des éclats de verre.

— Quoi ? demanda-t-elle, au prix de tous ses efforts.

— Ils vous ont portée hors du carrosse hier soir, dit-il. Trempée comme une souche, *encore*, ajouta-t-il en lui lançant un regard noir.

Harriet aurait pu rougir de culpabilité si elle n'avait pas déjà été fiévreuse.

— … Puis j'ai découvert que vous étiez allée voir de Beauvoir.

Le cœur d'Harriet rata un battement. Oh, bonté divine, qu'avait-il fait ? Des images surgirent dans son cerveau enfiévré, des visions de duel au pistolet à l'aurore et Dieu seul sait quoi d'autre.

— N —non, Jasper, vous ne comprenez pas… dit-elle d'une voix très enrouée en se forçant pour faire sortir les mots de sa gorge douloureuse.

— Chut, dit-il en lui souriant. Si, j'ai compris. De Beauvoir m'a expliqué la raison de votre visite. Malheureusement, il n'a pas réussi à le faire avant que je ne l'envoie par terre.

Harriet gémit.

— Tout va bien. Je me suis excusé, dit Jasper en lui souriant. Je ne pense pas être la personne qu'il préfère au monde, mais il n'y aura pas de duel.

Elle laissa échapper un petit rire qui se transforma rapidement en toux sèche, Jasper s'occupa aussitôt d'elle, redonna du volume à ses coussins et l'aida à s'asseoir avant d'aller lui chercher un verre d'eau.

— Cela va-t-il mieux ? demanda-t-il anxieusement lorsque la toux se fut calmée.

Harriet hocha la tête, soupira, et s'appuya contre les oreillers.

— Que vous a-t-il dit, Jasper ?

Jasper prit à nouveau sa main et la posa contre sa joue, avant de tourner la tête et d'embrasser sa paume. Harriet frissonna.

— Je pense que vous le savez, dit-il doucement.

Il plongea dans ses yeux et elle sentit sa respiration s'arrêter. Il était si beau qu'il était douloureux de poser les yeux sur lui. Elle avait beaucoup de mal à croire qu'il soit sien. Et pourtant, elle était là, fiévreuse et malade — et Dieu seul sait dans quel état se trouvaient ses cheveux, elle devait faire peur à regarder — et il continuait à la regarder avec adoration. Son cerveau devait être endommagé, se dit-elle. Elle essaya de se rappeler si lady Saint-Clair avait déjà fait mention d'une chute sur la tête lorsqu'il était bébé.

— Je vous aime, dit-elle.

Elle devait le lui dire, il méritait de l'entendre après tout ce temps.

À sa grande surprise, elle vit ses yeux se mettre à briller et il cligna des paupières avec force avant de sortir un petit rire gêné.

— Dieu merci, dit-il d'une voix presque aussi rauque que la sienne. Merci, Seigneur, et merci à vous en particulier, ma chère et tendre. Je vous aime aussi, et je ne vous laisserai pas tomber. Je vous le promets.

Harriet hocha la tête. La fatigue alourdissait ses paupières. Elle était si heureuse de lui avoir fait plaisir, et c'est avec un soupir de contentement qu'elle se rendormit.

7 Septembre 1814. Demeure de Holbrooke, Sussex.

Jasper se montra très agaçant durant les jours qui suivirent, et ennuya beaucoup la pauvre femme de chambre d'Harriet : il s'affairait et réorganisait tout ce qu'elle avait déjà parfaitement rangé, mais il avait l'impression qu'il serait devenu fou s'il était resté à ne rien faire.

Au début, Harriet dormit beaucoup, mais au fur et à mesure que les jours passaient, la fièvre descendit et ses joues reprirent une couleur normale. Ce matin-là, lorsqu'il pénétra dans la chambre, elle était assise dans son lit, et avait l'air beaucoup plus enjouée.

— Bonjour, mon amour. Comment vous sentez-vous ?

— Je m'ennuie, soupira Harriet. Je voudrais me lever, mais cet idiot de docteur me l'interdit, au moins jusqu'à demain.

— Vous êtes adorable quand vous êtes grognon, saviez-vous cela ? dit Jasper en souriant.

Il se pencha et déposa un baiser sur son front.

— Je ne suis jamais adorable, répondit Harriet en plissant le nez.

— Je me dois de vous contredire. Bon, dit-il en rapprochant une chaise et en s'asseyant à ses côtés. Nous avons un mariage à préparer.

Harriet grogna.

— Eh bien, c'est le genre de choses qui peut blesser un homme, mon amour, déclara Jasper en secouant la tête et en sachant très bien que ce n'était pas le mariage qui la faisait grogner, mais toute l'agitation.

— Ce n'est pas ce que je veux dire, répondit-elle précipitamment avant de voir la lueur amusée dans les yeux de Jasper. Oh, Jasper, je ne peux pas supporter cela. Tous ces gens qui auront les yeux braqués sur moi et se demanderont comment j'ai fait pour vous piéger de la sorte.

Jasper sentit sa colère monter.

— J'ai déjà expliqué très clairement à qui voulait l'entendre que c'est *moi* qui vous piège, dit-il.

C'était la pure vérité, mais Harriet se contenta de ricaner.

— Ils penseront juste que vous êtes galant et que vous tenez à préserver ma réputation, dit-elle d'un ton irrité.

— Pas lorsqu'ils verront à quel point je suis un mari dévoué, à vous suivre comme un gentil agneau.

Harriet ricana à nouveau, mais cette fois-ci, elle paraissait amusée.

— Vous ? Un agneau ?

— Bêêêh.

Elle gloussa en secouant la tête.

— Vous êtes bête, dit-elle sur un ton si affectueux que Jasper sentit son cœur se gonfler.

Elle l'aimait. Cela lui paraissait incroyable, mais elle l'avait dit, et Harriet ne mentait jamais.

Ne fichez pas tout par terre, Saint-Clair.

— Que diriez-vous d'un mariage intime, dans la chapelle du domaine ? Juste vous et moi, ainsi que nos frères, j'imagine, ajouta-t-il avec un soupir déchirant. Et toutes les filles surprenantes que vous souhaitez inviter.

— Les Demoiselles Surprenantes, le corrigea Harriet d'un ton sévère, avant de soupirer et de prendre sa main. Oh, Jasper, cela serait parfait, mais seriez-vous d'accord ? Votre mère ne sera-t-elle pas affreusement déçue ? J'imagine qu'elle rêvait de préparer une cérémonie de grande ampleur.

— Je lui parlerai, dit-il en caressant d'avant en arrière la main de la jeune femme avec son pouce.

Il avait encore du mal à croire qu'elle lui ait saisi la main, qu'elle *veuille* de lui.

Il restait de l'anxiété dans son cœur, la peur qu'elle veuille de lui à contrecœur, qu'elle sache tout aussi bien que lui qu'il était probable qu'elle se lasse de lui. Non, *elle m'aime*, se rappela-t-il, et pas juste pour son beau visage ni pour la façon dont il s'occupait d'elle au lit, c'était beaucoup plus que cela, n'est-ce pas ?

Un sentiment de panique désagréable tournoya dans son estomac et il le ravala.

— Je veux que le mariage ait lieu le plus vite possible, dit-il.

Non, se dit-il, il ne disait pas cela pour la lier à lui ou pour faire en sorte qu'elle ne puisse plus jamais le quitter, qu'elle n'ait pas le temps de retrouver la raison et de changer d'avis.

— Je pense que c'est ce qu'il faut faire, soupira-t-elle. Je ne peux qu'imaginer ce que l'on dit de moi.

— Personne ne dira quoi que ce soit, la rassura-t-il. Pas si les gens savent ce qui est bon pour eux.

Elle soupira en pressant la main contre son cœur.

— J'aime beaucoup lorsque vous êtes tout-puissant et en colère.

Jasper pouffa de rire, conscient qu'elle se moquait de lui.

— Vaurienne.

Le visage d'Harriet s'adoucit, et il ressentit un étrange frémissement dans le cœur.

— Je vous aime, Jasper. Je vous ai toujours aimé. Vous le savez, n'est-ce pas ?

Il déglutit avec difficulté, il avait encore du mal à s'habituer à cette révélation extraordinaire, mais il hocha la tête, trop bouleversé pour parler.

— J'ai hâte de sortir de ce lit, dit-elle en fermant les yeux quelques instants.

— J'ai hâte de vous remettre dans le mien, répliqua-t-il en retrouvant sa voix et en appréciant la couleur qui s'étalait sur les joues d'Harriet.

Elle ignora le commentaire, mais ses lèvres frémirent.

— Je dois vous prévenir que mère prévoit un grand bal pour notre fête de fiançailles, dit-il en souriant devant son expression horrifiée.

Harriet haussa les épaules avec un sourire en coin.

— Bon, très bien, je lui dois bien cela, si elle doit se passer du grand mariage qu'elle avait espéré organiser, dit-elle en soupirant. Dites-lui que je suis d'accord sur tout, peu importe ce qu'elle voudra. Je m'en remets à elle.

— Voilà qui lui fera plaisir, répondit Jasper avec un hochement de tête approbateur.

Elle soupira et regarda par la fenêtre les petits morceaux de ciel bleu que l'on pouvait apercevoir.

— Je m'ennuie tellement, se plaignit-elle.

C'était la chose la plus proche d'un caprice qu'il ait entendu de sa part.

— … Je ne peux même pas lire, car cela me donne mal à la tête.

— Ma pauvre chérie, dit-il d'une voix apaisante en se penchant et en déposant un baiser sur son nez. Vous devriez vous reposer.

— Je ne veux pas me reposer, marmonna-t-elle, je veux faire quelque chose.

Son visage s'illumina et elle se redressa.

— Oh, vous pourriez me faire la lecture. Je vous en prie, Jasper, sinon je crains de devenir folle.

Jasper ressentit un moment de pure panique. Il eut chaud, puis froid, avant qu'une combinaison moite des deux ne s'installe sur sa peau.

— Je — je… bégaya-t-il, terrifié qu'elle découvre finalement son secret.

Il savait qu'il devrait lui dire un jour, qu'il le *faudrait*, mais il n'était pas prêt à le faire si rapidement, du moins, pas avant qu'ils ne soient mariés. Il n'était pas prêt.

Sa panique était telle, que toute possibilité de sortir une excuse convaincante s'évanouit dans un nuage de fumée, semblable à celle que l'on voit lors des spectacles de magie douteux. Tout à coup, il avait à nouveau huit ans, son tuteur lui soufflait dans le cou et lui intimait de ne pas se montrer si fichtrement idiot, lui disait d'arrêter de le faire exprès en découvrant que les notes sur lesquelles Jasper s'était appliqué pendant des heures n'étaient qu'un ramassis de gribouillis, et que beaucoup de lettres étaient à l'envers.

L'homme avait été furieux contre lui, il pensait que Jasper se moquait de lui. Ce dernier, malade d'humiliation et de frustration, avait alors envoyé voler d'un revers de main le pot d'encre du bureau. Il y avait eu quelque chose de satisfaisant à entendre le bruit du verre qui éclata, et aussi dans la façon dont l'encre noire avait été projetée partout, recouvrant son tuteur des pieds à la tête d'une flopée de petites éclaboussures noires.

Cela avait inauguré le début d'une vie de bêtises, il avait tourné le dos au travail scolaire tout en prétendant qu'il s'en fichait, alors que cela avait bien plus d'importance pour lui que tout le monde pouvait l'imaginer.

— Je ne peux pas… dit-il en se levant. Je… je dois m'occuper de… *quelque chose.* J'ai oublié, je suis désolé ma chérie… je reviendrai plus tard…

Avec l'impression d'être un goujat et un imbécile, Jasper se précipita hors de la pièce. Une fois sorti, il s'adossa contre le mur, l'estomac si noué qu'il crut qu'il allait vomir. *Oh, Seigneur. Oh, Seigneur.* Elle allait tout découvrir. Elle réaliserait qu'il n'était qu'un demeuré, puis refuserait de l'épouser. Et si leurs enfants héritaient de son intelligence, au lieu de celle d'Harriet ? Et si…

Arrêtez, s'invectiva-t-il en forçant la panique à se dissiper comme il avait appris à le faire. Il trouverait un moyen. Il trouvait toujours un moyen. Peut-être pouvait-il mémoriser entièrement le premier chapitre d'un livre. Non, il n'aurait pas assez de temps. Cela lui prendrait des heures, et la seule façon d'y parvenir, c'était de trouver quelqu'un qui lui lise encore et encore le passage tandis qu'il imaginait les mots dans sa tête jusqu'à pouvoir les réciter. Il s'était sorti de beaucoup de situations embarrassantes de cette façon-là au fil des années, mais Harriet aurait guéri depuis longtemps lorsqu'il serait capable de réciter le passage avec confiance.

Il dévala les escaliers et prit la direction des jardins, vers le seul endroit où personne ne le dérangeait jamais.

Il fallait beaucoup marcher pour atteindre le sanctuaire de Jasper, qui se situait à l'extrémité de la ferme : c'était une pièce spacieuse et bien éclairée dans l'une des nombreuses dépendances nécessaires à l'entretien d'un domaine aussi vaste et opulent que la demeure de Holbrooke.

Cette pièce était strictement interdite à tous, et Jasper n'avait jamais laissé rentrer une bonne pour nettoyer ou passer le balai, préférant le faire lui-même. Les fenêtres étaient situées en hauteur sur les murs : la pièce était bien éclairée, mais personne ne pouvait voir à l'intérieur, tout comme il était impossible à Jasper de regarder à l'extérieur.

Il poussa un soupir en fermant la porte derrière lui et s'adossa contre le mur avec soulagement. La douce odeur de la sciure et du bois sec emplissait l'air et apaisa la panique qui lui serrait la poitrine et la gorge. Il prit quelques instants pour verrouiller la porte, puis enleva son manteau parfaitement taillé avant d'attraper une version légère et plus ample qui lui arrivait au genou et protégeait ses vêtements coûteux. Ses bottes se retrouveraient couvertes de poussière, et le pauvre Merrick pousserait un soupir de reproche, mais c'était inévitable.

Jasper traversa l'atelier en laissant glisser ses mains sur les ciseaux à bois et des outils que le comte de Saint-Clair n'aurait jamais dû toucher. Il regarda ses paumes, amusé d'y voir des callosités, comme sur celles de n'importe quel ouvrier. C'était l'endroit dans lequel il allait lorsqu'il avait besoin de s'échapper, lorsque la frustration face à ses propres limitations lui donnait l'impression d'être un bon à rien, et lorsque le désir d'avoir l'approbation d'Harriet était un peu trop intense.

Il poussa un soupir, sélectionna le ciseau à bois dont il avait besoin, et se mit au travail.

Harriet regarda la porte par laquelle Jasper venait de sortir — presque en courant — et fronça les sourcils.

Sa première réaction avait été de sentir profondément blessée et indignée qu'il ne veuille pas faire l'effort de s'asseoir et lui faire la lecture pour la soulager de son ennui. Pourtant, il s'était assis en sa compagnie pendant des heures avec l'air d'être parfaitement satisfait de lui tenir compagnie, même lorsqu'elle dormait. Non, il ne s'agissait pas d'un manque d'envie de la distraire ou de rester avec elle. Dans ce cas, pourquoi s'était-il enfui comme s'il y avait le feu ? Elle avait vu la panique dans ses yeux lorsqu'elle lui avait suggéré de lui faire la lecture ; elle n'avait jamais vu la terreur d'aussi près de toute sa vie.

Cette pensée la mit mal à l'aise. Quelle était cette chose qui effrayait Jasper à ce point ? Malgré tous ses efforts, elle ne parvenait pas à comprendre. Il l'avait tourmentée pendant des années au sujet de son intelligence, mais elle comprenait à présent qu'il avait fait cela pour attirer son attention, aussi idiot que ça puisse lui paraître. Pourtant, il avait dit l'aimer pour son intelligence, aimer les choses étranges qu'elle connaissait. Il avait dit être prêt à dépenser tout son argent pour lui acheter des livres.

Si elle n'avait pas déjà été follement amoureuse de lui, cette simple déclaration aurait été suffisante pour lui faire chavirer le cœur. De l'avis d'Harriet, c'était la chose la plus romantique que quelqu'un ait jamais dite de toute l'histoire de l'humanité. Alors pourquoi, si tel était le cas, prenait-il ses jambes à son cou lorsqu'elle lui proposait de lire ? C'était complètement insensé. Il y avait sans aucun doute une explication bizarroïde purement *masculine* qui lui ferait mal à la tête, mais elle ne voyait pas laquelle.

Harriet soupira en fermant les yeux. Elle aurait aimé que son cerveau fonctionne à sa vitesse habituelle. Présentement, il paraissait englué, rempli de coton et inapte à la tâche, mais elle comprendrait. Elle finirait par le comprendre, aussi compliqué soit cet homme.

Chapitre 17

Cher Mr de Beauvoir,

Je vous prie d'excuser mon comportement inadmissible lors de votre visite à Holbrooke hier. Je pourrais dire que je ne sais pas ce qui m'a pris, mais j'ai bien peur que cela soit faux.

J'ai le regret de vous informer que je me suis entichée de vous.

Je vous promets que ce baiser n'était pas planifié — comment aurait-il pu l'être ? —, et que je n'ai rien manigancé pour vous attirer dans mes filets. En vérité, ma réaction me laisse aussi perplexe que vous avez semblé révolté devant elle. Je vous informe que ma mère souhaite me voir épouser un gentilhomme noble et riche, et que si elle avait le plus petit soupçon de mes agissements, je pense qu'elle m'enfermerait.

Vous qui êtes un homme de science de raison, je vous prie de m'expliquer ce que je dois faire. Comment me débarrasser de ces sentiments idiots envers quelqu'un qui éprouve visiblement du mépris pour moi — comme je m'y attendais — ?

Je vous en prie, Mr de Beauvoir, donnez-moi des conseils, car j'ai bien peur de me ridiculiser si nous devions être amenés à nous revoir.

Avec toute mon admiration,

Miss Minerva Butler

*PS. J'aime beaucoup le livre, comme vous
l'aviez prédit.*

**— Lettre de miss Minerva Butler à Mr Inigo
de Beauvoir.**

8 Septembre 1814. Demeure de Holbrooke, Sussex.

Harriet était plus que soulagée d'avoir enfin pu descendre les escaliers. Blottie devant le foyer de la bibliothèque, elle essayait en vain de lire le livre qu'elle avait apporté. Elle n'avait pas revu Jasper la veille ni ce matin non plus, et bien qu'elle se sente encore fatiguée et molle, son cerveau n'était plus aussi embrumé qu'avant.

— Quelle couleur préférez-vous pour les roses, jaune ou rose ?

Harriet se tourna en direction du bureau où était joyeusement installée lady Saint Clair, entourée de listes. Elle planifiait la fête de fiançailles avec le même air déterminé que Wellington avait dû arborer avant d'aller au front.

— Rose, répondit distraitement Harriet. Où est Jasper ?

Lady Saint-Clair releva la tête en fronçant les sourcils.

— Je ne sais pas, répondit-elle. Il est possible qu'il soit dans son atelier.

— Son atelier ? répéta Harriet. Jasper… *travaille* ?

Elle entendit un petit rire venir du bureau.

— Il n'est pas le paresseux dont tout le monde parle, Harriet très chère. Je me suis dit que vous en particulier auriez dû le savoir.

Harriet rougit en se demandant ce qu'elle connaissait de Jasper, de l'homme qu'il était devenu. Ces dernières années, elle l'avait mal jugé. Sur quel autre point s'était-elle trompée ? Il fut un temps où elle le connaissait aussi bien qu'elle se connaissait elle-même, mais ils étaient alors encore des enfants, et tant d'années s'étaient écoulées depuis leur séparation. Il était devenu un homme, un bel homme avec une réputation de tombeur qui aimait s'amuser. Même si elle avait pu remarquer qu'il s'était beaucoup calmé ces dernières années, cette étiquette lui collait toujours à la peau. Mais un atelier ?

— Quel genre d'atelier ?

Lady Saint-Clair haussa les épaules.

— Je n'en ai pas la moindre idée, il ne laisse personne y rentrer. Même les domestiques sont interdits d'accès.

Elle leva la tête et Harriet fut frappée par l'intensité de ce regard turquoise, la même couleur inhabituelle dont son fils avait hérité.

— … Pourquoi n'essayez-vous pas de le découvrir ?

Harriet hésita à l'idée de faire irruption dans l'espace privé de Jasper. Il était évident qu'il le gardait jalousement pour lui, si même les domestiques ne pouvaient pas y entrer. Tout naturellement, elle était donc dévorée par la curiosité.

— Le docteur vous a dit qu'une petite balade au grand air vous ferait du bien, n'est-ce pas ? déclara lady Saint-Clair avec un peu trop de nonchalance.

— Très bien, déclara Harriet en posant son livre.

Dix minutes plus tard, elle suivait le plan de lady Saint-Clair. Elle dépassa les écuries majestueuses, passa devant le grand potager qui fournissait la maison en produits frais, devant les serres, où les fruits exotiques et les fleurs étaient choyés. Elle continua en direction de la ferme. En chemin, elle remarqua à quel point tout était net, ordonné et bien entretenu. Les jardiniers et les ouvriers agricoles ôtèrent leur chapeau pour la saluer avec de grands sourires tandis qu'elle découvrait cette organisation bien huilée. Pas un seul toit n'avait besoin d'être réparé, pas un éclat de verre ne jonchait le sol. Chaque cour, chaque chemin était impeccable. Les souvenirs surgirent dans son esprit : ils avaient joué à l'intérieur et autour de ces bâtiments lorsqu'ils étaient enfants, à voler des groseilles et des framboises, à caresser les porcelets et, en règle générale, à faire des bêtises. Cela faisait si longtemps qu'elle n'avait pas vu cette partie du domaine ! Elle sourit au souvenir des centaines d'aventures, des chamailleries et des nombreux rires. Harriet ne se souvenait pas que la place fût si ordonnée à l'époque. Les bâtiments étaient beaucoup plus délabrés, nombre d'entre eux dans un piètre état.

Jasper avait-il fait tout cela ?

Harriet regarda une fois de plus la carte pour s'orienter, et conclut que le bâtiment qu'elle cherchait se situait à l'extrémité du corps de ferme, juste avant les champs. Si l'on en croyait la carte, il y avait un groupe de bâtiments à présent, et ils devaient tous être récents, car elle n'avait aucun souvenir qu'il existât alors autre chose que des champs à cet endroit. Elle poursuivit sa route en évitant les flaques et en appréciant l'air pur. Le soleil lui réchauffait le dos, elle prit de longues inspirations. Elle était reconnaissante de pouvoir respirer beaucoup plus facilement qu'il y avait de cela quelques jours.

Le bâtiment, lorsqu'elle finit par l'atteindre, était une construction solide de briques rouges avec des fenêtres placées très haut, bien trop haut pour permettre à Harriet de jeter un coup d'œil à l'intérieur avant de rassembler son courage et de frapper à la porte.

Allons, elle était arrivée jusque-là, il ne s'agissait que de Jasper. Pourquoi diable était-elle si nerveuse ?

Harriet leva sa main gantée et frappa nettement à la porte.

Il n'y eut pas de réponse pendant un long moment, et elle venait de lever la main pour taper à nouveau lorsqu'elle s'ouvrit. Jasper passa la tête par l'entrebâillement et s'exclama, visiblement surpris :

— Harriet !

Il sortit en fermant la porte derrière lui sans lui autoriser le moindre coup d'œil à ce qu'il était en train de fabriquer là-dedans.

— Que faites-vous ici ? demanda-t-il.

— Je vous cherche, répondit-elle en étudiant son visage. Je ne vous ai pas vu depuis hier soir, lorsque vous êtes parti de ma chambre comme si j'avais mis le feu à vos talons.

— Ce n'était pas le cas.

Il se raidit aussitôt avec une expression méfiante, et elle prit conscience de la tension qui vibrait en lui.

— Si, c'est ce que vous avez fait, dit-elle en saisissant son bras qui resta rigide à son contact.

— J'avais des affaires à régler. Je vous ai dit que j'avais oublié… *quelque chose.*

Harriet soupira et leva les yeux vers lui en se demandant pourquoi il maintenait cette excuse désespérée alors qu'il était évident que c'était un mensonge.

— Oublié quoi, Jasper ?

— Peu importe !

Sa voix était teintée d'irritation et de quelque chose d'autre qui ressemblait remarquablement à de la panique.

Elle se souvint de la panique qu'elle avait également vue dans ses yeux la veille.

— Tout allait bien jusqu'à ce que je vous demande de me faire la lecture, réfléchit-elle.

Elle songea aux différentes raisons possibles lorsque quelque chose lui sauta aux yeux. Harriet poussa un soupir et leva les yeux vers son beau visage en essayant de ne pas sourire.

— Oh, Jasper, avez-vous… avez-vous besoin de lunettes ? Est-ce la raison de votre comportement ?

Elle sursauta lorsqu'il retira vivement son bras du sien.

— Non, je n'ai pas besoin de fichues lunettes, dit-il.

Harriet resta bouche bée devant la colère et la douleur de son expression lorsqu'il se tourna vers elle.

— Mais cela ne m'étonne guère que vous croyiez cela. Vous me prenez pour un écervelé, n'est-ce pas ? Vous pensez que je ne me soucie que de mon apparence et de mes vêtements. *Bien sûr, Jasper est bien trop frivole pour porter des lunettes pour lire, il préfère mettre cela de côté plutôt que de ruiner son joli visage—* c'est cela, n'est-ce pas, Harry ? Bon sang, s'il ne s'agissait que de cela…

Il ferma brusquement la bouche et se détourna d'elle en croisant fermement les bras sur sa poitrine. Elle pouvait ressentir sa tristesse et la tension qui l'assaillait par vagues. Elle n'en comprenait pas les raisons et ne savait pas quoi faire pour l'aider malgré son envie d'y parvenir.

Harriet s'approcha prudemment de lui, le cœur battant. Elle avait beaucoup de peine face à sa souffrance évidente, et la culpabilité lui pesait. Cela lui faisait mal au cœur de le voir dans un tel état. Jasper était toujours celui qui riait, celui avec le sourire facile et le sens de la répartie, celui qui la cajolait pour la faire sortir des états maussades dans lesquels elle se trouvait lorsque son père la traitait comme une petite fille idiote en refusant de la considérer autrement qu'ainsi.

— Jasper.

Harriet se trouvait à présent suffisamment proche pour poser une main sur son bras. Elle leva les yeux vers lui, mais il garda le visage détourné du sien.

— Jasper, qui a-t-il ? Qu'est-ce qui ne va pas ?

— Rien.

Elle avait envie de l'entourer de ses bras et de le serrer fortement, car c'était là le plus gros mensonge qu'il ait jamais dit. Ce petit mot contenait un monde de douleur et de fierté blessée, et elle comprit qu'elle devait approcher le sujet avec précaution. Harriet avait grandi parmi les garçons, et savait à quel point leur fierté était fragile. Un garçon pouvait ricaner, rire et dire *cela ne me fait pas peur*, alors qu'il avait les jambes tremblantes, ou encore *même pas mal* après s'être écorché les genoux, malgré la lueur dans leurs yeux qui criait leur envie d'un câlin et d'un baiser. Elle reconnaissait cette même fierté féroce à présent dans chaque ligne de son corps, et dans son regard fuyant.

— Pourquoi pensez-vous que je vous crois stupide, Jasper ? demanda-t-elle en gardant une voix douce. Ce n'est pas vrai, vous savez. Je n'ai jamais cru cela.

Il émit un petit son de dégoût suggérant qu'il n'en croyait pas un mot.

— Il est vrai que votre manque d'intérêt pour les études m'a frustrée…, dit-elle.

Elle avait pris la décision de lui en parler, même si cela le rendait furieux, car c'était sûrement le fond du problème. Avait-il eu peur de lui faire la lecture car il avait craint qu'elle ne lui donne quelque revue scientifique qu'il n'aurait pas su comprendre ? Non, sûrement pas.

— … Lorsque vous avez choisi de ne pas aller à l'université, cela m'a ennuyée et j'étais jalouse, parce que j'aurais sacrifié mon bras droit pour avoir cette opportunité, et vous avez dit non tout de suite. Vous n'avez même pas pris le temps d'y réfléchir et —

— Parce que je suis bien trop bête pour envisager la chose ! cria-t-il, furieux, avant de s'éloigner à grands pas.

— Non, c'est faux, répliqua Harriet sur le même ton, outrée qu'il pense une telle chose alors qu'il était évident que ce n'était pas vrai. Je sais que ce n'est pas le cas, ajouta-t-elle.

— Vous ne savez pas la moindre chose à ce sujet, Harry !

Il fit volte-face et la douleur qu'elle lut sur son visage la dévasta, elle sentit sa poitrine se serrer devant ses yeux brillants.

— Vous ne savez pas… recommença-t-il d'un ton rauque, mais sa voix se brisa, et il se détourna d'elle.

— Jasper ! cria-t-elle.

Elle courut vers lui et jeta ses bras autour de son cou.

— Oh, mon amour… quel que soit le problème, dites-le-moi, je vous en prie. Je ne supporte pas de vous voir si malheureux. Pourquoi pensez-vous une telle chose ? Qui a donc bien pu vous mettre cette idée en tête ?

— Qui ? dit-il sur un ton incrédule avec léger rire amer alors qu'il passait la main dans ses cheveux. Chacun de mes tuteurs et de mes professeurs, voilà qui !

— Mais pourquoi ? Parce que vous n'assistiez pas au cours et que vous vous montriez insolent ?

— Non ! cria-t-il, sur un ton si désespéré qu'elle ne put que le serrer plus fort.

Il avait le souffle court à présent, tellement désemparé qu'Harriet ne savait pas quoi faire ou dire, donc elle fit la seule chose qui lui vint à l'esprit. Elle le serra fortement et leva les yeux vers lui.

— Je vous aime, Jasper. Cela ne changera pas, quel que soit le problème.

À son grand désarroi, il secoua la tête et elle vit sa pomme d'Adam descendre et remonter.

— Vous me quitterez, dit-il.

Les mots étaient si déchirants qu'elle sentit son cœur se briser en les entendant.

— … Vous me mépriserez.

— Je ne ferai pas cela ! s'exclama-t-elle en regrettant de ne pas avoir assez de force pour le secouer. Grand Dieu, Jasper. Toute ma vie j'ai été amoureuse de vous. Toute ma vie ! Croyez-vous qu'un sombre secret puisse changer cela, quel qu'il soit ? Même lorsque vous vous moquiez de moi et me donniez l'impression d'être un ennuyeux petit rat de bibliothèque, je vous aimais. J'ai essayé d'arrêter, vous pouvez me croire, mais c'était impossible. Je n'arrêterai jamais de vous aimer, Jasper. Je vous en prie, mon amour. Ne me faites-vous pas confiance ?

Harriet le regarda se cacher le visage dans ses paumes et elle leva les mains pour les poser sur les siennes et écarter celles de Jasper. Elle les posa sur son propre visage et embrassa d'abord l'une, puis l'autre.

— Dites-moi, insista-t-elle en sentant sa gorge se serrer d'émotions devant la larme qui dévala la joue de Jasper.

Il resta silencieux un long moment, avant de prendre une profonde inspiration. Elle le vit se préparer à encaisser sa réponse, son rejet.

— Je ne p-peux pas lire, Harry.

Harriet dut faire un effort pour rester impassible et ne pas répondre *allons, ne soyez pas bête, ce n'est pas possible...* parce que si c'était vrai, comment diable s'en serait-il sorti toutes ces années ?

Elle contempla ce beau visage, reconnu la peur dans les yeux. Elle savait qu'il se préparait à ce qu'elle se moque de lui ou le rejette, ou reproduise le genre de réactions auxquelles il avait pu faire face dans le passé et qui l'avaient si profondément blessé.

Harriet prit une inspiration.

— Pourquoi croyez-vous que ce soit le cas ? demanda-t-elle d'une voix calme avant d'ajouter : et ne me dites pas que c'est parce que vous êtes stupide, Jasper, je ne l'accepterai pas. Vous n'êtes pas stupide.

— Vous m'avez déjà dit le contraire, répliqua-t-il sur un ton sec et provocateur.

— Peut-être était-ce dû à mon incompréhension, dit-elle. Je ne comprenais pas pourquoi vous étiez si cruel avec moi, tout comme vous ne compreniez pas pourquoi j'avais cessé de vous aimer. Je pense que nous avons fait beaucoup trop d'erreurs stupides ces dernières années, Jasper, et toutes auraient pu être résolues si facilement si nous nous étions donné la peine de nous expliquer.

Il déglutit avec force, puis essuya ses yeux d'un geste irrité avec le dos de sa main.

— J'ignore pourquoi. J'… j'ai fait tant d'efforts, Harry, dit-il d'un ton si désespéré qu'Harriet avait envie de pleurer pour toute la douleur qu'il avait gardée en lui durant tout ce temps. Je v-veux dire, je *peux* lire, mais c'est si difficile, et cela me prend tant de temps ; et lorsque j'essaie d'écrire… rien ne va. Il y a des choses à l'envers et… cela ne ressemble à rien.

— Jasper, dit-elle.

Elle tendit le bras pour toucher son visage, mais il s'éloigna d'elle, hors de son étreinte.

— Je ne veux pas de votre pitié, cria-t-il en reculant et en enfonçant ses mains dans ses cheveux comme s'il allait les arracher. Je vous l'interdis ! Pas cela.

— Je n'ai pas pitié de vous, dit-elle en luttant pour conserver un ton calme alors qu'elle avait envie de pleurer, de le serrer et d'enrager contre ce monde qui lui avait causé tant de peine. Je suis admirative, Jasper. Vous avez dû travailler si dur, trouver des subterfuges si intelligents pour réussir à dissimuler cela à tout le monde durant toutes ces années.

— Bon sang, ne soyez pas si condescendante, gronda-t-il.

Il faisait les cent pas à présent, comme une bête sauvage qui avait été emprisonnée dans un espace trop petit pendant trop longtemps.

— Je ne le suis pas, je vous le jure. Je ne parviens pas à imaginer comment vous avez pu diriger ce vaste domaine pendant toutes ces années ni comment vous avez fait pour réussir à l'école. Juste ciel, pas étonnant que vous ne vouliez pas aller à l'université.

Elle s'interrompit, et poussa un gémissement lorsqu'une autre pensée surgit.

— Oh, mon Dieu… la façon dont je vous ai traité, les choses que j'ai dites, murmura-t-elle.

Elle était horrifiée par sa cruauté, même si elle n'avait pas eu l'intention de lui faire autant de mal. Si seulement elle avait su !

— Cela n'a pas d'importance, répondit-il en donnant un coup de pied dans un caillou.

Son ton était si las qu'elle mourut d'envie d'aller vers lui et de tout arranger, mais elle ne savait pas comment faire.

— Est-ce que quelqu'un est au courant ?

Il secoua la tête et elle comprit qu'il avait bataillé seul avec ce secret toute sa vie, terrifié que quelqu'un découvre la vérité.

— Il est possible que Merrick se doute de quelque chose, dit-il sans croiser son regard.

— Votre valet ?

Jasper hocha la tête.

— Je dois demander aux gens de me lire les choses. Mon intendant pense que je suis tout bonnement trop snob pour le faire moi-même, et cela me convient. Je me suis sorti de la plupart des situations de cette façon, mais… mais cela devient plus compliqué pour les choses personnelles.

Harriet sentit une boule monter dans sa gorge.

— C'est la raison pour laquelle vous n'avez jamais écrit, dit-elle en clignant des yeux pour empêcher les larmes de couler.

— Je suis désolé, dit-il avec raideur. J'en avais l'intention, mais —

elle ne put se retenir un instant de plus, au diable sa fierté. Harriet se précipita vers lui et le serra aussi fort qu'elle put.

— Je vous aime, Jasper. Je vous aime, et vous êtes la personne la plus courageuse que j'ai jamais rencontrée, mais vous n'êtes pas stupide, et il ne faut plus jamais que vous pensiez cela.

Il était rigide dans ses bras, toute sa douleur cachée derrière un mur fragile qu'Harriet devait briser.

— Peut-être pas stupide, concéda-t-il. Mais je ne suis pas un grand penseur, mon amour. Pas comme —

— Si vous dites de Beauvoir, je vous tue, répliqua-t-elle sèchement avant qu'il n'ait eu le temps de finir sa phrase. Je vais vous dire une chose : il y a beaucoup d'aspects que j'admire chez Inigo de Beauvoir, mais je crois qu'il est le plus stupide des génies que je connaisse.

Jasper lui lança un regard vide.

— Ses idées sur l'amour sont les plus idiotes que j'ai entendues de toute ma vie, dit-elle en secouant la tête. J'ai essayé d'y croire pendant un long moment, mais j'ai toujours su qu'il avait tort au fond de moi. Franchement, à quel point faut-il être idiot pour croire que la chose n'a pas été prouvée encore et encore et d'une infinité de manières depuis l'aube de l'humanité ? Mais quel imbécile !

À son grand soulagement, les lèvres de Jasper tressaillirent.

— Eh bien, je n'aime pas dire que j'avais raison, dit-il.

Harriet laissa échapper un petit rire et le regarda en lui caressant la joue.

— Je suis si heureuse que vous me l'ayez dit, si soulagée de comprendre. Nous ferons face à cela ensemble, d'accord ?

Il haussa les épaules en conservant une expression méfiante.

— Vous ne pouvez pas me réparer, Harry.

— Je n'ai ni le désir ni l'envie de vous réparer, rétorqua-t-elle, irritée par cette idée. Vous n'êtes pas cassé, vous…

Elle soutint son regard tout en réfléchissant.

— Peut-être assimilez-vous les choses différemment. Pas d'une mauvaise manière, simplement… différemment.

Elle le regarda en espérant avoir dit la bonne chose. Elle fut soulagée lorsqu'il expira longuement avant de se pencher pour déposer un baiser sur son front.

— Je vous aime tant, Harry. Je ne supporterais pas que vous ayez honte de moi, ou —

— *Jamais* ! s'exclama-t-elle en secouant la tête et en entendant sa voix se briser.

Elle le rapprocha d'elle et l'embrassa férocement.

— Jamais, jamais je ne pourrais avoir honte de vous.

— Merci, dit-il en souriant un peu plus franchement.

— Merci *à vous*, répondit-elle. De m'avoir accordé votre confiance.

Ils restèrent ainsi, dans les bras l'un de l'autre en silence pendant un long moment, puis Harriet leva la tête.

— Bon. Maintenant, dit-elle d'un ton professionnel. N'est-il pas grand temps que vous me montriez ce que vous cachez dans cet atelier secret ? Je meurs de curiosité.

Il rit, et redevint le Jasper insouciant de sa jeunesse, celui dont elle était tombée amoureuse, sans même s'en rendre compte.

— Très bien, répondit-il avec un air presque timide. Il s'avère que je viens de terminer votre cadeau de mariage.

Harriet le contempla.

— Vous… vous m'avez fait un cadeau de mariage ? dit-elle, stupéfaite qu'il se soit donné ce mal pour elle. Oh, Jasper, c'est —

— Vous ne l'avez pas encore vu, lui rappela-t-il.

Elle vit un éclair de doute traverser son regard.

— … Vous pourriez ne pas l'aimer.

Elle prit son bras en se demandant comment elle avait fait pour ne pas remarquer à quel point il manquait d'assurance, à quel point ce masque confiant et joyeux était fragile.

— Vous l'avez fait pour moi, Jasper. Quoi que cela soit, je trouve ce geste terriblement romantique, et je l'aime plus que tout au monde.

Il eut l'air content et lui attrapa la main.

— Venez, alors.

Chapitre 18

— Lettre de Mr Inigo de Beauvoir à miss Minerva Butler.

8 septembre 1814. Demeure de Holbrooke, Sussex.

Harriet ne savait pas à quoi elle s'attendait en pénétrant dans le grand atelier, mais certainement pas à cela.

La pièce était soigneusement balayée et rangée ; il était clair qu'il y avait une place pour chaque chose et que chaque chose était à sa place. La jeune femme regarda autour d'elle en appréciant la douce odeur un peu poussiéreuse du bois, jusqu'à ce que son regard se pose sur une étagère remplie d'objets sculptés. Le cœur serré, elle en saisit un en osant à peine le toucher tant le travail était délicat. C'était un cheval, au cou fier et arqué, la crinière figée en plein mouvement. La sculpture de bois fin représentait chaque tendon et chaque muscle avec une extrême précision.

— Est-ce… est-ce vous qui avez fait cela, Jasper ?

Elle se tourna vers lui, la gorge serrée par l'émotion.

Il hocha la tête en l'observant attentivement.

— Je… je ne sais pas quoi dire.

Elle regarda les étagères, les sculptures de chiens, de chats, de vaches, de souris et d'oiseaux. Elle reposa le cheval et saisit une autre statuette. C'était un petit loir lové dans un nid de bois.

— Vous êtes un artiste, Jasper, dit-elle en faisant glisser un doigt sur la petite créature capturée dans ses moindres détails.

Elle avait la voix rauque, et tant de larmes emplissaient ses yeux que Jasper lui parut flou lorsqu'elle le regarda de nouveau.

— Voudriez-vous voir ce que j'ai fabriqué pour vous ? demanda-t-il.

Elle hocha la tête silencieusement, trop bouleversée pour parler, et reposa le petit loir sur l'étagère.

Jasper lui prit la main et la conduisit vers un solide établi au milieu de la pièce. Il y avait un objet large et oblong recouvert de tissu. Elle s'en rapprocha. Jasper tendit le bras vers ce dernier puis hésita.

—Lorsque je dis que c'est votre cadeau de mariage, je veux dire qu'il s'agit d'un des cadeaux. Je vous donnerai des bijoux aussi, bien sûr, mais… j'ai confectionné ceci pour votre trousseau, dit-il en enlevant le tissu.

Harriet poussa une exclamation, sa main vint couvrir sa bouche.

— Oh mon Dieu, dit-elle en soufflant plus qu'en ne prononçant les mots. Oh mon Dieu.

Elle s'approcha de l'objet. La précision des détails, le soin, le *temps* qu'il avait dû passer à fabriquer cela — pour elle, la laissait pantoise.

— Puis-je la toucher ?

Jasper rit et acquiesça.

— Bien sûr, elle est à vous.

Harriet fit glisser sa main sur la gravure du couvercle. Une jeune fille était assise sous un pommier et lisait un livre. Elle cligna fortement des yeux, car ils étaient humides, et une larme coula. Sur les parois du coffre étaient gravés d'autres livres grandeur nature, posés les uns à côté des autres, certains empilés, d'autres ouverts avec quelques pages en éventail. Elle lut quelques titres, il y avait *La République* de Platon, *L'Iliade* d'Homère, l'ouvrage de David Hume, *Traité de la Nature Humaine*, et des romans comme *Les Voyages de Gulliver*. Cela avait dû être tellement difficile pour lui de graver les titres. Qu'il ait réussi, contre toute attente, mais qu'il ait également fait attention aux ouvrages qu'elle lisait et se soit donné tant de mal alors que ses propres difficultés lui rendaient la tâche bien plus ardue…

C'en était trop pour elle, une vague d'émotion l'assaillit.

— Il est en noyer, dit-il alors qu'Harriet luttait pour respirer. Vous rappelez-vous ce grand arbre qui s'est fait renverser par la tempête ? À côté du lac.

Harriet hocha la tête. Ils avaient adoré cet arbre, ils l'avaient escaladé, avaient pique-niqué dessous. Elle avait eu l'impression de perdre un vieil ami lorsqu'elle avait appris que cette affreuse tempête estivale l'avait déraciné. Elle ne pouvait imaginer meilleure façon d'utiliser son bois… il avait été travaillé avec tant d'amour et de soin ! Elle sentit son cœur se gonfler et craignit qu'il n'explose. Comment avait-il pu se croire bon à rien pendant si longtemps, alors qu'il était capable de faire des choses aussi extraordinaires ? Elle comprenait qu'il n'ait pas partagé ses œuvres publiquement ; le travail manuel n'était pas bien vu pour un comte, mais il n'en avait pas parlé à sa famille ni ses amis non plus. Elle commençait enfin à le comprendre réellement ; elle se rendait compte à quel point sa fierté était fragile, elle réalisait toute la honte qu'il avait ressentie et comprenait pourquoi il croyait que son apparence était la seule chose sur laquelle il pouvait compter.

— Quand… quand l'avez-vous fabriqué, Jasper ?

Elle le regarda, incapable de cacher les larmes qui tombaient librement à présent.

Il haussa les épaules en caressant le dessus du coffre de mariage.

— J'ai démarré en rentrant de Russie, admit-il. J'ai travaillé dessus depuis ce temps-là. Pas en permanence, dit-il avec un sourire désabusé. Lors des moments où j'osais espérer avoir une chance de vous conquérir à nouveau. Je n'ai jamais abandonné l'espoir que vous puissiez changer d'avis à mon sujet.

Harriet poussa un petit bruit, quelque part entre un rire et un sanglot, et se jeta dans ses bras.

— Je l'adore, Jasper. Je l'aime tant. Plus que tout au monde, et je vous aime.

Il l'embrassa et Harriet s'abandonna dans ses bras en sachant qu'elle était sincèrement aimée. Aussi étrange et impossible que cela parût, cet homme magnifique et incroyable était amoureux d'elle, elle venait de le comprendre et n'en douterait plus jamais.

10 septembre 1814, Demeure de Holbrooke, Sussex.

Le pique-nique avait été une idée merveilleuse. Matilda, Harriet, Ruth, Bonnie et Minerva étaient parties au lac en compagnie d'Henry, Jasper et Jérôme avec des paniers remplis de bonnes choses. À présent, tout le monde était repu et somnolent : ils s'étaient rempli la panse jusqu'à ne plus en pouvoir.

Matilda soupira et posa son parasol sur le côté. Elle renversa la tête en arrière. L'été avait décidé qu'il n'était pas prêt à passer le flambeau à l'automne et leur offrait une dernière représentation. Le soleil lui réchauffait le visage, et elle décida qu'il valait la peine de risquer quelques taches de rousseur pour en profiter. Il ne devrait plus y avoir encore beaucoup de jours comme celui-ci dans l'année, et elle voulait profiter de ce qui restait de l'été.

Cet après-midi à se prélasser était délicieux et parfait : il ne faisait pas assez chaud pour rendre tout le monde irritable, mais la température était suffisamment douce pour exposer chaque centimètre de peau nue dans la chaude lumière dorée. Naturellement, il n'y avait pas beaucoup de peau nue, mais cela restait très agréable.

Jasper avait emmené Harriet sur le bateau, et Matilda sourit avec bonheur en les voyant échanger un baiser rapide. Elle entendit un soupir rêveur derrière elle et se retourna ; Bonnie regardait les tourtereaux avec envie.

— Ils ont de la chance, dit-elle en enroulant ses bras autour d'elle.

Matilda hocha la tête, elle ne pouvait pas la contredire.

— C'est vrai.

— Nous ne sommes pas toutes aussi chanceuses, n'est-ce pas, déclara Bonnie avec une note sombre dans la voix.

Matilda sentit son cœur se serrer, et pas seulement pour Bonnie.

— Non, répondit-elle, car il n'y avait aucun intérêt à prétendre le contraire. Mais vous êtes jeune et jolie, Bonnie. Il vous reste du temps.

Bonnie secoua la tête.

— Non, répondit-elle.

Matilda perçut la douleur dans sa voix.

—...Non, je vous l'ai dit, je suis déjà en sursis.

Matilda se pencha pour saisir sa main, et Bonnie la pressa en retour.

— Vous ne serez pas seule, Bonnie. Vous ne serez ni abandonnée ni oubliée. Quoi qu'il arrive. Nous ne le permettrons pas. Vos amies seront toujours là pour vous. Je viendrai en Écosse et je resterai avec vous, je le promets. Même s'ils essayent de vous enterrer au fin fond des contrées les plus sauvages.

Bonnie émit un son étranglé, puis s'esclaffa, ce qui provoqua le rire de Matilda qui cligna des yeux pour empêcher les larmes de couler.

— Ciel, nous voilà bien sentimentales, déclara Matilda en secouant la tête. Cela ne va pas du tout.

— Pour sûr, il n'y a pas assez de temps pour les pleurs et les gémissements, dit Bonnie en se levant d'un bond.

— Je ne compte pas gaspiller une minute du temps qu'il me reste.

Matilda l'observa en s'interrogeant sur la signification de ces paroles. Bonnie prit son verre et se dirigea vers le bord de l'eau. Elle le remplit à ras bord.

— Oh, Seigneur, murmura Matilda en voyant la jeune femme courir droit vers Jérôme qui somnolait sur une couverture au soleil.

Bonnie, morte de rire, jeta l'eau sur lui. Jérôme toussa et poussa des jurons.

— Vous allez voir, espèce de petite morveuse ! s'écria-t-il en se levant d'un bond.

Bonnie poussa un cri, lâcha le verre, saisit ses jupons et s'enfuit en courant, Jérôme sur les talons.

— Je vais vous jeter dans le lac, Bonnie Campbell ! l'avertit-il.

— Il faudra d'abord m'attraper, demeuré ! le taquina-t-elle avant de s'enfuir vers les arbres.

— Eh bien, quelle audace, déclara Minerva en secouant la tête avec admiration en s'installant auprès de Matilda en compagnie de Ruth.

— Oui, répondit Matilda d'une petite voix anxieuse en réfléchissant à un moyen de faire revenir Bonnie avant qu'un nouveau scandale n'éclate.

— J'aimerais avoir la moitié de son courage, admit Ruth en soupirant. Chaque fois que je songe à mon défi, j'ai les genoux qui tremblent.

— Dire une chose profondément scandaleuse à un homme séduisant ? demanda Minerva en souriant. Oh, je suis sûre que vous trouverez quelque chose. Mais il vous faut un témoin. Nous avons besoin d'une preuve.

Matilda regarda Ruth, qui avait l'air malade.

— Est-ce que l'une de vous est au courant de la date à laquelle Bonnie compte réaliser son défi ? leur demanda-t-elle. J'ai un mauvais pressentiment et je crains qu'elle ne choisisse le bal de fiançailles.

Ruth et Minerva secouèrent la tête.

— Non, elle s'est montrée très discrète à ce sujet, admit Ruth.

C'était probablement la chose la plus inquiétante qu'elle ait pu dire.

Bonnie n'était *jamais* discrète à propos de quoi que ce soit. Cela voulait dire qu'elle préparait quelque chose. Son défi consistait à porter un déguisement en public ; c'était le genre de blague que Bonnie prendrait plaisir à faire aller beaucoup trop loin, et elle ruinerait probablement sa réputation au-delà du réparable.

— Oh, ne prenez pas cet air, rassurez-vous, déclara Ruth en regardant Matilda. Je sais qu'elle est impétueuse, mais elle n'est pas stupide. Je pense simplement qu'elle profite de sa liberté tant qu'elle le peut encore, et il semblerait qu'elle ne puisse pas échapper à Gordon Anderson, peu importe ce qu'elle fait, ou avec quelle impudence elle se comporte. Morven est à bout. Il menace d'envoyer la brute ici pour ramener Bonnie en Écosse. Même si la réputation de notre amie est entachée dans l'intervalle, elle ne pourra pas y échapper, c'est ce qu'il lui a dit. Elle épousera Gordon Anderson, à moins que quelqu'un d'autre ne l'épouse avant, mais il n'y a aucun signe de ce côté-là. Le comte est vraiment déterminé.

— Est-ce que quelqu'un sait quelque chose de cet Anderson, en dehors de ce que Bonnie nous a dit ? demanda Matilda.

Elle aurait aimé pouvoir faire quelque chose.

Ruth fit la grimace et secoua la tête.

— Non, mais la description qu'elle en fait est chaque fois plus affreuse. J'avoue avoir du mal à croire qu'il existe un homme aussi vil que celui qu'elle décrit. J'espère que ce n'est pas le cas, pour son bien.

Matilda hocha la tête, elle était du même avis. Gordon Anderson était devenu une véritable légende pour les Demoiselles Surprenantes, car les descriptions vivides de Bonnie dépeignaient une brute ignorante qui dévorait les enfants au petit déjeuner, qui sentait la porcherie, et qui était aussi attirante qu'une fièvre typhoïde. Elles étaient toutes déchirées entre le fait de se sentir complètement désespérées pour leur amie d'avoir à subir un sort aussi terrible, et l'irrésistible envie de rencontrer l'homme en personne.

— Au moins, elle deviendra comtesse un jour, soupira Ruth. Apparemment, le dernier descendant direct de Morven est mort le mois dernier, et Anderson est son parent le plus proche.

— Vraiment ? s'étonna Matilda. Et le comte tient toujours à ce qu'il épouse Bonnie ?

Elle ne disait pas cela méchamment, mais cela paraissait étrange. D'après ce qu'elle savait de Bonnie, elle ne venait pas d'une illustre famille, et — à en juger par la quantité d'ennuis qu'elle avait causés à Morven jusqu'à ce jour — on aurait pu croire qu'il aurait voulu se débarrasser de la jeune femme et non pas la marier à son héritier.

— Apparemment, il s'agit d'une promesse faite sur son lit de mort ou de quelque chose dans ce goût-là, déclara Ruth en soupirant. Le père de Bonnie était loyal à Morven et il était un ami très cher du comte. Ce dernier lui a juré avant qu'il ne meure de trouver un bon époux à Bonnie et de veiller à ce qu'elle ait une bonne situation. Bien qu'elle soit une épine dans son pied, Morven l'apprécie. Je crois qu'il admire son esprit, et que d'une certaine façon, il apprécie même qu'elle lui tienne tête. Un jour, elle m'a montré une de ses lettres, et elle était très affectueuse dans le genre insultant, grossier et cru, ajouta Ruth en fronçant les sourcils. Ils ne mâchent pas leurs mots, je peux vous le dire. En fait, c'est assez rafraîchissant.

— J'imagine, soupira Matilda. Comme cela doit être libérateur de pouvoir dire ce que vous voulez à un homme qui vous dit exactement ce qu'il pense.

— En effet, répondit Ruth en hochant la tête.

— Oh, je ne sais pas.

Elles se tournèrent vers Minerva qui n'avait rien dit jusqu'à présent et qui regardait le lac avec une expression troublée.

— … Trop d'honnêteté, cela peut être brutal.

Matilda se demanda ce qu'elle voulait dire, mais elle ne connaissait pas assez bien Minerva pour se montrer indiscrète. Elle fronça les sourcils et décida qu'il fallait remédier à cela.

— Qu'allez-vous porter pour le bal, Minerva ? demanda-t-elle après avoir cherché un sujet de discussion sans danger pour converser avec la jeune femme.

— Je n'en ai pas la moindre idée. Je n'y ai pas vraiment réfléchi.

Ruth et Matilda échangèrent un regard. Lorsqu'elles avaient rencontré Minerva pour la première fois, elle leur avait semblé être une créature frivole qui ne se souciait que des apparences. Depuis, elles avaient appris que ce n'était qu'une façade. Néanmoins, elle était toujours magnifiquement bien habillée, et prenait visiblement grand soin de son apparence.

— Eh bien, pourquoi ne pas venir dans ma chambre plus tard pour m'aider à choisir ? Vous êtes toujours si belle, Minerva. J'aimerais beaucoup recevoir vos conseils.

Minerva parut surprise, mais également contente de l'invitation.

— Vraiment ? Oh, cela me plairait. Même si je n'ai pas la moindre idée de ce qui vous pousse à vouloir mes conseils. Tout le monde vous admire, Matilda, vous ne l'ignorez pas ?

Matilda gloussa d'un air un peu contrit.

— Eh bien, pour une vieille fille, je suppose que l'image que je renvoie n'est pas si terrible, répondit-elle en plissant les lèvres. Malgré tout, une nouvelle paire d'yeux est toujours bienvenue.

— Eh bien, vous feriez mieux de venir toutes les deux m'aider, alors, sinon je serais vouée à porter quelque chose de diablement laid. Je ne sais pas ce qui m'a pris d'acheter ce chapeau décoré de cerises. Il était si joli, mais quand je l'ai mis hier, j'ai constaté à quel point il était affreux sur moi, déclara Ruth en poussant un lourd soupir et en secouant la tête. Je n'ai pas la silhouette qu'il faut pour porter ces choses-là.

— Balivernes, répondit Matilda d'une voix ferme. Il vous faut des coupes simples, Ruth, et des vêtements bien taillés, voilà tout. Sans froufrous ni volants. Qu'en pensez-vous, Minerva ?

Minerva hocha la tête en examinant Ruth d'un œil expert.

— Oui, vous avez parfaitement raison. Pourquoi n'irions-nous pas toutes passer aussi en revue la garde-robe de Ruth pour lui trouver quelque chose de renversant ?

— Oh, répondit Ruth avec un air ravi. Oh, oui, je vous en prie.

— Eh bien c'est réglé, répondit Matilda avec un sourire satisfait.

Mais son regard se porta vers les arbres, et elle se rendit compte… que Bonnie et Jérôme n'étaient toujours pas revenus.

237

Chapitre 19

Je ne crois pas pouvoir me pardonner de la façon dont j'ai traité Jasper, d'à quel point je l'ai rendu malheureux. À présent, chaque fois que j'y pense, j'ai mal au cœur et j'ai envie de pleurer. Si seulement il me l'avait dit, s'il s'était confié à moi, j'aurais remué ciel et terre pour l'aider, pour garder son secret. Comment a-t-il pu croire que mon opinion de lui risquait de changer alors que cela fait des années que je l'idolâtre ?

Si seulement j'avais su. Si seulement j'avais compris. Comme il est idiot de vouloir changer le passé, pourtant c'est ce que je voudrais faire ; mais le futur est devant moi, notre futur, et je ne le laisserai plus jamais tomber. Je ne permettrai à personne de le faire se sentir inférieur, ou comme quoi que ce soit d'autre que l'homme brillant et merveilleux qu'il est. Je lui dirai tous les jours combien je l'aime et l'admire, et cela ne sera que pure vérité.

— Extrait du journal de miss Harriet Stanhope.

18 septembre 1814. Demeure de Holbrooke, Sussex.

— Est-ce que vous l'aimez ?

Jasper observa d'un air amusé l'expression choquée sur le visage d'Harriet.

— Si je l'*aime* ? souffla Harriet en regardant la boîte doublée de soie que Jasper venait de lui offrir. Oh, Jasper, comme c'est beau !

Il sourit.

— Ce sont des rubis, mais j'ai cherché les pierres les plus roses que j'ai pu trouver. Je sais que le rose est votre couleur préférée.

Elle leva les yeux vers lui et ses lèvres s'étirèrent en un sourire ravi.

— Comment avez-vous su cela ?

Il haussa les épaules.

— Vous portez du rose plus souvent que toute autre couleur.

Harriet secoua la tête en riant doucement.

— Je ne vous mérite pas, Jasper. Après toutes les choses affreuses que j'ai pensées et dites à votre sujet.

Jasper gloussa et se pencha en embrassant le côté de son cou. Le frisson qu'il déclencha chez elle lui plut.

— Je crois que nous sommes à égalité là-dessus, mon amour, mais vous pouvez essayer de vous racheter si vous insistez.

— J'insiste et je passerai le restant de mes jours à me consacrer à cela, je vous le jure, dit-elle.

Le ton qu'elle avait employé fit bouillir le sang dans les veines de Jasper et il fut tout à coup bien embêté de devoir assister à un bal, mais il n'avait pas le choix. Ce dernier était donné en l'honneur d'Harriet et Jasper voulait qu'elle s'y amuse.

— Enfilez la parure, dit-il d'un ton impatient.

— J'ai peur de la toucher, admit-elle. Faites-le, je vous prie.

Jasper posa le coffret. À l'intérieur se trouvait une parure de rubis et de diamants qui iraient à merveille avec la robe d'un rose profond qu'elle portait. Il souleva le collier d'abord, et elle se retourna pour qu'il puisse le lui attacher autour du cou. Ensuite, il referma le bracelet autour de son poignet délicat, et lui tendit les boucles d'oreilles une à une, en regardant la jeune femme les enfiler devant le miroir.

— Je n'ai jamais rien porté d'aussi beau de toute ma vie, dit Harriet d'une voix un peu étouffée en s'admirant dans le miroir.

— Ce n'est pas aussi beau que vous, déclara Jasper.

Il remarqua le regard dubitatif d'Harriet.

— C'est la vérité, insista-t-il. Votre beauté rayonne, mon amour, et elle me coupe le souffle.

Il l'attira vers lui. Le dos de la jeune femme était contre son torse et il se pencha pour déposer un baiser sur son épaule.

— Je vous aime, Jasper, dit-elle.

Il remarqua que les yeux de la jeune femme brillaient d'émotion.

— Je vous aime tant, ajouta-t-elle.

Jasper sourit ; cette déclaration sincère se lova dans son cœur et il serra Harriet un peu plus fort.

— Je vous aime aussi.

Il s'émerveilla de constater à quel point il était facile de dire cela, à quel point tout était simple maintenant qu'il n'y avait plus de malentendus et de ressentiment.

— Bon, à présent…, dit-il en prononçant les mots contre sa peau tout en déposant une série de baisers dans son cou.

Il regarda ses joues se colorer jusqu'à ce qu'elles atteignent une nuance pouvant rivaliser avec celle des rubis qu'elle portait.

— … Je pense que nous ferions mieux d'aller accueillir nos invités, sinon je risque de ne pas vous laisser sortir de cette chambre du tout.

— Merci beaucoup, Tilda. Minerva et vous avez fait des merveilles. Trois personnes m'ont déjà fait des compliments sur ma tenue ce soir.

Les yeux de Matilda balayèrent la salle, et il lui fallut un moment pour se rendre compte que Ruth lui parlait.

— Quoi ? Oh ! Oh, je vous prie de m'excuser, Ruth, je rêvassais. C'était un vrai plaisir pour moi.

Ruth fronça les sourcils, l'inquiétude se lisait dans ses yeux sombres.

— Est-ce que quelque chose vous tracasse ? lui demanda-t-elle en posant la main sur son bras. Vous avez l'air sur les nerfs.

— Non ! répondit Matilda.

Elle afficha un sourire radieux et secoua la tête. Le petit rire qu'elle émit était faible et sonnait faux, et Ruth ne fut visiblement pas convaincue par celui-ci.

— Non, tout va bien. Je suis si heureuse pour Harriet et Saint-Clair, et… je suis plutôt inquiète pour Bonnie, ajouta-t-elle en essayant de détourner l'attention d'elle-même.

Après tout, c'était la vérité.

Ruth suivit son regard en direction de Bonnie, qui dansait avec le frère d'Harriet, Henry. Elle était en train de rire à gorge déployée, tout son être vibrait d'exubérance : elle profitait de l'instant présent, comme toujours. Henry paraissait amusé et légèrement étonné, une émotion que semblaient partager la plupart des spectateurs. Le regard de Matilda se posa alors sur Jérôme dont les yeux bleus rieurs étaient eux aussi fixés sur Bonnie qui dansait.

— Elle s'amuse, dit prudemment Ruth.

— Oui, répondit Matilda avec un soupir. Cela, c'est certain.

— N'a-t-elle toujours pas parlé de son défi ?

Matilda secoua la tête.

— Pas à moi.

— Oh, eh bien, déclara Ruth en haussant les épaules et en adressant à Matilda un sourire compatissant. Nous comptons toutes sur votre bon sens et vos conseils, Matilda, mais vous n'êtes pas notre mère et vous n'êtes pas responsable de nos actions. Nous sommes adultes, et nos décisions nous appartiennent. Vous ne devriez pas gâcher votre propre plaisir en vous inquiétant pour nous toutes. Bonnie fera comme bon lui semble, pour le meilleur et pour le pire. Vous lui avez dit de faire attention, à présent c'est à elle de décider de tenir compte de vos conseils ou de les ignorer.

— Je sais.

La réponse de Matilda avait été prononcée doucement, mais elle était sincère. Chacun faisait ses choix pour des raisons qui lui étaient propres. Parfois, ces choix semblaient incompréhensibles pour un observateur extérieur, mais personne n'était capable de comprendre ce qu'il se passait dans le cœur et la tête d'autrui.

— Mon Dieu, qu'il fait chaud ici, ajouta-t-elle en ressentant le besoin urgent de changer de sujet.

Matilda pressa le verre qu'elle tenait contre sa joue, mais la boisson était tiède et ne lui apporta aucun soulagement. Malgré elle, un souvenir surgit, celui d'un verre contenant des glaçons, du choc du froid contre sa peau, d'un chemin ombragé, et d'un homme auquel elle ne devrait pas penser. *Arrêtez de vous comporter comme une idiote*, se réprimanda-t-elle. Pas étonnant que Ruth la trouve sur les nerfs, car c'était le cas ; et ce depuis que lady Saint-Clair l'avait prévenue qu'elle avait invité Montagu. Elle n'avait pas pu faire autrement, avait-elle dit à Matilda avec un regard plein de compassion, pas alors qu'ils savaient qu'il était toujours présent dans la région.

Matilda se figea : un murmure d'intérêt venait de parcourir toute la salle. Entre les danseurs, entre les étoffes colorées qui passaient devant elle, elle regarda l'entrée et la silhouette haute et élégante qui se tenait là et qui la dévisageait à travers la pièce. Elle essaya de se convaincre qu'il était impossible qu'elle vît l'éclat étrange et argenté de ses yeux, pas de là où elle se trouvait, à l'autre bout de la salle de bal. La vague glaciale qu'elle avait cherché à ressentir pour rafraîchir sa peau la traversa, suivie par une autre, cette fois brûlante. Comme c'est étrange : il était si froid, pourtant un seul de ses regards suffisait à enflammer Matilda.

Elle soutint son regard pendant un long moment, son cœur tambourinait follement dans sa poitrine comme un animal pris au piège, avant de lui tourner le dos et de partir.

Jérôme se servit un autre verre. Il n'aurait pas dû continuer à boire, mais il avait besoin de quelque chose pour se calmer les nerfs. Il était dans de beaux draps, et ne voyait pas d'issue à la situation. Comment Bonnie avait-elle fait pour le convaincre d'accepter de faire quelque chose d'aussi fou ? Mais le problème, c'était que lorsqu'il était en sa compagnie, tout était hilarant. Elle était drôle et pleine de vie, et elle le faisait rire comme personne d'autre. Elle était également téméraire et étonnamment intelligente. La vérité, c'était qu'il n'avait jamais autant ri de toute sa vie, mais il savait que cela allait trop loin. Il savait aussi que son frère avait remarqué cela, et devenait à chaque instant plus susceptible de lui arracher la tête.

Il avait déjà reçu un avertissement sévère et si Jasper avait vent de cette escapade, il ne lui pardonnerait pas. Mais il n'avait pas pu dire non à Bonnie. C'était là ses derniers jours, lui avait-elle dit, sa dernière chance de vivre un peu et de s'amuser avant que Morven n'envoie son futur mari ici pour la ramener dans les contrées sauvages d'Écosse.

Un sentiment désagréable tirailla la conscience de Jérôme, mais il fit taire cette dernière. Ce n'était pas lui qui la condamnait à épouser un homme qu'elle ne pouvait pas supporter. Ce n'était pas comme s'il lui avait donné la moindre raison d'espérer quoi que ce soit de sa part non plus. Il lui avait dit très clairement qu'ils ne seraient jamais plus que des amis, et Bonnie avait ri et l'avait traité d'idiot. Elle ne s'attendait pas plus à recevoir une demande de la part de Jérôme que de se voir pousser des ailes et de voler. Néanmoins, il n'était pas aveugle et voyait bien les regards qu'elle lui lançait. Il s'était comporté comme un beau salaud ; il avait pris des libertés avec elle en sachant qu'elle avait des sentiments pour lui. Non pas que cela eût été son idée. Il avait essayé de se comporter en gentleman, mais cela n'avait pas été du goût de Bonnie. Elle savait ce qu'elle voulait et désirait remplir ses derniers jours de souvenirs qui lui réchaufferaient le cœur et la feraient sourire lorsqu'elle serait mariée et aurait les ailes coupées pour de bon.

Il lui semblait fort peu probable que quelqu'un réussisse à couper les ailes de Bonnie et à soumettre son esprit rebelle. Jérôme ne pouvait s'empêcher de se demander si Gordon Anderson avait la moindre idée de ce qu'il était en train de faire. Prendre pour épouse une Bonnie récalcitrante lui semblait être la recette parfaite pour un désastre d'une ampleur apocalyptique, mais tout ceci ne le regardait pas. Il était son ami et avait accepté de l'aider à s'amuser pendant le temps qui lui restait, que Dieu le pardonne. Il était dans sa nature d'aider une damoiselle en détresse, mais il n'avait jamais rencontré de damoiselle possédant une définition aussi étrange du sauvetage. Jérôme n'avait pas compris ce qu'il avait accepté lorsqu'elle lui avait extorqué cette promesse et ce n'était que maintenant qu'il réalisait à quel point il avait été idiot. Mais il était lié par cette promesse, donc il ne pouvait rien faire d'autre que de faire de son mieux pour éviter un scandale. Il gémit intérieurement. Éviter les scandales n'était pas son point fort.

— Vous voilà, mon vieux. Je vous ai cherché partout !

Jérôme sursauta, arraché de ses pensées par une bonne tape dans le dos. Irrité par cette voix qu'il ne connaissait pas, il se tourna avec un air mauvais pour faire face au jeune homme souriant qui se tenait devant lui.

— Bon sang, qui êtes-vous ? commença-t-il, avant que les mots ne s'éteignent dans sa gorge.

Ces yeux d'un vert pâle inhabituels étaient bien trop familiers.

— B-Bonnie ? bégaya-t-il.

Son cœur fit un bond.

— Vous ne m'avez pas reconnue, n'est-ce pas, fanfaronna-t-elle avec un air triomphant. Je vous avais dit que j'y arriverais.

Jérôme déglutit et la regarda de haut en bas.

— Par les portes de l'enfer, Bonnie Campbell, vous me ferez mourir. Oh, Seigneur, vos cheveux ! Bonnie, qu'avez-vous fait à vos cheveux ?

Elle haussa les épaules avec un air nonchalant, mais un petit éclat dans ces profondeurs vert pâle lui soufflait qu'elle n'était pas aussi emballée par sa coupe qu'elle ne le paraissait.

— Les cheveux courts sont à la mode, dit-elle d'un ton provocateur. Et je peux difficilement me faire passer pour un homme avec les cheveux longs, n'est-ce pas ?

Jérôme la prit par le bras et l'entraîna dans un coin tranquille.

— C'est de la folie, dit-il en luttant contre l'envie de la secouer. Nous allons nous faire prendre, et c'en sera fini de votre réputation, et mon frère m'enfermera, si tant est que je ne finisse pas d'abord à Bedlam.

Bonnie retira son bras de l'emprise de Jérôme et lui jeta un regard noir.

— Ma réputation n'a aucune importance, ne comprenez-vous pas ? Cela ne changera rien. Je serai toujours obligée d'épouser mon cousin, peu importe ce que j'ai fait, alors autant me faire pendre pour avoir volé le bœuf plutôt que l'œuf. Et n'essayez pas de vous défiler. Vous m'avez donné votre parole.

Jérôme poussa un juron et passa une main sur son visage. Bon sang, elle avait raison, et il était moralement obligé de tenir sa promesse.

— Très bien, dit-il.

Il était en colère contre lui-même, contre elle, contre toute cette situation grotesque.

— Très bien, répéta-t-il, je vous emmènerais, mais ne revenez pas me voir en courant lorsque tout ceci aura dérapé.

— Non, et cela n'arriva pas, répondit Bonnie d'un ton apaisant. Après tout, vous ne m'avez pas reconnue, et vous saviez ce que j'avais prévu de faire.

— Pendant cinq secondes, rétorqua-t-il avant de soupirer en secouant la tête. Je vais m'en mordre les doigts.

— Allons, ne soyez pas ainsi, dit-elle d'un ton cajoleur.

Elle attrapa sa main et la serra avant de déclarer :

— Nous allons nous amuser, je vous le promets.

Jérôme la contempla, constata son enthousiasme évident, la courbe de ses lèvres pleines et le regard malicieux qu'elle arborait.

— Oh, je n'en doute pas, espèce de petit démon. Je me demande simplement pendant combien de temps je vais payer pour cela, voilà tout.

— Cela vaudra le coup…, répondit-elle en le regardant dans les yeux.

Quelque chose dans la voix de la jeune femme le fit frissonner d'impatience.

— … Je vous le promets, termina-t-elle.

Il hocha la tête, il la croyait toujours quand elle disait quelque chose.

— Je sais, dit-il en éclatant d'un petit rire bref. Eh bien, dans ce cas, si nous allons en enfer, autant y aller avec classe. Comment dois-je vous appeler, monsieur ?

Bonnie lui sourit, et la joie féroce de ce sourire irrépressible effaça l'ombre des terribles conséquences et il ne resta que l'instant présent et cette aventure ridicule.

— Bartholomé Camden. Un cousin éloigné du côté de votre mère, Jerry, mon vieux.

Jérôme ricana, l'enthousiasme de Bonnie était contagieux ; il sentit l'amusement bouillonner en lui.

— Eh bien, cousin, je suis ravi de vous connaître. Que diriez-vous de partir dans un endroit un peu plus vivant ?

— J'ai cru que vous ne me le proposeriez jamais, déclara Bonnie en lui adressant une petite révérence soignée. Allons, Macduff !

— En fait, la citation exacte est « Frappe, Macduff ».

Bonnie se contenta de souffler en levant les yeux au ciel.

— Taisez-vous et venez avec moi, le gronda-t-elle en le traînant hors de la salle de bal par le bras.

— Un mariage d'amour, apparemment.

Le cœur de Matilda bondit jusque dans sa gorge en entendant la voix familière juste derrière elle, si proche.

En s'efforçant de ne pas se retourner et de ne pas réagir, elle répondit :

— Tout à fait, monsieur.

Elle continua à regarder Jasper et Harriet danser ensemble. Leur bonheur était si évident ; il rayonnait d'eux dans toute la salle. Mais ce n'était pas Jasper et Harriet qui retenait son attention pour l'instant. Matilda pouvait sentir Montagu dans son dos, sentir la chaleur qui émanait de lui, car il se tenait juste un peu trop près. Si elle fermait les yeux, elle serait probablement capable de détecter aussi son odeur, cette intrigante association de bergamote et de peau masculine propre, la note légère de cuir et de cheval… enfin, peut-être était-elle différente ce soir, car il était probablement venu en carrosse. Le désir de se pencher pour le renifler était si scandaleux qu'elle faillit sourire.

— Comme c'est étrange, déclara-t-il. Alors que tout le monde pensait qu'elle le détestait, et qu'il ne voyait en elle qu'un petit rat de bibliothèque collet monté.

— Les apparences sont parfois trompeuses.

Le ton de Matilda était ironique. Elle se demanda s'il souriait ou s'il ressentait le moindre remords pour toutes les calomnies rattachées à son nom par sa faute. Même si elle avait envie de se retourner pour étudier son visage, elle garda les yeux fixés sur Harriet et Jasper en tâchant de paraître indifférente à la proximité du marquis.

— Il semblerait, étant donné qu'ils ont été surpris dans, hum… une situation quelque peu délicate.

Matilda se retourna pour plonger les yeux dans ce regard d'argent glacé qui hantait la plupart de ses pensées. Un léger sourire gagna le coin des lèvres de Montagu, adoucissant très légèrement les traits austères de son visage. Ses cheveux brillaient comme de l'or à la lueur des chandelles, et sa tenue de soirée d'un noir et blanc sévère ne faisait que mettre en valeur l'incroyable nuance de sa chevelure.

— Ils se sont toujours aimés. Il ne s'agissait que d'un malentendu et d'un manque de communication entre eux. Si seulement ils en avaient discuté, si seulement ils avaient été honnêtes, les choses auraient pu être résolues depuis longtemps.

Il hocha la tête, ce qui la surprit. Elle avait cru qu'il ferait quelque commentaire désobligeant, mais il semblait partager son avis.

— L'honnêteté est une chose qu'il faut privilégier par-dessus tout.

Matilda l'étudia attentivement pendant quelques instants.

— Vous êtes sincère.

— Oui, répondit-il, les yeux braqués sur elle. Mais parfois, c'est un luxe que l'on ne peut s'accorder.

Matilda poussa un petit rire sans joie.

— C'est faux. Je me souviens des mensonges que vous avez proférés pour me faire venir à Green Park avec vous. Non, précisément, cela ressemble au genre de choses qu'un marquis dirait pour se sentir mieux après avoir honteusement menti.

— Je ne mens *jamais*, dit-il d'une voix froide, hachée et assez en colère. Et c'est un exemple concret. Vous saviez aussi bien que moi que mes mots étaient faux. Je ne faisais que tourner la situation à mon avantage et vous le saviez. J'ai toujours été honnête avec vous.

— Trop honnête, monsieur, répondit-elle avec un sourire crispé en souhaitant qu'il la laisse tranquille.

Parler avec lui était comme danser autour d'une lame : tôt ou tard, vous risquiez de trébucher et de finir en charpie.

Il fit un pas vers elle, il était proche, trop proche, son haleine chaude contre son cou la fit frissonner lorsqu'il prononça ces mots crus :

— J'ai désespérément envie de vous, miss Hunt. Je passe beaucoup trop de temps à penser à vous, à la sensation de vous tenir dans mes bras. Est-ce assez honnête ?

Matilda resta immobile, refusant de trahir la moindre réaction, mais son sang n'avait fait qu'un tour en entendant cela et ses nerfs crépitaient comme des petits feux d'artifice sous sa peau.

— Je sais, répondit-elle.

Elle se sentit fière de la froideur de sa réponse et d'avoir réussi à parler sans faire trembler sa voix alors que tout le reste de son corps ne faisait que cela.

Le doigt de Montagu glissa autour de son poignet, doucement mais fermement, et le rythme cardiaque de la jeune femme s'envola à ce contact qui laissa sa peau brûlante comme s'il l'avait marquée au fer rouge.

— Avez-vous déjà accepté la proposition de monsieur Burton ?

La question la prit par surprise et elle rougit avant d'avoir le temps de reprendre une contenance. Sa caresse avait ébranlé son esprit et avait fait s'emballer son cœur comme une bête sauvage.

— Non.

— Pourquoi ? Il est beau, riche et il vous offre tout ce que vous voulez, non ?

— Oh, ne me faites pas croire que vous vous souvenez de ce que je veux ni que vous en avez quelque chose à faire, répliqua Matilda qui aurait aimé avoir la force de se dégager de son emprise.

Elle se détourna de son regard perçant. Elle était bouleversée ; la réaction qu'il provoquait chez elle l'énervait et la frustrait. Elle regarda autour d'eux en se demandant si quelqu'un d'autre avait vu leur échange, mais tous les yeux étaient encore braqués sur Harriet et Jasper.

— Des enfants, un foyer et un homme qui vous aime et vous honore.

Matilda en eut le souffle coupé. Il venait de réciter mot pour mot ce qu'elle lui avait dit.

— Vous avez précisé que cela n'avait pas d'importance s'il était lord ou simple marchand, vous avez dit que vous l'aimeriez de tout votre cœur et lui donneriez tout ce dont il pouvait rêver.

Matilda fut obligée de se retourner et de plonger son regard dans ces yeux d'un gris étonnant. Elle était prisonnière de Montagu qui l'avait capturée aussi sûrement que si sa main avait été une paire de menottes, alors qu'elle entourait son poignet avec une extrême légèreté. Il se souvenait exactement de ce qu'elle avait dit.

— Pourquoi ne pas lui avoir dit oui, alors qu'il vous offre tout ce dont vous rêvez ?

Le regard qu'il posait sur elle était brûlant et quelque peu déstabilisant. Cette question fit écho à celle qu'elle se posait, cette question qui lui trottait en permanence dans la tête et ne voulait pas la laisser tranquille. Le pouce de Montagu caressa l'intérieur de son poignet, et ce léger contact réveilla aussitôt quelque chose de bien plus intime en elle. Son corps réagissait contre tout bon sens et le désir vibrait sous sa peau. Matilda lutta pour conserver une respiration égale, lutta pour trouver une réponse alors qu'elle n'en avait pas. Elle envisagea de lui dire qu'elle avait l'intention d'accepter l'offre de monsieur Burton dès son retour en ville, mais elle n'était pas du tout sûre que cela soit vrai et se rendit compte qu'elle n'avait pas le désir de lui mentir, aussi idiot que cela soit.

— Je…, commença-t-elle avant de soupirer. Je ne sais pas, admit-elle d'un ton un peu trop étouffé. Il m'offre tellement de choses dont je rêvais, mais —

— Mais ?

Matilda le regarda avec surprise. Il y avait une nuance féroce dans la question, l'indice de quelque chose qu'il n'avait peut-être pas voulu révéler. Elle maintint son regard, et sans la moindre bonne raison, elle lui révéla la vérité.

— Mais je ne l'aime pas, je crains qu'il ne souhaite me posséder comme une peinture ou un beau cheval, et il… il me fait un peu peur.

— Plus que moi ?

Sa voix était douce maintenant, elle frémissait sur sa peau comme une caresse tandis qu'il continuait de faire aller doucement son pouce de haut en bas sur le poignet de Matilda ; il s'immobilisa à l'endroit où son rythme cardiaque battait frénétiquement, rempli de peur et de désir. Matilda déglutit et se força à se souvenir de ce qu'il attendait d'elle. Sa réponse fut dure, forte et tout aussi honnête :

— Oh, non, dit-elle. Non, pas autant que vous, lord Montagu. Donc… si vous voulez bien m'excuser, je crois avoir promis cette danse à Saint-Clair.

Matilda se retourna, dégagea son poignet de la main de Montagu, et s'éloigna rapidement de lui.

Chapitre 20

19 septembre 1814. Demeure de Holbrooke, Sussex.

C'était un après-midi chaud, même si l'odeur de l'automne flottait dans l'air. Les rayons du soleil teintaient le paysage de tons plus profonds de rouge et or, l'été acceptait finalement de laisser sa place. Tout le monde était amorphe aujourd'hui, fatigué et satisfait après une matinée paresseuse à se remettre des excès de la veille.

— Je suis si fatiguée, dit Minerva en étouffant un bâillement. Je crois que je n'ai jamais autant dansé.

— C'était une fête splendide, n'est-ce pas, déclara Ruth en posant sa tasse de thé.

Matilda acquiesça en observant les Demoiselles Surprenantes encore à ses côtés, assises sur la terrasse à savourer l'après-midi.

— Splendide, en effet, acquiesça-t-elle en jetant un regard à Harriet.

Comme toujours, la jeune femme était assise avec un livre entre les mains, mais contrairement à d'habitude elle n'était pas plongée dans sa lecture. Ses yeux étaient rivés sur une silhouette qui marchait dans le jardin et son expression était tellement remplie d'adoration que Matilda sentit sa gorge se serrer.

Ruth suivit son regard en direction de lord Saint-Clair qui se baladait en compagnie de son frère, en grande conversation avec ce dernier. Matilda soupçonnait Jasper de faire la leçon à son frère. Elles regardèrent Harriet poser son livre et se lever, avant de traverser la pelouse dans sa direction. Saint-Clair se retourna avant même qu'elle ne soit à proximité de lui, comme s'il avait su où elle se trouvait dès l'instant où elle s'était levée. Il lui tendit la main et Harriet parcourut le dernier mètre en courant. Elle lui présenta son visage pour recevoir un baiser tandis que Jérôme tournait le dos au couple heureux en prétendant ne rien remarquer.

— Pensez-vous qu'il y ait le moindre espoir de trouver quelque chose comme cela, ou faut-il obligatoirement connaître quelqu'un depuis l'enfance ? demanda Ruth avec un soupir rêveur. Comme pour Kitty et Luke.

— Mon frère est tombé amoureux d'Alice dès leur première rencontre, répondit Matilda avec un petit sourire. Je pense que l'amour est différent pour tout le monde, mais lorsqu'on le trouve, il faut s'y accrocher très fort, car tout le monde risque de ne pas avoir l'opportunité, comme Harriet, de se voir offrir une seconde chance.

— Je suis d'accord, déclara Minerva. Je pense qu'il faut être brave, et se donner du mal pour l'obtenir, même lorsque cela semble sans espoir.

— Je ne pense pas connaître cela un jour, dit Ruth.

Il n'y avait pas de désespoir dans ses mots, elle acceptait simplement ce fait.

— … Et je crois qu'il serait idiot de ma part d'espérer le trouver.

— Et qu'espérez-vous ? demanda Matilda en se demandant si Ruth avait raison.

Elle craignait que cela ne soit que trop vrai ; il faudrait peut-être qu'elle tienne compte de ces mots.

Ruth lui afficha son sourire le plus raisonnable et posa les mains sur ses genoux en réfléchissant à la question quelques instants.

— J'espère rendre mon père heureux et fier en épousant un noble et en élevant ainsi la position de notre famille comme il en rêve. J'espère que cet homme et moi puissions être des amis et des alliés ; être à l'aise, voire même satisfaits d'être ensemble. J'espère avoir des enfants à aimer, une maisonnée à gérer et une position respectable et sûre. Voilà ce que j'espère obtenir. Et vous ?

— J'espère pouvoir me satisfaire de toutes les choses que vous venez de mentionner, répondit Matilda avec sincérité. Car je sais que c'est également tout ce dont je souhaite, cela devrait être largement suffisant et c'est bien plus que ce qu'une personne dans ma position devrait être en droit de souhaiter.

— Mais ce n'est pas ce que vous désirez au fond de vous, n'est-ce pas ? demanda Ruth d'un ton compatissant et bien trop compréhensif.

— Bien sûr que non !

Ruth et Matilda levèrent les yeux avec surprise en entendant la réponse brusque de Bonnie. Matilda pensait qu'elle s'était endormie, car elle était assise entre elles avec les yeux fermés depuis une demi-heure, mais apparemment, elle avait assisté à la conversation.

— Comment pouvez-vous vous contenter d'espérer d'être simplement satisfaites ou à l'aise ? demanda-t-elle en les surprenant par sa véhémence.

Elle avait l'air en colère, et ses yeux brillaient, les larmes menaçaient de couler.

— Peut-être est-ce la meilleure chose que la réalité nous apportera, mais bon sang, vous *espérez* sûrement obtenir plus que cela ? N'avez-vous pas le rêve et l'espoir de trouver l'amour et le bonheur, d'avoir une vie remplie de toutes ces choses, une vie qui vaille la peine d'être vécue, une vie qui bouleverse les autres et les transforme ?

Matilda se pencha, attrapa la main de Bonnie et la serra fortement.

— Oui. Oui, bien sûr.

— Moi aussi, admit Ruth en attrapant l'autre main de Bonnie. Bien que j'aie conscience que cet espoir soit vain, j'en rêve également.

Minerva se leva, entoura Bonnie de ses bras et planta un baiser sur sa joue et déclara :

— Quant à moi, je rêve de choses impossibles en permanence, tous les jours, et je n'arrêterai jamais même si c'est sans aucun doute idiot de ma part.

— Ce n'est pas idiot, répliqua Bonnie avec férocité. Cela vous rend vivante, et je refuse de vivre comme si j'avais déjà un pied dans la tombe. Pas encore, du moins. Je n'ai pas encore abandonné.

Matilda se pencha et ébouriffa les boucles courtes de Bonnie. Même si elle devait admettre que cette coupe osée lui allait bien, elles avaient toutes été choquées par son apparence ce matin, d'autant plus qu'elle était partie se coucher assez tôt la veille avec une migraine… et une tête remplie de cheveux. Jusqu'à présent, Matilda n'avait pas osé lui demander ce qu'elle avait manigancé.

— Morven vous a-t-il de nouveau écrit ? demanda Matilda qui aurait aimé pouvoir faire quelque chose en voyant le désespoir pénétrer le regard de Bonnie.

Elle secoua la tête.

— Il ne m'écrira plus, dit-elle en gardant le regard fixé sur le frère de Saint Clair tandis que le trio s'éloignait vers le lac. Il m'a dit tout ce qu'il avait à dire.

— Eh bien, vous ne pouvez pas partir avant le mariage, c'est certain, dit Minerva en se rasseyant. Lady Saint-Clair s'est montrée si généreuse en nous proposant de rester jusqu'au grand jour. Nous disposons donc d'au moins deux semaines, et avec cette nouvelle coupe de cheveux renversante, vous êtes vouée à faire tourner les têtes, Bonnie. Peut-être qu'un homme aura le coup de foudre pour vous.

Bonnie ricana.

— Ce n'est pas difficile de faire tourner les têtes. C'est ce que j'ai fait toute ma vie, même si ce n'est pas pour les bonnes raisons. Ce qui est difficile, c'est de les amener à voir qui vous êtes réellement, à voir au-delà des attentes qu'ils pensent vouloir obtenir, et de leur faire réaliser ce qui est important, et ce dont ils ont vraiment besoin.

Elle soupira et referma les yeux.

— Ah, je suis idiote de rêver de choses impossibles, comme Minerva vient de le dire, mais je n'arrêterai pas, car je ne peux rien faire d'autre.

— Comme nous toutes, compatit Matilda pendant que Ruth et Minerva hochaient la tête.

Les yeux de Bonnie se rouvrirent et elle regarda Matilda, Ruth et Minerva avant de déclarer, un sourire sincère sur les lèvres :

— Je suis tellement reconnaissante de vous avoir comme amies. Malgré tous les ennuis que je cause, et tous les conseils que je n'écoute pas, n'oubliez jamais cela. Je sais que j'ai une chance incroyable d'avoir votre amitié, et que c'est bien plus que ce que possèdent beaucoup de gens. Merci de me supporter, ajouta-t-elle avec des yeux rieurs.

— C'est un réel plaisir, Bonnie, et je pense que nous pourrions toutes dire la même chose. Nous avons tant de chances d'avoir de telles amies. Aux Demoiselles Surprenantes ! déclara Matilda en levant sa tasse de thé pour porter un toast.

Toutes suivirent son exemple, et elle ajouta :

— Et à notre avenir, quoi qu'il puisse nous réserver.

2 octobre 1814. Demeure de Holbrooke, Sussex.

Le mariage consista en une cérémonie intime tenue dans la chapelle privée de Holbrooke. Le frère d'Harriet la conduisit à l'hôtel, puisque la lettre informant ses parents de ses noces n'avait probablement même pas encore atteint leurs destinataires. Lady Saint-Clair assura à Harriet que sa mère avait espéré depuis toujours un mariage entre elle et Jasper, et qu'il n'y avait aucune raison d'attendre. Ce qu'ils n'osèrent pas faire, dans tous les cas. Harriet avait besoin de la protection du nom de Jasper, et il était bien trop impatient de la lui donner pour accepter la moindre attente.

Harriet en fut heureuse, et ressentit de la fierté à être escortée jusqu'à l'autel par son frère. Après son choc initial, Henry semblait très emballé que son meilleur ami épouse sa sœur, même si l'idée continuait de le stupéfier.

De nombreuses Demoiselles Surprenantes furent également présentes. Kitty s'était dépêchée de revenir, entraînant son mari avec elle, sourde aux protestations d'Harriet qui ne voulait pas interrompre leur lune de miel. Kitty, exubérante, faillit faire tomber Harriet à la renverse dans son élan de joie de la revoir, et dans des circonstances si heureuses. Prue et son mari, le duc de Lorny, arrivèrent avec la sœur de ce dernier, lady Héléna ; tous les trois enflammés par le succès du dernier livre de Prue, qui faisait fureur dans tout le pays. Nate, le frère de Matilda, et une Alice épanouie les accompagnait aussi. Les trois premiers mois de grossesse s'étaient passés sans encombre, Alice semblait être en pleine forme, elle avait les yeux qui pétillaient et un sourire en permanence dessiné sur les lèvres. On ne se demandait pas pourquoi : son mari prenait soin d'elle, et elle contemplait ce dernier avec adoration. Harriet avait été étonnée de ressentir une vague d'envie en voyant Alice passer une main protectrice sur le léger renflement de son ventre, et elle se demanda s'il était possible qu'elle soit enceinte aussi. Elle s'attendait à ressentir de la panique à cette idée, mais ne trouva rien d'autre qu'un sourire étirant ses lèvres. Comme il était merveilleux et extraordinaire d'y penser. Jasper serait si heureux ; et elle désirait le rendre heureux.

Harriet se tourna vers lui en essayant de prêter attention aux paroles de l'homme d'Église, mais fut profondément envoûtée par la vue de l'individu qui se tenait à ses côtés. Il était beau à couper le souffle, elle était tellement fière de lui, et pas simplement pour sa beauté. Elle passerait le reste de sa vie à se racheter pour le mal qu'elle avait pu lui causer au cours des dernières années. Elle le protégerait de tout ce qui pourrait le blesser ou l'embarrasser, car elle réalisait à présent que Jasper avait besoin de protection, même s'il n'en avait jamais fait la demande. Pas parce qu'il manquait d'intelligence — comment penser cela alors qu'il avait réussi à cacher ses difficultés au reste du monde pendant si longtemps ? Il n'avait pas non plus besoin de pitié, car il était clairement un artiste brillant, et Harriet était remplie d'admiration devant quelqu'un capable de créer une telle beauté alors qu'elle-même n'arrivait pas à dessiner une ligne droite. Non, il avait simplement besoin d'être protégé des choses qui le rendaient mal à l'aise, malheureux et qui le faisaient se sentir inférieur, car il était impératif que Jasper ne se sente plus jamais ainsi.

Peut-être ressentit-il le poids de son regard, car il se tourna vers elle, ses incroyables yeux turquoise se fixèrent dans les siens et la profondeur de l'émotion qu'elle y lut lui renversa le cœur. Il sourit et serra la main qu'il tenait, Harriet lui rendit cette pression avec une envie si forte de l'embrasser qu'elle faillit rater les mots suivants :

— Jasper Augustus Louis Cadogan, acceptez-vous de prendre cette femme pour épouse légitime, de vivre avec elle dans les liens sacrés du mariage ? Promettez-vous de l'aimer, de l'honorer, de la chérir dans la maladie et la bonne santé, dans la richesse et la pauvreté, d'abandonner toutes les autres et de ne vous attacher qu'à elle aussi longtemps que vous vivrez tous les deux ?

Harriet retint son souffle et Jasper lui sourit, un sourire qui fit s'envoler l'oxygène de ses poumons et remplit son cœur de tous les rêves qu'elle avait jamais osé avoir depuis qu'elle était petite fille.

— Je le veux.

— Où m'emmenez-vous donc ?

Harriet regarda son mari par-dessus son épaule et sourit.

— C'est une surprise, dit-elle.

Elle éclata de rire devant son expression ravie.

Ils avaient échappé à leurs invités à la demande insistante d'Harriet, même si Jasper n'avait pas eu besoin de beaucoup d'arguments pour accepter. Elle lui fit traverser les jardins. Les souliers de la jeune femme étaient de plus en plus humides dans l'herbe, la chaleur de la journée disparaissait avec le déclin du soleil. L'astre brillait, colorant le ciel de vives teintes de rose et d'orange, enflammant le lac qui reflétait ces couleurs flamboyantes.

Harriet admira le spectacle.

— Comme c'est beau, dit-elle en souriant tandis que Jasper glissait un bras autour de sa taille.

— Est-ce votre surprise ?

Elle rit en secouant la tête.

— Malheureusement, mes compétences ne vont pas jusqu'à pouvoir organiser un tel spectacle pour vous, mais si je le pouvais, je le ferais. Vous méritez une telle magnificence.

Jasper ricana et la rapprocha de lui.

— Arrêtez, dit-il en prenant son visage entre ses mains. Je vais devenir insupportable si vous continuez à dire des choses semblables. Je vais finir par regretter vos remarques cinglantes.

Le sourire d'Harriet s'évanouit et elle enfouit son visage dans le veston de Jasper en s'agrippant à lui.

— Ne dites pas cela, dit-elle d'une voix étouffée par le tissu. Je ne supporte pas de me rappeler toutes les choses stupides et haineuses que je vous ai dites.

— Ah, mon amour, répondit Jasper en embrassant le sommet de son crâne. C'est souvent moi qui vous y ai poussée, nous le savons tous les deux. Nous nous sommes tous les deux comportés comme des idiots. J'aurais dû vous faire suffisamment confiance pour croire que vous ne me jugeriez jamais comme je l'ai craint. Vous avez toujours su que je n'étais pas aussi intelligent que vous, et vous avez toujours pris le temps d'expliquer les choses sans me faire passer pour un idiot. Je vous ai sous-estimée à cause de ma propre fierté, et c'est ma faute, pas la vôtre.

— Mais vous êtes intelligent, Jasper, dit-elle en s'accrochant à son col.

La jeune femme avait envie de le secouer ; elle ne supportait pas qu'il pense le contraire. Elle poursuivit :

— C'est justement cela, qui m'énervait. J'ai toujours su que vous l'étiez, c'est pour cela que j'étais à ce point en colère contre vous. Je trouvais que vous gâchiez vos talents par fainéantise, et à présent… quand je vois la difficulté que cela a dû représenter…

Sa voix trembla. Jasper se pencha pour l'embrasser et l'empêcha de finir sa phrase grâce à ce baiser qui l'attendrit et déroba sa capacité de penser, ne parlons même pas de celle de communiquer.

Il finit par la relâcher et sourit en la regardant avec un air satisfait.

— Vos lunettes sont de travers, dit-il avec un sourire insolent.

— Je suis surprise qu'elles n'aient pas fondu, rétorqua Harriet en se redressant avec un petit reniflement digne. Il devrait y avoir une loi contre vous, Jasper Cadogan. Vous êtes un homme dangereux. Je ne peux plus réfléchir lorsque vous m'embrassez comme cela.

— Eh bien, il faut être juste. Un homme doit bien avoir quelques avantages, mon amour, dit-il en reprenant sa main. Bon, n'étiez-vous pas en train de m'emmener quelque part pour me faire des avances ?

— Était-ce ce que je faisais ? demanda Harriet en tâchant d'avoir un ton acide, ce qui était difficile lorsque sa bouche refusait de faire autre chose que d'afficher un sourire stupide.

— Je crois.

Harriet abandonna et rit en le tirant par la main.

— Suivez-moi, alors.

Elle l'entraîna un peu plus loin jusqu'à ce qu'il réalise où elle l'emmenait.

— Le pavillon d'été ?

— Bien sûr, le pavillon d'été, répondit-elle en rougissant légèrement. Nous y avons échangé notre premier baiser, donc j'ai pensé… elle sentit la rougeur s'accentuer sur ses joues, mais Jasper avait l'air si content qu'elle poursuivit. J'ai pensé que ce serait l'endroit parfait pour notre première nuit.

— Ce n'est pas vraiment notre première nuit, rétorqua Jasper en se souvenant sans aucun doute tout aussi bien qu'elle qu'ils ne s'étaient guère quittés durant l'interminable attente du jour de leur mariage.

Harriet poussa un petit soupir. Elle savait qu'il la taquinait.

— Notre première nuit en tant que mari et femme, expliqua-t-elle.

— Eh bien, cela me semble très romantique, mon amour, admit-il sur un ton quelque peu sceptique. Mais je pense que ma chambre se révélera plus confortable.

— Ah, c'est ce que vous croyez, rétorqua Harriet avec satisfaction en le conduisant jusqu'à la porte.

Jasper lui lança un regard surpris avant de poser la main sur la clinche et de pousser le battant. Elle entendit son exclamation de surprise et enroula ses bras autour d'elle-même, aux anges, alors qu'il contemplait son œuvre. C'était magnifique. De larges pans de soie rouge partaient du centre du plafond et descendaient le long des murs ; le sol était recouvert de tapis épais et d'immenses coussins dans des dizaines de couleurs chatoyantes. Il y avait des plateaux dorés remplis de raisin, de fraises et de fruits exotiques ; il y avait aussi de petites pâtisseries, chacune d'entre elles façonnée pour constituer une parfaite petite bouchée. Un feu ronflait dans la cheminée et les lampes brillaient et rendaient l'espace intime, chaud, et terriblement romantique.

— *Les Mille et une Nuits*, dit Jasper à voix basse.

— Cela a toujours été votre livre préféré, répondit Harriet en fermant la porte derrière elle. Elle lui saisit la main et il se tourna vers elle avec des yeux pétillants.

— Vous avez dû me le lire au moins une douzaine de fois, et vous ne vous êtes jamais plainte lorsque je vous le réclamais.

Harriet haussa les épaules.

— J'ai toujours adoré vous le lire, c'était le seul moment où je pouvais capturer entièrement votre attention, même si c'était l'histoire qui vous captivait et non pas moi.

— Cela fait très longtemps que c'est vous, Harry, dit-il doucement. Et cela ne changera jamais.

Le cœur d'Harriet fit une petite danse dans sa poitrine, elle frétillait de bonheur. Elle se jeta au cou de Jasper en amenant son visage vers elle pour l'embrasser.

— Je vous aime, dit-elle d'un ton étouffé lorsqu'elle le laissa finalement partir. Et j'ai un cadeau pour vous.

Elle rit, emballée par le plaisir qu'elle lisait dans ses yeux alors qu'elle allait chercher le paquet soigneusement enveloppé.

— En vérité, dit-elle sur un ton taquin. Si je dois être honnête, ce présent est pour moi, pas pour vous.

Jasper lui lança un regard curieux et saisit le paquet. Il tira sur le ruban qui l'entourait, laissa le papier tomber sur le sol, et secoua le vêtement plié à l'intérieur. L'étoffe était d'une étonnante couleur dorée, délicatement brodée et digne d'un roi.

Il regarda Harriet avec surprise.

— Un banyan ?

Harriet hocha la tête en rougissant.

— Quand… quand je vous lisais ces histoires, je…

Elle avait la bouche sèche et se sentait un peu idiote de révéler ses fantasmes, mais elle lui devait bien cela et voulait qu'il soit au courant, qu'il ait connaissance de tout ce dont elle avait rêvé.

— … J'avais l'habitude d'imaginer que vous étiez le prince Shahryar, et que moi —

— Vous étiez Shéhérazade, termina-t-il à sa place. Racontant ces histoires qui finissaient toutes de façon haletante avec l'espoir de vivre une nuit de plus.

Harriet hocha la tête. Elle sentit sa timidité s'évanouir en voyant ses yeux s'assombrir.

— J'imaginais que vous étiez le prince, dit-elle d'un ton étouffé. Habillé de soie, et adossé à des coussins colorés pendant que je vous contais mes histoires.

— Eh bien, dans ce cas, dit-il en caressant du doigt le lourd tissu de la robe de chambre indienne. Je ne voudrais pas vous décevoir.

Harriet sentit sa bouche devenir sèche alors qu'il se débarrassait de son manteau en le jetant négligemment sur le sol. Il s'arrêta un instant, ses lèvres eurent un léger sursaut en remarquant son expression captivée. Il fit un mouvement circulaire du doigt en déclarant :

— Retournez-vous, je vous prie. J'aimerais que la surprise soit totale.

Harriet soupira, elle ne désirait pas rater une seule seconde du spectacle captivant de son séduisant mari se déshabillant, mais elle obéit. Le bruissement de l'étoffe fut une torture qui lui donna envie de se retourner pour jeter un coup d'œil, mais elle se retint jusqu'à ce qu'elle l'entende finalement parler.

— Alors Shéhérazade, ai-je votre approbation ?

Harriet se retourna, et tout l'air quitta ses poumons en une seule seconde lorsqu'elle découvrit la scène. Jasper était étendu au milieu des coussins, et chaque centimètre de lui scintillait d'or à la lueur des flammes. Il ressemblait exactement au prince perse qu'elle avait imaginé, ou peut-être à un riche pacha attendant que l'une de ses femmes lui épluche un raisin, ou encore, à un dieu païen se prélassant dans l'attente des dévotions de ses partisans. Le banyan tombait nonchalamment de ses épaules et laissait apparaître un morceau de peau douce et une fine ligne de poils dorés qui disparaissaient de façon provocante sous la ceinture lâche qui entourait ses hanches.

— Oh, oui, murmura Harriet.

Elle se demandait comment Shéhérazade avait fait pour garder la tête froide pendant si longtemps si son prince avait eu la moindre ressemblance avec Jasper. La menace d'avoir la tête coupée devait sans doute aider à rester concentrée.

Harriet se rapprocha de lui et s'agenouilla à ses côtés. Elle ne pouvait rien faire d'autre que le contempler, trop hypnotisée par la beauté de son mari, ainsi vêtu de soie et de flammes, entouré du décor décadent de tapis aux couleurs vives et de coussins.

— Eh bien, n'avez-vous pas d'histoire ingénieuse à me raconter, mon amour ? la taquina-t-il, les yeux noirs de désir.

Harriet fit non de la tête.

— Non, souffla-t-elle. Pas une seule. Il va falloir que je trouve un autre moyen de vous faire plaisir, je suppose.

Les lèvres de Jasper tressaillirent, il mit une main derrière sa tête et désigna d'un geste ample le reste de son corps.

— Je suis à votre disposition, épouse.

Elle se pencha, fit glisser sa main contre la soie chaude et l'immobilisa sur son torse. Son corps était brûlant sous sa paume, elle en eut le souffle coupé.

— Vous avez toujours beaucoup plus chaud que moi, dit-elle.

Comme d'habitude, elle se montrait curieuse, mais elle était trop impatiente pour réfléchir à la question.

Elle fit descendre sa main sur son abdomen musclé jusqu'à ce que la ceinture du peignoir lui bloque le passage. Harriet tira prestement le lien et écarta l'étoffe luxueuse en dévoilant le corps de Jasper.

— Mien, murmura-t-elle en osant le regarder dans les yeux.

Il la regardait tout aussi intensément avec une expression sérieuse.

— Tout à vous.

Harriet poussa un petit soupir de plaisir, enleva ses lunettes et les déposa soigneusement sur le côté.

— Hmmm, Shéhérazade a enlevé ses lunettes. Dois-je m'inquiéter ?

— Parfaitement, répondit Harriet en se sentant plutôt indécente, et très contente d'elle-même alors qu'elle se penchait pour poser sa bouche sur sa verge.

Cette dernière tressaillit à son contact et Jasper poussa un gémissement, Harriet l'embrassa encore et encore au même endroit ; puis elle lui donna un coup de langue prudent. Cela lui valut un grognement, et Jasper leva les hanches dans sa direction, il en voulait davantage, donc elle recommença. Elle savait qu'il aimait cela et se délectait de ses gémissements, mais elle savait aussi qu'elle manquait cruellement d'expérience et voulait en apprendre plus : elle voulait devenir douée, pour lui.

— Apprenez-moi, dit-elle en le regardant.

Sa propre peau était brûlante de désir. Les pupilles dilatées de Jasper lui donnaient chaud, elle était douloureusement excitée et terriblement impatiente, mais elle voulait apprendre pour lui offrir autant de plaisir qu'il lui en avait donné.

— Je trouve que vous vous débrouillez à merveille, dit-il d'une voix essoufflée en enroulant ses doigts autour des mèches de la jeune femme.

Harriet secoua la tête.

— Expliquez-moi, je veux apprendre.

Elle le vit déglutir et retint sa respiration tandis qu'il cherchait les mots justes.

— Mettez-la dans votre bouche, dit-il.

Elle obéit, ferma les yeux, et fit descendre sa bouche le long de son sexe avant de revenir. Son sang ne fit qu'un tour en entendant le gémissement qu'il poussa, et avec un sentiment de triomphe, elle recommença, de plus en plus confiante à mesure que les grognements et les gémissements augmentaient, ainsi que les mouvements de hanches. Elle accéléra le geste en se sentant très fière d'elle, et ce fut un choc lorsque quelques secondes plus tard, il l'allongea sur le dos. Jasper jeta le peignoir sur le côté et remonta en tas les jupons de la robe de mariage d'Harriet avec des mouvements frénétiques, presque désespérés.

— Oh, Seigneur, Harry.

Il se plaça entre ses cuisses et Harriet frémit en sentant sa virilité la caresser, la peau veloutée de Jasper si brûlante et si parfaite qu'elle sentit une onde de plaisir la traverser.

— Laissez-moi entrer, la supplia-t-il.

Harriet se retrouva incapable de répondre tout de suite, hypnotisée par le même désir, par ce besoin de le sentir en elle.

— Oui, oui, dit-elle désespérément.

Elle souleva les hanches alors qu'il cherchait, trouvait et s'enfonçait en elle d'un seul mouvement brûlant.

Un cri de surprise s'échappa des lèvres d'Harriet et elle s'accrocha à ses épaules alors qu'il se mouvait au-dessus d'elle. Harriet se cambra lorsqu'il se retira, avant de plonger à nouveau en elle. Envahie de la joie pure qu'il lui procurait, elle rit.

— Vous aimez cela, Harry ? demanda-t-il en la contemplant avec les yeux illuminés de plaisir.

— Oui, j'aime tout de vous, dit-elle.

Elle haleta à nouveau lorsqu'il lui releva les hanches.

— Dites-moi, dit-il d'un ton urgent. Dites-moi combien vous aimez cela.

— J'adore cela, dit-elle après avoir lutté pour faire sortir la réponse de son cerveau embrumé de désir et de son corps qui fondait à son contact, à son plaisir. Et je vous aime.

— Dites-le encore, demanda-t-il en l'entourant de ses bras et en la serrant fort.

— Je vous aime.

Il s'empara de sa bouche, mais les mots existaient encore : ils étaient dans la caresse d'Harriet sur la peau de Jasper, sur la pression des lèvres qu'elle posait contre les siennes, et elle se jura de rendre cet amour évident pour lui à partir de maintenant, dans tout ce qu'elle dirait et ferait.

— Harry, dit-il.

Le prénom s'échappa de sa bouche tandis que son corps convulsait, en proie à l'orgasme qui le traversait et les emportait tous les deux, accrochés l'un à l'autre, enfin réunis, sans aucun malentendu idiot pour les séparer à nouveau.

Les chroniques des Sassanides, anciens rois de Perse, qui avaient étendu leur empire dans les Indes, dans les grandes et petites îles qui en dépendent, et bien loin au-delà du Gange, jusqu'à la Chine, rapportent qu'il y avait autrefois un roi de cette puissante maison, qui était le plus excellent prince de son temps…

Jasper s'adossa contre un amoncellement de coussins de soie. L'étoffe dorée du peignoir les recouvrait tous les deux ; Harriet était installée au creux de ses bras et lui lisait les contes des Mille et une Nuits. Il l'avait taquinée à ce sujet, lui demandant si elle s'attendait à s'ennuyer pendant sa nuit de noces, ce qui avait fait rougir Harriet ; en réalité, il était extrêmement touché qu'elle y ait pensé. Les souvenirs d'autres nuits, il y avait une éternité de cela, lui revinrent en mémoire… des souvenirs de lui, écoutant, fasciné, Harriet raconter d'une voix douce les histoires de Shéhérazade ; les instants où il croisait son regard et qu'elle bafouillait en plein milieu d'une phrase en rougissant, avant de se reprendre et de poursuivre. Il avait passé toute sa jeunesse en sachant qu'elle l'aimait, qu'elle l'adorait et ne lui trouvait aucun défaut. Elle s'était laissé traîner dans la boue, avait risqué la noyade, s'était fait kidnapper, secourir, et jamais, ce regard d'adoration n'avait faibli.

Lorsqu'à son retour de Russie, il avait découvert son univers si transformé, il s'était senti désemparé et confus et avait alors réalisé à quel point il avait pris son amour pour acquis. Ce n'était que lorsqu'il l'avait perdue qu'il avait compris cela. À présent, il savait. Ils savaient tous les deux. Ils savaient à quel point ils avaient été proches de perdre à jamais ce qui comptait le plus, et ils ne risqueraient pas à nouveau une telle folie.

Il était enveloppé par la voix d'Harriet qui lisait le premier des contes de Shéhérazade, et resserra ses bras autour d'elle, la pressant contre lui. Elle s'interrompit, tourna la tête et le regarda en souriant.

— Je ne serai plus capable de respirer et encore moins de lire si vous me serrez plus fort, murmura-t-elle.

Mais il était évident qu'elle ne s'en plaignait pas.

Jasper la contempla, il était sous le charme de l'image qu'elle renvoyait : ses cheveux en désordre cascadaient autour de son visage, son corps nu à peine recouvert par le tissu doré de son cadeau, les lunettes perchées sur le bout de son joli petit nez, et, comme toujours, un livre dans la main. Il pencha la tête et lui vola un baiser.

— Êtes-vous heureuse ?

Harriet s'esclaffa avec une expression incrédule sur le visage.

— Vous savez que je le suis. Si j'étais plus heureuse que cela, je pense que j'éclaterais.

— Bien, dit-il en se rasseyant entre les coussins. Je souhaite à tous nos amis de vivre le même bonheur.

— Vous êtes si romantique, dit-elle en se tournant dans le creux de ses bras pour le regarder.

Il haussa les épaules, mais ne nia pas la remarque.

— J'aimerais que Jérôme tombe amoureux d'un bon parti, ajouta-t-il avec un soupir. Il me désespère.

— Oh, il lui reste du temps, non ?

Jasper fronça les sourcils, troublé.

— Je ne sais pas. J'ai peur qu'il se soit fourré dans les ennuis.

Harriet se redressa, et jeta sur lui un regard anxieux.

— Vous parlez de Bonnie, dit-elle.

Jasper entendit qu'elle était bouleversée.

— … Jasper, je ne souffrirai d'aucune critique à son égard. C'est une charmante jeune femme, elle est mon amie, et si votre frère a profité d'elle —

Jasper plaqua un doigt contre ses lèvres.

— Alors il en assumera les conséquences, dit-il avec fermeté. Mais je ne peux pas prétendre être favorable à cette union.

— Pourquoi ?

Le ton provocateur qu'elle employa fit sourire Jasper. Il savait qu'Harriet avait toujours eu du mal à se faire des amis. Elle était trop timide, elle manquait d'assurance en public, mais elle avait noué des liens avec les membres l'étrange groupe de jeunes femmes qui composaient les Demoiselles Surprenantes. Il en était heureux, et sa loyauté ne le surprenait pas. C'est donc avec prudence qu'il répondit.

— Bonnie semble être une jeune femme charmante, et je vois que Jérôme est très attaché à elle, mais je crains qu'il ne la voie que comme une amie, et pas comme… une demoiselle qu'il souhaite épouser. Jérôme a toujours ressenti le besoin de secourir les jeunes femmes en détresse. Il veut quelqu'un à protéger et à choyer, quelqu'un qui ait besoin de lui, et Bonnie —

— Bonnie n'a peur de rien, et affronterait le monde tête baissée, prête à en découdre.

Jasper émit un petit rire en hochant la tête.

— Précisément.

— Pensez-vous vraiment que c'est sans espoir, Jasper ? demanda Harriet.

Il sentit son cœur chuter en réalisant que ses craintes étaient fondées.

— Pourquoi ? demanda-t-il même s'il connaissait la réponse à la question.

— Parce que, j'ai bien peur que Bonnie ne soit tombée éperdument amoureuse de votre frère, et je ne supporterais pas de la voir blessée.

Jasper soupira. Il aurait aimé ne pas l'avoir pressenti, et il aurait aimé réussir à faire en sorte que son idiot de frère se tienne à l'écart des ennuis.

— Elle est fiancée à l'héritier de Morven, dit-il en haussant les épaules. Même si Jérôme lui déclarait sa flamme, ce dont je doute au plus haut point, elle est déjà promise à quelqu'un.

Harriet secoua la tête.

— Vous feriez mieux de ne pas répéter cela devant Bonnie. J'imagine que votre mère ne serait pas très heureuse non plus ?

— En effet, admit-il. Mais nous pouvons espérer que la journée d'aujourd'hui l'ait rendue suffisamment heureuse pour apaiser les éventuelles déceptions que Jérôme pourrait lui causer.

Jasper déposa un baiser sur le front d'Harriet qui lui sourit.

— Elle a des espoirs concernant lady Héléna, je crois ?

Jasper hocha la tête.

— Oui, je pense, mais Jérôme ne l'a même pas remarquée. Mais lady Héléna non plus n'a pas semblé prêter la moindre attention à Jérôme.

— Eh bien, nous ferons ce que nous pourrons, déclara Harriet pensivement.

— Harry ? demanda Jasper qui se sentait tout à coup anxieux. Que voulez-vous dire par là ?

— Oh, rien. Seulement… comme vous l'avez dit, tous nos amis méritent d'être aussi heureux que nous le sommes, et nos frères aussi, et s'il y a quoi que ce soit que nous puissions faire…

— Oh, non, rétorqua Jasper en secouant la tête. On ne se mêle pas de cela. Je l'interdis.

— *Pardon* ? répliqua Harriet en écarquillant les yeux derrière ses lunettes.

Jasper hésita et retenta sa chance :

— Je crois que ce que je voulais dire, c'est : nous ferons ce que nous pourrons.

Harriet ricana et Jasper lui chatouilla les côtes jusqu'à ce qu'elle couine.

— Tyran, va, murmura-t-il à son oreille avant de la mordiller.

— Qui, moi ? répondit Harriet avec un air parfaitement innocent. Je suis Shéhérazade. C'est vous, qui menacez de me couper la tête.

Jasper s'esclaffa, et installa Harriet plus confortablement entre ses bras.

— Eh bien, dans ce cas, chère épouse, vous feriez mieux de continuer votre histoire, et de vous assurer qu'elle ait une fin heureuse.

Harriet leva les yeux vers lui et déposa un baiser sur sa joue.

— Toujours, Jasper. Je vous le promets.

En chaque jeune fille timide et isolée bat le cœur d'une lionne, d'une femme passionnée prête à tout pour atteindre ses rêves, à condition de trouver en elle le courage de se lancer, Lorsque ces filles auxquelles personne ne prête attention décident de conclure un pacte qui changera leur vie, tout devient possible...

Douze filles —Douze défis à accomplir. Qui aura l'audace de tout risquer ?

Le prochain tome de la série :

Danser avec le Diable
Les Audacieuses, Livre 6

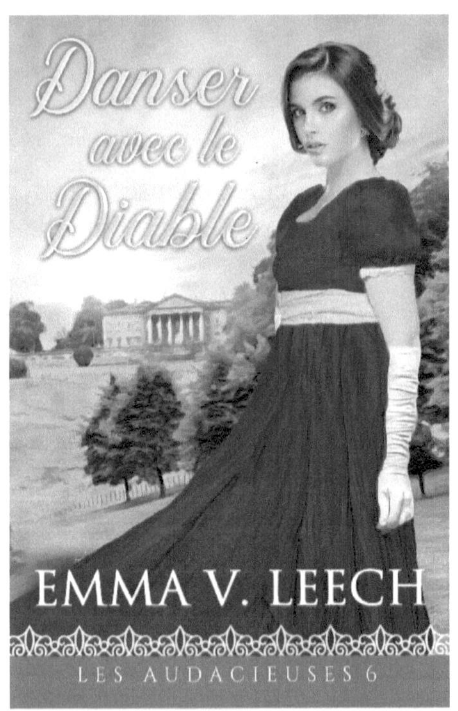

Une jeune femme qui tente d'échapper à sa destinée.

Le délai de Bonnie est presque écoulé. Dans l'absence de demande en mariage, son tuteur, le comte de Morven, l'oblige à épouser son cousin, Gordon Anderson. L'enjouée Bonnie n'aura d'autre choix que de se soumettre et d'accepter de passer le reste de sa vie dans les terres sauvages des Highlands d'Écosse, loin de ses amis et de la moindre chance de s'amuser. Mais elle profite de ses dernières semaines de liberté pour vivre comme s'il s'agissait de ses derniers jours sur terre et trouve le courage de montrer à l'homme qu'elle aime ce qu'elle ressent.

Un jeune homme bien décidé à prouver que son grand frère a tort.

Jérôme Cadogan, le petit frère du comte de Saint-Clair, est une canaille au bon cœur. Ses cheveux blonds et ses yeux bleus ne sont pas le moins du monde gâchés par son nez cassé, par sa réputation d'aimant à problèmes, ni par sa tendance à tomber amoureux de femmes inappropriées. Ébranlé par un sermon cinglant de son grand frère le comte, il risque de se voir retirer la rente qui lui est allouée s'il ne se reprend pas. Déterminé à prouver qu'il peut être tout aussi mature et raisonnable que son frère, Jérôme jure de rester à l'écart de la boisson, de la fête et des ennuis.

Un scandale qui ne demande qu'à éclater.

Malheureusement, sa très chère amie Bonnie a d'autres idées en tête. Naviguant d'une bêtise à l'autre en sa compagnie, Jérôme a envie de s'arracher les cheveux et sait bien qu'il faut mettre fin à cette amitié avant que son frère ne l'étripe. Lorsqu'un gigantesque écossais vient réclamer Bonnie, Jérôme aurait dû pousser un soupir de soulagement… mais il s'avère que son cœur a fait une chose impardonnable : tomber amoureux de la femme la plus inappropriée de toutes.

Continuez la lecture pour avoir un aperçu !

Chapitre 1

J'ai l'impression de courir à toute vitesse vers le bord d'une falaise, et même si je sais que la chute sera terrible, je ne peux pas m'en empêcher. Je ne pense pas être une idiote, mais c'est sûrement de la folie. La seule alternative serait de baisser les bras et d'obéir : épouser un homme que je n'aime pas, et vivre dans un endroit où je n'ai aucun désir de me trouver.

Je choisis de sauter.

— Extrait du journal de miss Bonnie Campbell.

10 septembre 1814, Demeure de Holbrooke, Sussex.

Bonnie contempla l'écran rouge de ses paupières closes sous le soleil qui réchauffait son visage. Elle était tiraillée par le sommeil, engourdie par cet après-midi à paresser, et par le délicieux pique-nique qu'elle avait mangé en compagnie de ses amis. Il serait aisé de se laisser aller, d'oublier toutes les récentes inquiétudes qui encombraient son esprit tels les spectateurs du malheur d'autrui se regroupant pour bavarder, médire et remercier le ciel de ne pas être à la place de l'homme s'étant fait renverser par la malle-poste, ou à la place de celui tombé face contre terre.

Bonnie avait l'habitude d'être au centre de l'attention, de recevoir les regards désapprobateurs, les commentaires et les murmures désobligeants. C'était de la jalousie, se disait-elle, ils étaient simplement jaloux qu'elle ait le courage de faire ce qu'ils n'osaient pas faire par manque de bravoure. Pourquoi aurait-elle dû s'émouvoir qu'ils la trouvent dévergondée ?

Elle ouvrit les yeux, éblouie par le soleil du milieu de journée et cligna des paupières devant le ciel bleu azur, aussi bleu que les yeux de Jérôme Cadogan. Seigneur, quel cliché elle faisait : une petite idiote sans nom qui tombe amoureuse d'un homme terriblement séduisant complètement inaccessible. C'était un charmeur au sourire coquin et aux yeux bleus pétillants. Il n'avait pas plus l'intention de mettre une bague autour de son doigt qu'il n'en avait de devenir le prochain archevêque de Canterbury. Elle était peut-être la pupille du comte de Morven, mais elle ne descendait pas d'une famille illustre. Respectable, certes, mais Jérôme Cadogan, le frère du comte de Saint-Clair, pouvait faire beaucoup mieux que cela.

Son seul espoir avait été de le faire tomber follement amoureux d'elle, tout comme elle était tombée follement amoureuse de lui. Bonnie laissa échapper un petit reniflement amusé en réalisant le succès de son entreprise. Jérôme l'aimait, tout comme il aimait le reste de sa bande d'amis hétéroclite. Il la trouvait *de très bonne compagnie* et *gaie comme un pinson* ; il la traitait de la même façon que ses amis turbulents et non pas comme une gentille jeune fille de bonne famille. Non pas que Bonnie fût délicate et de bonne famille. Il n'y avait rien de délicat chez elle. Sa silhouette était voluptueuse, presque potelée, et il était impossible de la choquer. Elle avait tendance à dire la première chose qui lui passait par la tête, en général suffisamment fort pour être entendue à plusieurs rues de là.

Non, elle connaissait le type de femmes qui faisaient craquer Jérôme, et elle n'en faisait pas partie. Pas même un peu. Il avait la réputation de tomber amoureux à tout bout de champ, et toujours de femmes qui étaient loin d'être respectables, au grand dam de son frère. En dehors de leur réputation discutable, ces femmes avaient d'autres choses en commun : elles étaient blondes, très jolies, avaient les yeux bleus et un grand besoin d'être secourues. Bonnie était peut-être l'incarnation de la non-respectabilité, mais la comparaison s'arrêtait là. Elle avait les cheveux sombres, des yeux vaguement verts, une silhouette robuste et était tout à fait capable d'assommer un homme d'un coup de poing bien placé sur le nez si le besoin s'en faisait sentir. Elle soupira. Elle avait conscience de sa propre stupidité, et, pire encore, elle savait que ses amis étaient au courant du béguin qu'elle avait pour Jérôme, et avaient pitié d'elle.

Elles avaient fait de leur mieux pour la mettre en garde, elles l'avaient prévenue que Jérôme ne la voyait pas de cette façon-là et qu'il ne la verrait jamais ainsi. Ce n'était pas qu'elle ne les croyait pas : elle savait que ses amies avaient raison. Même Jérôme, bénit soit-il, l'avait prévenue qu'il n'était pas du genre à se marier quand il l'avait surprise à le regarder avec une lueur plus qu'affectueuse dans le regard et avait fini par comprendre.

Il s'était montré gentil, avait insisté sur la valeur de leur amitié, dit que c'était lui qui y perdait, qu'il ferait le plus épouvantable des maris si jamais il était obligé de prendre femme. Il avait fait mine de se pendre avec une corde imaginaire et Bonnie avait ri de ses pitreries mêmes si elle avait senti son cœur se briser. Ah, mieux valait avoir aimé et perdu que… pfff. Quel tissu d'âneries. Si elle pouvait cesser d'aimer Jérôme Cadogan aussi facilement qu'elle en était tombée amoureuse, elle le ferait en une fraction de seconde, mais c'était pour lui que son cœur battait, et elle ne savait pas comment faire pour s'en empêcher.

Pourquoi n'avait-elle pas pu faire plaisir à tout le monde en tombant amoureuse de ce fichu Gordon Anderson ? Cette idée la fit frissonner. Ce type lugubre au mauvais caractère et son château lugubre et inhospitalier, Wildsyde, n'avaient, de l'avis de Bonnie, rien pour eux. Gordon serait incapable de reconnaitre le plaisir et l'amusement même s'ils lui tombaient sur la tête avec une pancarte indiquant PLAISIR ET AMUSEMENT en majuscules. Eh bien, plutôt mourir que d'épouser un homme qui la trouve frivole parce qu'elle aime rire, danser et profiter de la vie, et peu importe les projets qu'Anderson avait pour sa dot, ainsi que la promesse faite par Morven à son père juste avant son décès. C'était sa promesse, pas celle de Bonnie. Elle ne les laisserait pas l'enfermer dans un château affreux dans les Highlands, loin de ses amis et de toute occupation autre que celle de fournir à son mari le plus de marmots possibles jusqu'à ce que l'activité ne l'achève, comme cela avait été le cas pour sa mère. Non merci.

Mais le problème, c'était qu'elle ne pouvait pas l'éviter indéfiniment. Son délai initial avait déjà été dépassé. Bientôt, Anderson viendrait la chercher, elle le savait, et comme elle vivait grâce à l'argent de Morven, elle ne pourrait pas échapper à son destin, pas vraiment. En revanche, elle pouvait, et s'appliquerait à retarder l'échéance le plus possible. Peut-être qu'en se comportant mal, Anderson refuserait-il de l'épouser ? De toute façon, il n'était intéressé que par sa dot, et si la marchandise que représentait Bonnie avait déjà été déballée…

Cela suffirait peut-être à mettre un terme à son envie de la prendre pour femme ?

L'idée persista bien qu'elle eût conscience du danger. Mais cela signifiait également qu'elle pourrait avoir ce qu'elle voulait, du moins pendant un court instant. Elle pourrait se donner à l'homme qu'elle aimait, et expliquer la situation avec honnêteté à Anderson. Soit cela bouleverserait son destin, soit cela ne changerait rien. Peut-être que Morven la déshériterait, mais elle en doutait. Il l'enverrait sans doute quelque part où elle ne pourrait plus lui causer d'embarras, mais cela valait probablement toujours mieux que de moisir dans un château perdu au milieu de nulle part.

Eh bien, ce serait probablement cause perdue de toute façon, pensa-t-elle sombrement. Jérôme ne la voyait tout simplement pas sous cet angle, il refuserait sûrement de la déflorer, même si elle s'offrait à lui sur un plateau ; mais cela valait le coup d'essayer.

Bonnie contempla le lac devant elle tout en réfléchissant à cette idée. Son regard tomba sur Saint clair et Harriet. Ils avaient finalement réglé les problèmes entre eux, et étaient visiblement très amoureux l'un de l'autre. Quelle chanceuse, se dit-elle en soupirant.

Matilda, qui était assise à ses côtés, lui jeta un coup d'œil en entendant cela.

— Ils ont de la chance, déclara Bonnie avec un soupir rêveur.

Matilda acquiesça.

— C'est vrai.

— Nous ne sommes pas toutes aussi chanceuses, n'est-ce pas ?

— Non, répondit Matilda.

Bonnie entendit et reconnut la nuance triste dans sa réponse. Matilda ajouta :

— Mais vous êtes jeune et jolie, Bonnie. Il vous reste du temps.

Bonnie secoua la tête.

— Non, répondit-elle — elle aurait aimé que sa voix ne tremble pas, il ne servait à rien de se morfondre. Non, je vous l'ai dit, je suis déjà en sursis.

Matilda se pencha pour saisir sa main, et Bonnie la pressa en retour. Elle était reconnaissante du soutien inébranlable et de la compréhension que son amie lui offrait. Matilda comprenait sa situation parce que son temps aussi arrivait à échéance.

— Vous ne serez pas seule, Bonnie. Vous ne serez ni abandonnée ni oubliée. Quoi qu'il arrive. Nous ne laisserons pas faire cela. Vos amies seront toujours là pour vous. Je viendrai en Écosse et je resterais avec vous, je le promets. Peu importe à quel point ils essayent de vous enterrer dans les contrées sauvages.

Bonnie, de plus en plus émue, émit un son étranglé, puis rit, imitée par Matilda qui essayait de ne pas pleurer.

— Ciel, nous voilà bien sentimentales, déclara Matilda en secouant la tête. Cela ne va pas du tout.

Bonnie hocha la tête. Elle ne l'aurait pas mieux dit. La mort durait longtemps, et les vivants pouvaient passer l'arme à gauche en un clin d'œil. Elle le savait bien.

— Pour sûr, il n'y a pas assez de temps pour les pleurs et les gémissements, dit Bonnie en se levant d'un bond. Je ne compte pas gaspiller une minute du temps qu'il me reste.

Elle prit une profonde inspiration, saisit sa coupe, et prit la direction du lac.

Jérôme soupira, satisfait, et s'étira au soleil comme un chat paresseux. Il se considérait comme étant un homme simple aux goûts simples et il ne fallait pas grand-chose pour le contenter. Une journée ensoleillée en bonne compagnie, un bon repas et il n'aurait pas échangé sa place avec un duc ou un roi. Il n'enviait certainement pas à son frère les responsabilités du comté. Non, non, la vie d'un fils cadet était largement préférable. Pas de livres de comptes ni de gens venant se plaindre de ci et de ça, d'un toit qui fuit et du prix de l'orge, pas d'attente particulière quant à son mariage ni d'obligation à engendrer un descendant et un remplaçant. En tout cas, il semblait que Jasper avait tout ceci bien en main, le petit malin. Harriet Stanhope, qui l'eût cru ?

Comment avait-il fait pour ne pas s'en rendre compte plus tôt, il se le demandait, car à présent c'était aussi évident que le sourire de benêt sur le visage de son frère. Ces deux-là s'adoraient. Cela faisait des années qu'ils se chamaillaient, et tout ce temps… eh bien, cela montrait simplement qu'il était impossible de savoir ce qu'il se passait dans la tête des autres. Ce qui était probablement préférable, dit-il en refrénant un sourire à la pensée d'une nouvelle jeune fille avenante qui servait des boissons au *Swan*. Elle était blonde et jolie, fine comme un roseau mais avec des courbes là où il fallait, et son sourire engageant était presque une invitation à batifoler avec elle.

Il venait de s'installer pour pouvoir tranquillement rêver aux moyens d'obtenir cette invitaient à batifoler, lorsqu'une giclée d'eau glacée le frappa brutalement en plein visage. Il se redressa avec un glapissement. Il resta assis quelques secondes, dégoulinant, trop choqué pour réagir. Puis il la vit.

— Vous allez voir, espèce de petite morveuse ! s'écria-t-il lorsque son regard outré se posa sur la coupable.

Qui d'autre ?

— Je vais vous jeter dans le lac, Bonnie Campbell ! la prévint-il en se levant.

Bonnie releva ses jupons pour s'enfuir et poussa un cri. Jérôme poussa un juron et se lança à sa poursuite.

— Il faudra d'abord m'attraper, demeuré ! le taquina-t-elle avant de s'enfuir vers les arbres.

Malgré son exaspération, Jérôme éclata de rire et la poursuivit en direction de la forêt. Bonnie couina lorsqu'il s'élança vers elle et l'évita de justesse, avant de se remettre à courir. Elle était plus rapide qu'elle n'en avait l'air, ses joues étaient rouges et ses yeux brillaient de malice.

— Misérable ! cria-t-il.

Au même moment, il se prit les pieds dans une racine et tomba lourdement sur les genoux.

— Maudite branche, marmonna-t-il.

Il se releva et s'aperçut que Bonnie avait disparu. Mais il parvenait encore à l'entendre, il reprit donc sa course en suivant les bruits de feuilles écrasées et de brindilles brisées. Après ce qui lui parut être une éternité, il s'arrêta, haletant, et s'appuya contre un arbre. Seigneur, son style de vie commençait à avoir un impact négatif sur son endurance. Il ferait sûrement mieux de faire plus d'efforts, avant de devenir gros comme son ami Cholly, qui était de plus en plus massif. Il s'obligea à avancer et sortit de la lisière des arbres à l'endroit où la forêt débouchait sur le lac.

Il y avait une petite crique ici, elle était à l'abri des regards et isolée, ce qui valait mieux au vu du tableau qu'il avait sous les yeux et qui le laissa figé de stupeur.

— Bonnie Campbell, vous me ferez mourir, murmura-t-il.

Il était incapable de détacher le regard de la jeune femme qui se tenait devant lui et ne portait rien d'autre que sa chemise longue. Elle se retourna pour lui sourire, debout sur une large pierre qui s'avançait dans l'eau.

— Bonnie, non ! cria-t-il, mais c'était trop tard.

Avec une grâce remarquable pour Bonnie, qui avait pourtant pour habitude de ne pas faire dans la délicatesse, elle plongea dans le lac.

Jérôme courut au bord de l'eau, et constata, le cœur serré, la profondeur des eaux sombres qui se trouvaient en dessous de lui. Le lac était si profond en cet endroit que ni lui ni Jasper n'avait jamais nagé jusqu'au fond. Il n'y avait pas une seule ride à la surface de l'eau, et le jeune homme commença à paniquer. Non. Oh, non, non, non.

Il se déshabilla sans quitter l'eau des yeux et plongea. Il nagea de plus en plus profondément jusqu'à ce que ses poumons crient grâce et qu'il soit obligé de refaire surface en toussant et en hoquetant. Il était sur le point de reprendre une inspiration avant de plonger une fois de plus, et faillit crier en sentant une main sur ses épaules. Bonnie lui enfonça la tête sous l'eau.

Cela ne dura qu'une seconde, mais lorsqu'il refit surface, la jeune femme hurlait de rire et il dut combattre l'envie de l'étrangler.

— Que la peste vous emporte, cria-t-il en essuyant l'eau de ses yeux. Ce n'est pas drôle, espèce de diablesse. J'ai cru que vous vous étiez noyée, maudite créature.

— Dans cette petite flaque ? demanda-t-elle en faisant la grimace, visiblement peu impressionnée. Je ne crois pas. Je nage dans des lochs bien plus froids et plus profonds que ce lac depuis ma plus tendre enfance. J'ai l'impression d'être dans un bain.

— Peut-être vais-je vous noyer moi-même, dans ce cas, murmura-t-il.

Il s'élança dans sa direction, Bonnie poussa un cri et tenta de lui échapper, mais elle ne fut pas assez rapide cette fois et il la saisit par la taille.

— Lâchez-moi, protesta-t-elle en se tortillant.

Mais Jérôme était trop furieux pour obéir. Bonnie avait comparé l'eau du lac à celle d'un bain, mais en réalité elle était glacée. Dans des circonstances normales, cela aurait suffi à refroidir l'ardeur de n'importe quel homme. Cependant, avoir entre les mains la chair généreuse d'une femme à peine vêtue était suffisant pour que le corps de Jérôme réagisse et prenne note de la situation.

Soyez sage, se dit-il d'un ton sévère. Bonnie était hors limite. Il le savait. Et même si cela n'avait pas été le cas, son frère lui avait répété tant de fois qu'il lui aurait été impossible d'ignorer ce fait. Jasper l'avait prévenu après sa dernière petite *indiscrétion* ; il ne le sortirait plus d'affaires. Il devait l'admettre, cette aventure *avait* coûté un joli pactole et Jérôme n'en était pas fier. Depuis, il essayait de se comporter convenablement. De plus, Bonnie n'était pas du tout son genre, sauf qu'elle gigotait entre ses bras et que le tissu fin de sa chemise constituait une bien piètre barrière entre sa silhouette presque nue et le corps de Jérôme et son membre ne semblait pas enclin à faire de différence.

Même si l'eau était fichtrement froide, ses seins étaient chauds et voluptueux ; ils étaient pressés contre son torse, les mamelons érigés, durs, formaient des points de pression contre sa peau qui firent bouillir son sang en dépit du lac gelé. Elle haleta de surprise lorsque son érection se pressa contre son ventre doux. Jérôme retint son souffle, dans l'attente du cri d'horreur et de la gifle. Sauf qu'il s'agissait de Bonnie, l'impétueuse, la diablesse Bonnie, et il aurait dû s'y attendre. Elle enroula ses jambes autour de sa taille, et une vague de plaisir le traversa lorsque son pénis se retrouva niché entre ses cuisses, et que la bouche de Bonnie rejoignit la sienne. Le plaisir était si intense et si inattendu qu'il en oublia de nager, et ils coulèrent à nouveau.

Ils refirent surface l'instant d'après dans une gerbe d'éclaboussures en toussant et en riant. Jérôme mit la tête en arrière et rugit. C'était de la folie. Bonnie posa sur lui un regard enchanté. Il vit le diable dans son regard, le reconnut : il appelait le diable en lui, un terrible chant de sirène qui les attirerait tous les deux en eaux profondes, et les fracasserait contre les rochers s'ils ne faisaient pas preuve de prudence. C'était la raison pour laquelle ils devaient rester loin, très loin l'un de l'autre, et pour laquelle il lui était si difficile de maintenir la jeune femme à distance. Ils se ressemblaient comme deux gouttes d'eau diaboliques, prêtes à s'entrainer l'une l'autre en enfer.

Jérôme se détourna d'elle à regret et nagea jusqu'au rivage, il trébucha sur les rochers et s'assit lourdement dans l'herbe. Il était hors d'haleine et voulait désespérément que son corps cesse d'être émoustillé. Il leva les yeux en direction de Bonnie qui sortait de l'eau et comprit que cela ne risquait pas d'arriver. Ses longs cheveux bruns lui collaient à la peau, et gouttaient en boucles épaisses sur ses épaules, encadrant sa poitrine généreuse qui donnait l'eau à la bouche. Jérôme n'était pas de ceux qui en voulaient beaucoup : avoir la paume de main remplie était, de son avis, bien suffisant pour n'importe quel homme ; mais en regardant les courbes voluptueuses de Bonnie, il se demandait s'il n'avait pas été un peu hâtif dans son jugement. Son souffle s'emballa : la chemise de la jeune femme était quasiment transparente, le tissu était plaqué contre sa peau et ne laissait rien à l'imagination. On voyait nettement ses tétons, tout comme le triangle de boucle sombre sur lequel son regard se posa.

Il avait chaud, il sentait son corps vibrer, d'autant plus avide qu'il savait qu'elle ne refuserait pas ses avances, elle l'avait très clairement fait comprendre. Mais c'était une jeune femme innocente et non pas une fille aux mœurs légères ni une courtisane. Il existait des règles. Si un homme n'avait pas l'intention de faire une demande, il ne batifolait pas avec les vierges.

Mais lorsque Bonnie s'agenouilla à ses côtés, ses yeux vert pâle plus sombres qu'il ne les avait jamais vus, il lui fut presque impossible de se souvenir de cette règle. Elle déposa de nouveau un baiser sur ses lèvres et il grogna avant de la pousser dans l'herbe, en empoignant ses formes. Elle se cambra sous ses caresses et poussa un soupir de plaisir lorsqu'il pressa son sein et posa la bouche sur le mamelon pour le sucer.

Oh, Seigneur, il était perdu.

Il lécha, taquina et l'effleura des dents. Le désir le rendait fou, il faisait bouillir son sang et exigeait d'être assouvit. Il leva les yeux. L'espace d'un instant, il fut prisonnier de son regard, de l'émotion qui s'y trouvait, de l'amour. Il sentit son cœur se serrer dans sa poitrine quelques secondes, puis le sentiment de panique l'emporta et il s'éloigna d'elle. Il se leva et s'éloigna à grandes enjambées, son cœur tambourinait de façon erratique dans sa poitrine.

— Jerry.

La déception était audible. Elle devrait s'y habituer, se dit-il. Elle serait toujours déçue par lui si elle le regardait comme s'il était responsable des étoiles et de la lune.

Il lui répondit avec douceur, toute la douceur dont il était capable alors que le désir et la frustration bouillonnaient en lui comme dans un chaudron, une potion magique que Bonnie semblait agiter dans son sang et qui essayait à tout prix de le contrôler.

— Non. Nous ne pouvons pas, Bonnie. Non.

— Nous pourrions, insista-t-elle.

Il eut envie de la maudire pour le tenter ainsi.

— … Je ne vous…

— Non !

Il cria presque ce refus. Il avait les poings serrés, il essayait de se retenir de se jeter sur elle pour prendre ce qu'elle lui offrait.

— Non, répéta-t-elle.

Il détesta ce petit « non », qui résonnait comme un aveu de défaite, comme si elle avait su que ce serait sa réponse.

Bien sûr qu'elle le savait, s'énerva-t-il. Il le lui avait dit, bon sang. Il lui avait dit qu'il n'y avait aucun avenir à espérer à ses côtés. Il n'avait pas l'intention de se marier, ou du moins pas avant très, très longtemps. Pourquoi diable se rendre prisonnier d'un mariage, d'une femme et d'enfants alors que sa vie était si agréable ? Il devait simplement éviter de s'attirer des ennuis, ainsi Jasper ne l'embêterait pas pour qu'il se range pendant encore au moins plusieurs bonnes années.

Il se sécha du mieux qu'il put, se débarrassa de ses sous-vêtements mouillés. Il lui faudrait les récupérer plus tard, avant qu'un promeneur scandalisé, ou pire, sa mère, ne les trouve, Dieu l'en préserve. Bonnie s'était rhabillée pendant ce temps-là, et elle était prête lorsqu'il se retourna. Il croisa son regard et soupira en lui souriant. Cela serait plus facile s'il ne l'appréciait pas autant. Il l'aimait, mais pas comme elle l'aurait voulu. Il s'était montré beaucoup trop naïf dans sa jeunesse, offrant son cœur sur un plateau à tout bout de champ et se couvrant de ridicule. Plus jamais. Il l'avait juré à son frère et à lui-même, plus jamais, et il comptait bien s'y tenir.

— Nous sommes amis, Bonnie, dit-il d'une voix douce. Ne gâchez pas tout.

Elle hocha la tête et lui lança un sourire qui n'était pas sincère : ses yeux demeurèrent tristes et Jérôme ressentit une douleur lui serrer de nouveau la poitrine.

— Venez, espèce de petite fautrice de trouble, dit-il en lui tendant la main. Nous ferions mieux de trouver un moyen de vous faire entrer discrètement dans la maison, *encore,* ajouta-t-il en claquant la langue d'un air désapprobateur. Vous ressemblez à un chaton à demi noyé.

— Vous savez parler aux femmes, Jérôme, dit-elle en posant la main sur le cœur et en faisant mine de s'évanouir. Arrêtez de dire des choses si romantiques, je vais me pâmer.

Il ricana et mit la main de Bonnie autour de son bras.

— Si vous tombez dans les pommes, je vous abandonne ici et vous rentrerez toute seule. Je suis affamé et je n'ai pas l'énergie de porter votre corps sans vie jusqu'à la maison, c'est certain.

Cette fois, Bonnie porta le dos de sa main à son front.

— Oh mon dieu, dit-elle.

Ses genoux fléchirent et elle tomba élégamment sur le sol. Une seconde plus tard, elle écarta légèrement les doigts pour observer Jérôme, et sourit. Il rit en secouant la tête, et attrapa ses mains.

— Andouille.

Il avait dit cela d'un ton bien trop affectueux, mais il ne pouvait pas s'en empêcher.

— Je sais, soupira-t-elle.

Elle se releva avec beaucoup moins d'élégance que lors de sa chute. Soulagé qu'elle ait retrouvé son sens de l'humour, Jérôme remit la main de Bonnie autour de son bras, et la raccompagna jusqu'à la maison.

<h1 style="text-align:center">Chapitre 2</h1>

Ma chère Alice,

Je suis navrée que vous ne puissiez pas vous amuser avec nous. Nous avons toutes tellement de chance d'avoir reçu la proposition de rester pour assister au mariage d'Harriet et de Jasper. On aurait pu croire que lady Saint-Clair en avait assez de notre présence — de la mienne, en tout cas — mais elle fait toujours preuve de tant de grâce, et j'aimerais tant posséder une once de son élégance. Je suis sûre qu'elle me voit comme une fille mal élevée et bruyante, et qu'elle sera heureuse de ne plus avoir à me supporter.

—Extrait d'une lettre de miss Bonnie Campbell à Mrs Alice Hunt.

18 septembre 1814, Bal de fiançailles d'Harriet et Jasper. Demeure de Holbrooke, Sussex.

Bonnie s'esclaffa, enchantée ; le frère d'Harriet, Henry, la faisait tournoyer. Son exubérance semblait le déconcerter quelque peu, ce qui était naturel. Les jeunes femmes bien élevées ne riaient pas à gorge déployée et ne sautillaient pas sur la piste de danse comme Bonnie le faisait. Les jeunes femmes bien élevées lançaient des regards timides et devaient glisser comme si elles lévitaient au-dessus du parquet sur un petit nuage duveteux fait d'innocence, d'arcs en ciel et de petits rubans roses, ou d'autres choses toutes aussi écœurantes.

Si une telle chose avait existé, Bonnie aurait joyeusement mis son petit nuage en bouillie il y a bien longtemps. Elle ne voulait pas minauder, être gentille et obéissante. Elle aurait pu, il y a très, très longtemps, si longtemps qu'elle pouvait à peine s'en souvenir. Elle ne se souvenait que des pierres froides sous ses genoux osseux tandis qu'elle suppliait un dieu qui refusait d'écouter ses prières et ses promesses d'être sage. Être sage n'avait servi à rien, et cela ne servirait jamais rien, donc elle ne comptait pas réessayer. Elle obtiendrait ce qu'elle désirait par ses propres moyens ou elle échouerait, mais elle ne le devrait à personne d'autre qu'à elle-même, et certainement pas à une déité capricieuse qui ignorait les enfants désespérés.

Elle n'osait pas regarder Jérôme, car elle était certaine qu'il lui lancerait un regard noir. Il avait promis de l'aider avec son défi, mais c'était avant de découvrir ce qu'elle avait en tête, le pauvre, et à présent il était coincé. Il avait fait tout son possible pour la faire changer d'avis, mais une fois que Bonnie avait une idée en tête, c'était impossible. Elle avait préparé son coup, il avait promis, c'était trop tard, et elle lui avait bien dit.

Elle attendit qu'il soit presque onze heures avant de s'échapper. Pour ce qu'elle avait en tête, cela n'était pas considéré comme une heure tardive, mais c'était suffisamment tard. Elle n'avait pas voulu manquer le bal de fiançailles d'Harriet et Jasper, mais c'était probablement sa dernière chance de réaliser un tel projet. De cette façon, elle pourrait prétexter la fatigue après s'être épuisée à danser sans que personne ne soupçonne quoi que ce soit. Elle sourit toute seule, bouillonnant d'impatience en montant les escaliers en direction de sa chambre.

— C'est ici que vous êtes, mon vieux, je vous ai cherché partout !

Bonnie dut se retenir de hurler de rire lorsque Jérôme sursauta après avoir reçu la tape franche qu'elle lui avait donnée dans le dos. Il la regarda, furieux, outré de la témérité du jeune homme qui prenait de telles libertés avec lui alors qu'ils n'avaient pas été présentés.

— Qui diable êtes-vous ? commença-t-il avant de s'interrompre.

Son visage perdit sa couleur en observant l'individu des pieds à la tête.

— B-Bonnie ? balbutia-t-il, visiblement horrifié.

— Vous ne m'aviez pas reconnue, n'est-ce pas ?

Bonnie s'empêcha d'effectuer une petite danse de victoire. Elle ne pouvait pas se permettre d'attirer l'attention sur eux.

— Bon sang de bonsoir, vous me ferez mourir, Bonnie Campbell, jura-t-il.

Puis il la regarda, bouche bée. Bonnie avait trouvé son air suffisamment horrifié quelques secondes auparavant, mais à présent, on aurait dit qu'il allait s'évanouir.

— Oh, Seigneur.

Sa voix était rauque, ténue.

— Vos cheveux ! Bonnie, qu'avez-vous fait à vos cheveux ?

Bonnie ressentit un soupçon de regret en levant la main sur ses cheveux coupés courts. Elle avait failli changer d'avis lorsque sa bonne avait éclaté en sanglots et l'avait suppliée de ne pas l'obliger à couper les épaisses tresses brunes. À la vue de ces dernières sur le sol de sa chambre, Bonnie aussi avait failli se mettre à pleurer, mais à quoi bon ? Jérôme ne s'était jamais extasié devant sa chevelure, il ne songeait pas à elle, pas de cette façon. Elle était l'un de ses compères et non pas une femme dont il admirait l'apparence, donc quelle différence cela faisait-il si elle se coupait les cheveux ? Mais là, devant son expression horrifiée, elle avait envie de pleurer. *Arrêtez*, se réprimanda-t-elle. *Vous n'avez pas réussi à le séduire alors que vous étiez presque nue et allongée sur le dos ; vous couper les cheveux ne le fera pas vous désirer moins, nigaude.*

— Les coupes courtes sont à la mode, répondit-elle d'un air provocateur, et je peux difficilement me faire passer pour un homme avec les cheveux longs, ne croyez-vous pas ?

Jérôme lui prit le bras et l'entraîna dans un coin tranquille où il s'affaira à la réprimander, avant d'essayer de revenir sur sa promesse. Bonnie lui tint tête et ne céda pas. Il lui avait fait une promesse, et il s'y tiendrait. Elle se fichait de sa réputation. Cela ne changerait rien. Morven lui avait dit qu'elle épouserait Anderson coûte que coûte. Elle le croyait. Tout ce qu'elle pouvait espérer, c'était que ce bon vieux Gordy soit si dégoûté d'elle qu'il refuse le mariage, dot ou pas.

Jérôme poussa quelques jurons de plus. Bonnie lui rappela qu'il ne l'avait pas reconnue. Cela ne sembla pas l'apaiser d'un iota. Elle tenta de l'amadouer, saisit sa main et la pressa en disant :

— Ah, ne soyez pas ainsi. Nous allons nous amuser, je vous le promets.

Jérôme la contempla.

— Oh, je n'en doute pas, petite diablesse. Je me demande simplement combien de temps nous allons devoir en payer le prix, voilà tout.

— Cela en vaudra la peine, je vous le promets.

Le regard de Jérôme s'adoucit quelque peu et elle comprit qu'elle le tenait.

— Je sais, répondit-il avant de pousser un rire bref. Bon, dans ce cas, si je vais en enfer, autant le faire avec classe. Comment doit-on vous appeler, monsieur ?

— Bartholomé Camden, un cousin lointain du côté de votre mère, Jerry, mon vieux.

Jérôme ricana.

— Eh bien, cousin, je suis très heureux de vous connaître. Pourquoi ne pas partir d'ici et trouver un lieu un peu plus vivant ?

Bonnie lui sourit. Elle avait envie de l'enlacer : il avait choisi d'oublier ses inquiétudes et se mettait dans l'ambiance.

— J'ai cru que vous ne me poseriez jamais cette question, répondit-elle.

Jérôme avait le cœur au bord des lèvres depuis une heure, mais alors qu'il jetait un coup d'œil aux visages peu recommandables de ses amis autour de la table de jeu, l'organe décida de reprendre sa place. Bonnie lui sourit, un cigare entre les dents, et Jérôme dut réprimer son envie de ricaner.

Cholly ou plus exactement, Lord Chalfont, Mr Gideon Newman et l'honorable Algernon Fortescue—Algae pour les intimes, avaient tous acceptés Bonnie en tant que son cousin Bart sans sourciller. D'accord, au moment où ils les avaient retrouvés dans des débits de boissons douteux, ils étaient tous joliment imbibés, mais quand même — ces idiots sans cervelle étaient-ils aveugles ? Comment ne pas remarquer que c'était une femme ?

Sa peau était trop douce, trop parfaite, et son visage en forme de cœur, bien trop joli. Il savait qu'il existait de jolis garçons, mais sûrement pas dotés des courbes somptueuses de son impossible amie. Bonnie avait bandé ses seins, et avait tant serré le tissu que sa silhouette ressemblait désormais à celle d'un pigeon dodu. Il avait envie de rire à chaque fois qu'il posait les yeux sur elle. Ses mains le démangeaient de l'envie de retirer les bandages en la faisant tourner comme une toupie, de dénouer tout ce qui redonnait ses charmes. Ses paumes lui brûlèrent au souvenir d'avoir capturé les généreux attributs. Il passa la main sur son visage, de plus en plus agité, il avait trop chaud. Par tous les diables, il ne voulait même pas de Bonnie, pas comme cela. Il ne lui avait pas accordé un second regard lorsqu'elle était apparue avec ses amies, et sans son sens de l'humour outrageant et sa langue bien pendue, il aurait continué à l'ignorer. Mais voilà, il était là, à fantasmer sur sa poitrine. Il voulait embrasser, lécher et caresser les généreux appâts torturés après les avoir libérés de la prison ridicule dans laquelle elle les avait enfermés, et ensuite il…

Jérôme se racla la gorge et reporta son attention sur le jeu de cartes. *Soyez sage, Cadogan.* Il fit la grimace devant l'horrible main qu'il tenait, et jeta les cartes sur la table, dégoûté.

— Je me couche, soupira-t-il.

— Pas de chance, Jerry, murmura Bonnie.

Il jeta un regard mauvais à la pile de jetons bien rangés devant elle. Il ne voyait pas pourquoi il était étonné qu'elle leur fasse mordre la poussière. Elle était profondément démoniaque. Il la regarda tirer sur le cigare et lui faire un clin d'œil en soufflant un rond de fumée parfait dans sa direction. Il lui lança un regard furieux et attrapa la carafe de brandy avant qu'elle ne le fasse. Elle en avait déjà assez bu, et il n'osait pas imaginer ce qu'il pourrait se passer s'il l'autorisait à s'enivrer. Il y avait des limites à la dépravation. Permettre à une jeune femme innocente de se couper les cheveux, de se vêtir comme un homme et d'aller parier dans les tripots miteux comme celui dans lequel ils se trouvaient, c'était assez en une seule soirée pour paver sa route personnelle vers l'enfer, merci beaucoup.

Bonnie lui lança un regard un peu énervé, mais ne dit rien. À la place, elle s'affaira à soulager les amis de Jérôme des derniers pence qu'il leur restait. Algae grogna et se mit la tête entre les mains.

— Quelqu'un devra payer mon verre, dit-il en secouant la tête d'un air lugubre. Je suis ruiné.

— Moi j'vous dis, Jerry, déclara Cholly qui jeta ses cartes en grimaçant. Si vous avez d'autres cousins, rendez-nous donc service et laissez-les chez eux.

— Vous n'avez rien à craindre de ce côté-là, marmonna Jérôme. Venez, Bart, mon vieux. C'est assez d'excitation pour une seule nuit. Je ferais mieux de vous ramener, sinon nous allons tous les deux avoir des ennuis.

Jérôme ignora les plaintes de Bonnie. Il savait bien ce que le reste de la soirée allait leur réserver ; il avait vu Gideon faire signe à une jolie serveuse d'approcher. Il s'amusa malgré lui de l'expression choquée de Bonnie lorsque la femme s'avança d'un air confiant et s'installa sur les genoux de l'homme.

— *Tout de suite*, Bart, dit-il en souriant légèrement d'un air narquois.

Bonnie se leva et le suivit hors de l'établissement.

Il était plus de trois heures du matin lorsqu'ils arrivèrent à Holbrooke. Par miracle, il était parvenu à remettre le cabriolet à sa place et à rentrer les chevaux sans réveiller le moindre palefrenier.

— Eh bien, j'espère que vous êtes satisfaite, terrible créature, dit-il en faisant glisser le verrou de la porte du box et en se tournant vers elle.

— Oh, oui, Jérôme, merci. C'était si drôle, n'est-ce pas ?

Il rit malgré lui et secoua la tête.

— J'imagine que oui, à partir du moment où j'ai été certain que mes amis étaient complètement aveugles et encore plus idiots que je ne le croyais. J'ai bien cru avoir une crise cardiaque la première demi-heure, je peux vous le dire.

— Vous vous inquiétez trop, dit-elle en secouant la tête.

— Et vous, pas assez, murmura-t-il.

Elle leva les yeux au ciel avant de grimacer. Jérôme vit ses lèvres se serrer.

— Qu'y a-t-il ? demanda-t-il en fronçant les sourcils face à son malaise évident.

— C'est le bandage, dit-elle d'une petite voix. Cela me fait vraiment mal maintenant, et Mary sera couchée. Il faudra que je dorme avec cette maudite chose, car je ne peux pas prendre le risque de la réveiller. Enfin je ne pourrai pas fermer l'œil, je peux à peine respirer.

— Quelle folie ! dit-il d'un ton énervé. Vous allez vous blesser.

— Oh, Jerry, je vous en prie, aidez-moi à le retirer, le suppliat-elle en faisant tomber son manteau sur le sol d'un mouvement d'épaules.

Jérôme la contempla. Sa bouche devint sèche tandis que les images mentales qu'il avait eues plus tôt dans la soirée lui revenaient en tête. Non. Non. Non, non, non. Soyez sage Cadogan.

— Je ne pense pas… commença-t-il d'une voix aussi grinçante qu'un portail rouillé, mais les mains délicates de Bonnie avaient déjà défait les boutons du veston qu'elle portait.

— Oh, ne soyez pas si dramatique, dit-elle en soupirant d'un air irrité.

Le veston rejoignit le manteau sur le sol. Elle poursuivit :

— Ce n'est pas comme si vous ne m'aviez pas déjà vue avant, et je ne vous intéresse pas, vous avez été clair à ce sujet.

Elle ne l'intéressait pas ?

Il cligna des yeux, mais ne répondit rien ; de toute façon il n'aurait pas pu. Comment diable pouvait-elle croire qu'il n'était pas intéressé ? Jérôme était un homme, et elle lui proposait de déballer ses seins : c'était là le meilleur cadeau de Noël qu'on puisse imaginer. Soulignons également qu'il n'était tout simplement pas mort. Pas intéressé ? Elle était complètement folle si elle croyait cela.

Avant qu'il ne puisse avoir une idée pour l'en empêcher — ce qui, avec Bonnie, serait aussi futile que d'essayer d'éteindre un feu avec un pichet de brandy — elle passa sa chemise par-dessus sa tête.

Jérôme la regarda.

Elle était bandée comme une momie de la taille aux aisselles ; le bandage était si serré que sa peau était rouge et abîmée là où les bords avaient rapé contre sa chair tendre. Il déglutit, sentit une bouffée de chaleur envahir sa nuque lorsqu'elle lui présenta son dos.

— Le nœud est quelque part derrière. Je ne peux pas l'enlever toute seule, il faut que vous le fassiez pour moi.

Contentez-vous de retirer le bandage et partez.

Son cœur se mit à battre la chamade.

Vous pouvez le faire. Ce n'est pas difficile.

Jérôme se lécha les lèvres et saisit le nœud très serré. Les extrémités avaient été coincées hors de vue, sous le tissu, et ses mains tremblèrent quelque peu lorsqu'il les dégagea et commença à défaire le nœud.

— Oh, dépêchez-vous, le supplia-t-elle.

— Je vais aussi vite que possible, maudite créature, marmonna-t-il. Et tout ceci est votre faute, donc ne commencez pas à me réprimander.

— Ce n'était pas une réprimande, rétorqua-t-elle. Je vous demandais simplement de vous dépêcher.

— Eh bien, arrêtez. Je prendrai le temps qu'il faudra.

Sauf qu'au même moment, le nœud céda et il n'était pas prêt. Il n'avait pas eu le temps de se préparer mentalement à répondre, *et voilà, vous êtes libre. À présent, je vous laisse.* Il ne pouvait pas la laisser à moitié nue, seule dans les écuries, dans tous les cas, réfléchit-il. N'importe qui pourrait tomber sur elle et décider qu'elle représentait une proie à allonger dans la paille. Non. Non, il devait rester. Simplement pour… la sécurité de Bonnie.

Il tira, comme il l'avait imaginé un peu plus tôt, et comme dans son fantasme, elle tourna encore et encore devant lui, le bandage disparaissait de son corps au même rythme que la santé mentale de Jérôme dont la respiration s'accéléra devant la jeune femme qui tourbillonnait. Le tissu forma un tas sur le sol, et le corps de Jérôme exprima son intérêt.

Elle était dos à lui lorsque le dernier mètre de bandage tomba par terre. Elle laissa échapper un soupir de contentement qu'il ressentit quelque part au creux de son estomac.

— Oh, le ciel soit loué, murmura-t-elle. Voilà qui est mieux.

Comme s'il observait quelqu'un d'autre dans un rêve — sans doute un pauvre idiot ayant des envies de destruction — il tendit la main et suivit le tracé d'une des lignes rouges qui traversaient son dos, là où le bandage avait laissé des marques sur sa peau douce.

— Regardez ce que vous avez fait, murmura-t-il.

Il prit conscience du son étouffé de sa voix. Son doigt descendit vers sa taille, il posa la main sur elle sur la courbe de ses hanches.

Elle se figea à son contact, puis le regarda par-dessus son épaule. Ses grands yeux étaient sombres et elle se lécha les lèvres.

— C'est pire de ce côté, dit-elle d'une voix basse. Si seulement vous pouviez m'embrasser pour faire partir la douleur.

Oh, Seigneur, c'en était fini de lui.

Bonnie prit la main qui se trouvait sur sa hanche et la posa sur son sein.

— Bonnie, dit-il en secouant la tête.

Le corps de Jérôme frissonna de désir. Son cœur tambourinait dans ses oreilles, son sexe érigé pulsait au rythme des battements de ce dernier et exigeait davantage. Oh, bon sang, il était dans un sacré pétrin.

— Bonnie, non, dit-il dans un effort ridicule de se comporter en gentleman.

Sa main saisit le sein de Bonnie et le pressa pendant qu'il disait cela.

— Vos mains sont si chaudes, souffla-t-elle. Si larges et chaudes.

Elle se cambra contre son torse et il accepta cette invitation : il empoigna la chair tendre de ses deux mains, la pétrit et la caressa doucement avant de pincer ses tétons et de les faire rouler d'avant en arrière entre son pouce et son index.

Elle gémit et pencha la tête en arrière en exposant la peau pâle de sa gorge.

Jérôme la contempla. Il désirait avoir la force de s'éloigner, d'arrêter, mais le désir de couvrir son cou de baisers était si féroce qu'il en ressentait presque le goût. Elle tourna le visage et le regarda.

— Tout va bien, Jérôme, dit-elle.

Le regard de la jeune femme était clair, concentré uniquement sur lui.

— … Je sais que nous n'allons pas nous marier, je n'essaie pas de vous piéger. Je désire cela. Je vous désire.

Il dut forcer les mots à sortir de sa bouche :

— C'est mal… Je ne devrais pas…

— Balivernes, répondit-elle en souriant. Je vous veux. Je veux que cette nuit m'appartienne avant que ma vie ne soit volée. Est-ce là trop demander ? À moins… à moins que vous ne vouliez pas.

Il détesta voir l'incertitude traverser son regard et sa confiance vaciller. Elle se détourna de lui.

— Sérieusement ? demanda-t-il en la rapprochant de lui pour que les fesses de Bonnie épousent son érection. Elle haleta quand il se pressa contre elle.

— … Ne soyez pas idiote.

— Jérôme, murmura-t-elle.

Elle se retourna, mit les bras autour du cou du jeune homme et l'attira vers elle pour l'entraîner dans un baiser qui fit s'évaporer tout le bon sens du jeune homme ainsi que toute notion de bienséance. Après tout, elle le désirait, c'était son souhait, sa dernière chance de prendre une décision bien à elle avant d'être marié à un homme qu'elle n'appréciait même pas. Comment pouvait-il lui dire non ?

Il la fit reculer dans un box vide. Une couche épaisse de paille fraîche était étalée sur le sol, Dieu merci. Il n'aimait pas la paille, dont les maudits brins pointus finissaient toujours par vous piquer les fesses, mais il ne pouvait pas faire la fine bouche.

Ils s'allongèrent dessus, la douce odeur de l'été passé s'éleva autour d'eux. Jérôme trouva les boutons du pantalon de Bonnie et les ouvrit. Il glissa sa main en dessous, passa sur la courbe de son ventre, sur sa peau douce comme du satin jusqu'à rejoindre le triangle de boucles délicates. Il enfonça ses doigts dans la toison.

Bonnie cessa de respirer, et elle se cambra en essayant d'obtenir davantage du contact timide des doigts de Jérôme. Ce dernier sourit devant son impatience.

— Polissonne, dit-il en lui mordillant le lobe de l'oreille. Toujours trop pressée.

— J'ai peur que vous ne changiez d'avis et m'abandonniez, admit-elle en tirant pour libérer la chemise de Jérôme de son pantalon.

Elle glissa les mains sous le tissu, Jérôme ferma les yeux. Les caresses de Bonnie lui donnaient envie de ronronner d'approbation.

— Je ne suis pas si noble.

Il se pencha pour caresser le téton de Bonnie du bout de la langue, avant de saisir le tendre appendice avec les dents. Les doux gémissements et les exclamations qu'elle poussa lorsque ses doigts glissèrent à travers les boucles et entre ses cuisses jusqu'à son intimité lui plurent. Il poussa un grognement en s'enfonçant plus loin ; elle était chaude et humide, elle avait envie de lui, elle le désirait avidement.

— Je vous en prie, le supplia-t-elle en s'accrochant à son cou. Je vous en prie.

Comment refuser devant une telle supplique. En un éclair, il se débarrassa de ses vêtements, il libéra les jambes de Bonnie du pantalon qu'elle portait, facilitant ainsi l'accès à ses cuisses. Il se plaça entre ces dernières, pressa son membre douloureux contre Bonnie qui poussa un gémissement, et il se dit qu'il allait devenir fou s'il ne la prenait pas sur le champ. Mais elle était vierge, et même si Jérôme n'avait jamais défloré une jeune femme, il savait qu'il fallait la rendre prête à l'accueillir pour que l'acte soit plus doux pour elle.

Il continua donc à se frotter contre Bonnie, jusqu'à ce qu'elle s'agite en dessous de lui. Sa peau pâle était rougie, elle s'agrippait fermement à ses épaules. Il recula, replaça sa main sur l'endroit tendre, glissa un doigt en elle tout en la caressant en cercle avec son pouce.

— Est-ce que c'est ce que vous voulez ? demanda-t-il tandis que son doigt bougeait lentement d'avant en arrière.

— Oui, gémit-elle. Non, je… je ne sais pas.

— Mais si, vous savez, lui répondit-il en souriant. Dites-moi.

— C'est… c'est… charmant, réussit-elle à dire en le fixant avec les paupières lourdes. Mais…

— Mais ?

— Mais ce n'est pas assez.

Jérôme gloussa et se plaça au-dessus d'elle. Il embrassa son cou, puis sa bouche.

— Insatiable jeune femme, murmura-t-il contre ses lèvres. Êtes-vous sûre ?

Il plia les doigts à l'intérieur d'elle, trouva l'endroit sensible et la fit crier encore et encore, jusqu'à ce qu'elle se dissolve en dessous de lui en gémissant, la bouche contre celle de Jérôme. Il n'attendit pas que son plaisir retombe ; il pénétra Bonnie alors que son sexe vibrait encore de l'orgasme, la jeune femme cria de nouveau en l'accueillant en lui alors que douleur et plaisir se mélangeaient en elle.

— Bonnie, murmura-t-il en se sentant emporté par le plaisir qui le submergeait. Bonnie, j'ai l'impression d'être au paradis.

Pré-commandez le vôtre ici Danser avec le Diable

Plus d'Emma?

Si vous avez aimé ce livre, n'hésitez pas à soutenir son auteure indépendante en écrivant un commentaire. *Merci !*

Pour rester informé des promotions, et des cadeaux (que je fais régulièrement), suivez-moi sur :
https://www.bookbub.com/authors/emma-v-leech

Pour en savoir plus, avoir des informations et des aperçus de mes prochains livres, rendez-vous sur mon site internet et inscrivez-vous à la newsletter.

http://www.emmavleech.com/

Venez rejoindre les fans sur ma page Facebook pour des nouvelles, des infos et des discussions passionnantes...

Emmas Book Club

Ou suivez-moi ici...

http://viewauthor.at/EmmaVLeechAmazon

Emma's Twitter page

Quelques mots sur moi !

J'ai commencé cette aventure incroyable en 2010 avec "The Key to Erebus", mais il m'a fallu deux ans pour rassembler le courage nécessaire pour le publier. Pour ceux qui l'ont déjà fait, vous savez que publier votre premier livre est une expérience affreusement effrayante ! J'ai toujours des papillons dans le ventre le matin de la sortie d'un nouveau titre, mais la terreur s'est finalement atténuée. Maintenant, je vis juste dans la crainte du jour où mes filles seront assez grandes pour lire mes livres.

L'horreur ! (pour elles comme pour moi je pense)

2017 est l'année de mes débuts dans le domaine de la romance historique et le monde de la Régence, et waouh, quelle année ! J'ai été ravie de constater l'engouement qu'ont eu ces livres, et j'ai hâte d'y ajouter de nouveaux titres. Que les lecteurs de romance paranormale se rassurent, il y a encore beaucoup de choses prévues de ce côté-là également. L'écriture est devenue une addiction pour moi, et dès que je termine un livre, je commence le suivant avec beaucoup d'enthousiasme, donc vous pouvez vous attendre à beaucoup de nouveaux romans !

Comme on peut le voir dans bon nombre de mes œuvres, je suis très influencée par la campagne française dans laquelle je vis.

Je suis installée dans le sud-ouest de ce pays depuis 1998. Je suis née et j'ai grandi en Angleterre. Mes trois superbes filles sont bilingues et mon mari Pat, moi-même ainsi que nos quatre chats sommes très heureux et conscients de la chance que nous avons de vivre dans un endroit si charmant.

CONTINUEZ LA LECTURE POUR DÉCOUVRIR MES AUTRES LIVRES DISPONIBLES EN FRANÇAIS !

Œuvres d'Emma V. Leech disponibles en français

Envie de lire une histoire d'amour surprenante qui se déroule pendant la Régence ?

Mourir pour un Duc
Les Polars de la Régence Anglaise, Tome 1

Impérieux, guindé et moralement rigide, Bénédict Rutland – le beau et ténébreux comte de Rothay – a hérité de son titre trop jeune. Responsable d'une famille nombreuse que la frivolité de ses parents avait conduite à la ruine, il a passé sa jeunesse à rétablir la fortune familiale.

C'est aujourd'hui un homme dans la fleur de l'âge et aux finances solides, fiancé à une femme sévère, raisonnable et imperturbable qui jamais ne perturbera l'équilibre de sa vie, ou ne troublera ses émotions…

Mais c'est alors qu'arrive miss Skeffington-Fox.

Élevée uniquement par son libertin de beau-père, la demoiselle pimpante scandalise Bénédict en tous points.

Mais quand les membres de la famille devant hériter du duché commencent à mourir un à un à une vitesse alarmante, tous les doigts pointent vers Bénédict, et miss Skeffington-Fox pourrait bien être la seule en mesure de le sauver.

Comme si être accusé de meurtre n'était pas suffisant, miss Skeffington-Fox va complètement faire basculer le petit monde soigneusement ordonné de Lord Rothay. Bénédict doit à présent laver son nom, et résister à la tentation d'une demoiselle scandaleuse.

Remerciements

Je remercie, bien sûr, ma formidable éditrice Kezia Cole, qui me fait toujours réfléchir et ne laisse rien passer !

À Victoria Cooper pour ton dur labeur, tes œuvres magnifiques, et, par-dessus tout, ta patience infinie !!! Merci beaucoup. Tu es incroyable !

À ma BFF, mon assistante personnelle, qui m'encourage et m'apporte du chocolat, Varsi Appel : pour ton soutien moral, pour m'avoir aidée à avoir confiance en moi, et pour avoir lu mes œuvres plus de fois que moi-même. Je t'aime fort !

Un grand merci à tous les membres du groupe « Emma's Book Club » ! Vous êtes les meilleurs !

Cela me fait toujours très plaisir de vous parler, donc n'hésitez pas à me contacter par mail ou par message :)

emmavleech@orange.fr

À mon mari Pat, et à ma famille… Pour s'être toujours montrés fiers de moi.